『宝石商リチャード氏の謎鑑定』装画

『宝石商リチャード氏の謎鑑定　エメラルドは踊る』装画

『宝石商リチャード氏の謎鑑定　天使のアクアマリン』装画

『宝石商リチャード氏の謎鑑定　導きのラピスラズリ』装画

『宝石商リチャード氏の謎鑑定　祝福のペリドット』装画

『宝石商リチャード氏の謎鑑定　転生のタンザナイト』装画

『宝石商リチャード氏の謎鑑定　紅宝石《ルビー》の女王と裏切りの海』装画

『宝石商リチャード氏の謎鑑定　夏の庭と黄金《ドール》の愛』装画

『宝石商リチャード氏の謎鑑定　邂逅の珊瑚《サーンウー》』装画

中田正義キャラクター設定画

リチャード・ラナシンハ・ドヴルピアンキャラクター設定画

『宝石商リチャード氏の謎鑑定』Twitter キャンペーンプレゼントハガキ用イラスト

宝石商リチャード氏の謎鑑定

公式ファンブック

エトランジェの宝石箱《ジュエリー・ボックス》

辻村七子

イラスト／雪広うたこ

集英社

CONTENTS

装丁／口絵／企画デザイン
竹内亮輔＋遠藤智美（crazy force）

SSコレクションデザイン
成見紀子

企画・構成
加藤真子

俺は
中田正義
大学生
酔っ払いに
絡まれている男を
助けた縁で
ここ
「ジュエリー・エトランジェ」
という宝石店でバイトを
することになった
その男の名を
リチャード・
ラナシンハ・ドヴルピアン
語学堪能で
敏腕の宝石商
誰もが唖然とする
レベルの美貌を誇る
英国紳士なんだけど…

そんなに甘いもの
ばっかり食べて
太らないのか?
太りにくい体質です
今日発売の限定スイーツもりあわせです
モグ
ほえ～
そう 東京スウィーツにこだわり ロイヤルミルクティーに異常にうるさいという 妙な性質の持ち主なのである…
それにしたって限度があるだろ
体を大切にしてやれよ
フキ フキ
何事にも優先順位というものがあります
時間のある時にはジムで運動して体を絞りますし
悪玉コレステロールの数値にも気を付けています
リチャードのジャージ姿っ!

すっ
今後の甘いものの探究に支障が出ないよう
一日あたりの摂取量も計算の上日々調整しているのでご心配なく
そこまでして食いたいのか…
NO SWEETS NO LIFE!!
甘いもののない人生など
カッティングの冴えないダイヤのようなものです
何を言いますか！
ビクッ
―とまあよく分からないけど
こいつの宝石と甘味にかける熱意は本物だ
正義
お茶
はいはい
コンコン
お客さんだ！
砂糖控えめにしようか
定量でお願いします

Jewelry Etranger
ジュエリー・エトランジェ
そんなこんなで今日も始まる
美しく光り輝く宝石のような日々が…
いらっしゃいませ
本日は何をお求めでしょうか？

「宝石商リチャード氏の謎鑑定」文庫各話紹介

宝石商リチャード氏の謎鑑定

言わずと知れた、記念すべきシリーズ一冊目。

笠場大学の二年生だった正義が、酔っ払いに絡まれていた美貌の外国人・リチャード氏を助けるところから二人の物語は始まる。

当初は短編一本分のプロットだったものが長編になったとか。

（2015年12月22日発行）

case.1 ピンク・サファイアの正義

あらすじ

リチャードが宝石商だと知った正義は、祖母の形見であるピンク・サファイアの指輪の鑑別を依頼する。それは曰くつきの宝石で、リチャードに盗品の疑いを示唆されたことで正義は歓喜する。彼は掏《す》摸《り》だった祖母が遺した「盗品」を持ち主に返すことで、彼女の後悔や痛みを終わらせたいと考えていた。リチャードの導きで、神戸に住む持ち主に会うことが叶った正義はそこでもうひとつの物語を知る…。

ゲストキャラ紹介

●叶《かのう》ハツ：正義の亡き祖母。娘を育てるため、掏摸をしていた。

●宮下《みやした》妙《たえ》：ピンク・サファイアの指輪の元持ち主。旧姓・上村。

正義のうっかり賛美録

「イケメンとかハンサムとか美男とか美人とか、いろいろ言葉はあるけど、全部しっくりこないな。何て言えばいいのか。『そこにあるだけでいい』って感じの……」

【中略】

何か。このリチャードという男は何かに似ている。他の誰かの名前じゃない。何か。どの角度から見ても完璧な。全く別のものに。

そうだ。

「宝石！　生きた宝石だよ！」

（p.67より抜粋）

思わず口に出した絶賛に注目！

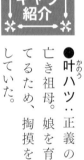

case.2 ルビーの真実

あらすじ

ルビーの鑑別を依頼した明石真美さんが知りたいと言ったヒートについて図書館で調べることにした正義は、彼が恋をする谷本さんと話す機会に恵まれる。だが、真美さんの婚約者だという男・穂村が現れ、彼女のことを聞き出そうとしてきた。正義がうっかり苗字を話してしまったことで「明石」が偽名だと判明するが、後日、明石たつきと名乗る女性まで現れ、エトランジェはあわや修羅場に!?

ゲストキャラ紹介

●**明石真美**《あかしまみ》：自分が「普通」ではないと思い「普通」に憧れ、結婚しようとした。本名は、砂州《さす》真美。

●**明石たつき**：真美と同棲し、七年間付き合っていた女性。

サブキャラ紹介

●**谷本晶子**《たにもとしょうこ》：正義の想い人。岩石を愛する石屋。高校では鉱物岩石同好会の会長をしていた。

●**穂村貴志**《ほむらたかし》：穂村商会の御曹司。『エトランジェ』の顧客になる。

正義のうっかり賛美録

『人種、宗教、性的嗜好、国籍、その他あらゆるものに基づく偏見を持たず、差別的発言をしない』だっけ。わかってるよ。あとお前のそういうところ、俺かなり好きだよ」

(p.139より抜粋)

リチャードから反撃の褒め殺しメールが届くまであと少し……!

case.3 アメシストの加護

あらすじ

話が弾むような石が欲しいはずの高槻さんは、熱心にリチャードをホストに勧誘していた。けれど、アメシストに「酒に酔わせない」という意味があると知り、一転して宝石に目を向けペンダントを購入していく。その数日後、彼は泥酔し倒れているところを正義に助けられる。それは、肝臓の数値が悪いホステスの恋人が心配で暴走した結果、彼女が飲むはずだったお酒を飲みまくったことが原因で!?

ゲストキャラ紹介

●**高槻**《たかつき》**さとし**：六本木のクラブのバーテンダーだが、酒は強くない。

●神崎望《かんざきのぞみ》：高槻の恋人。サービス精神旺盛でふっくら可愛い系のホステス。源氏名は、華咲ノゾミ。

リチャード観察記録

お客さまと話が弾むように、というのが建前だが、俺は知っている。余った菓子を食べる時のリチャードが、ソファの上でちょっと前のめりになり、感動的に目を閉じているのを。

蒼ざめた美貌の宝石商は、悪魔と取り引きするような顔で俺の顔を覗き込むと、懐に手を突っ込んだ。黒革の財布の札入れをガっと取りだし、さっと引きだしたのは千円札が三枚。

（p.200より抜粋）

個人的なお願いをリチャードにするために正義が交渉に出したのは「スイーツ」。効果は抜群！

case.4 追憶のダイヤモンド

あらすじ

リフォームの依頼で来店した小野寺さんが持ち込んだのは、半分が黒く塗りつぶされた奇妙なダイヤモンドの指輪だった。それは彼の亡くなった奥さんのものだという。大切な指輪はタイピンに変わることになるが、小野寺さんのどこか上ずった笑顔が気になった正義はつい、ダイヤが彼にとってどんなものか聞いてしまう。その答えはもらえず、数日後リフォームをキャンセルしたいと言われ…!?

ゲストキャラ紹介

●小《お》野《の》寺《でら》昌《まさ》弘《ひろ》：精密機器の部品を製造している会社の社長。十年前、妻の恭子を火事で亡くしている。

リチャード観察記録

しばらく待たされている間、リチャードが小さく溜め息をついたのが聞こえた。もう少しだけ頼むよと肩をすくめると、じっとりと恨めしげな視線を返された。珍しくこわばった面持ちで、心なし顔が赤い。何だろう。薄着に見えるけれど暑いのだろうか？

戻ってきたお姉さんは、うきうきと弾むような顔で、俺に一礼し、こっそり囁いた。

「渋谷の条例、おめでとうございます」

（p.236より抜粋）

正義が男物を見たいと言ったことが原因で、誤解が発生…!? その時のリチャードの心境やいかに……。

extra case.
ローズクォーツに願いを

あらすじ

谷本さんに「恋人がいる人」だと誤解された正義は、恋愛に効果があると噂の宝石・ローズクォーツを三つ、リチャードに用意してもらう。けれど、パワーストーンとしての効果は「恋愛に効く」という以外に「仲の進展」「新しい出会い」「豊かな愛」などがあるようで…。どの石にするか悩む中で、効果は恋愛に限ったことではないと思い至った正義はリチャードに「仲よくなりたい」と告げるが…!?

リチャード観察記録

リチャードは無言で、ティーカップを携えたまま立ち上がった。立ったまま、そっぽを向いてロイヤルミルクティーを飲んでいる。何でいきなり？

（p.283より抜粋）

正義が「仲よくなりたいです」と告げたあと、リチャードが何を思っていたのか、物語を読み進めたあとで振り返ると、頬が緩むこと間違いなし。

作ってみよう簡単レシピ

●ロイヤルミルクティー

＊水：カップ1（200cc）
＊牛乳：カップ3（600cc）
＊茶葉：ティースプーン山盛り3杯
＊砂糖：ティースプーン山盛り3杯

手鍋でお湯を沸かし、茶葉を入れて適度に煮出したところで牛乳と砂糖を投入。噴き出す手前で火を止める。茶漉しを使用してカップに移したら出来上がり。

宝石にまつわる用語を簡単に解説 石屋の豆知識

●鑑別：科学的検査で宝石の生成起源や種類を調べること。鑑定はダイヤモンドにのみ用いる。

●パパラチア：独特のオレンジがかったピンク色のサファイアのこと。シンハラ語で「蓮の花」。

●ヒート：加熱処理を施すことで、石の発色をより鮮やかにする加工。

●ファセット・カット：石を削った後、幾つもの平面を作り、光を屈折させることで石が輝くようにみせるカット。ダイヤモンドやルビーなど、透明度の高い石に用いられる。

●カボション・カット：石をファセットのように削った後、球や半球形にまあるく研磨し、石そのものの光沢や模様を生かすカット。翡翠、ローズクオーツなど、透き通っていない石に多く用いられる。

宝石商リチャード氏の謎鑑定
エメラルドは踊る

エトランジェでお茶くみとしてアルバイトを始めた正義は、日々宝石店の枠を超えた謎が持ち込まれるのを目の当たりにする。守護や呪い、導き…と、そんな宝石にまつわる謎をリチャード氏が解き明かしていく。

1巻でおわりか…と思っていた作者は「2巻書けそうですか」と電話を貰った時の嬉しさをまだ覚えているという。

（２０１６年5月25日発行）

case.1 キャッツアイの慧眼

あらすじ

「これと、同じ石をください」と幼い少年・はじめくんは言う。それは、家族を守るという幸運の石、クリソベリル・キャッツアイ。けれど、彼にとって本当に家族を守ってくれる存在は、行方不明になっている愛猫・ミルクだった。幾度も家族を助けてくれたミルクがいなくなり、母親が入院したことで不安を抱えたはじめくんは、猫の目と同じように一対の猫目石を揃えて家族を守ろうと考えて…!?

ゲストキャラ紹介

●八《や》坂《さか》はじめ：家族を守る石を求めて『エトランジェ』を訪れる。もうすぐ、弟が生まれて兄になる。ハニーミルクが好き。

●ミルク：事故を未然に防いだり、病気の兆しを察知したりしてくれる八坂家の「守り神」的存在の猫。

リチャード観察記録

「火にかけて冷やすだけなのに、熟達も何もないだろ。子供だってできるよ」

俺がそう言うと、リチャードはうんともすんとも言わず目を逸らし、絨毯の上を所在なく見つめた。いやに荒んだ眼差しだ。料理に嫌な思い出でもあるのだろうか。

（p.11-12より抜粋）

完璧なリチャードにも苦手分野が!?
キッチンに立つ姿を想像してみて!

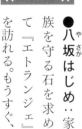

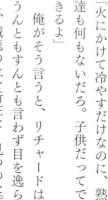

case.2 戦うガーネット

あらすじ

ガーネットを見たいと連絡してきた女性・山本さんは、婚約指輪の石を探しているという。けれど、真剣な眼差しで石を選ぶ彼女に正義が「山本さまの石って感じ」と言うと事態は一変する。本当の彼女は彼氏にふられたばかりで、自らの名前や容姿にコンプレックスを持ち、行き場のない悔しさを抱いていた。だから、自分のために誕生石であるガーネットを自分で買おうとしていたのだが…?

ゲストキャラ紹介

●山本《やまもと》美人《みと》：フラワーショップの店員。七年間交際してきた恋人にふられ、素性を偽ってエトランジェに来店。図星をつかれたり、ボロがでると感情的になる傾向がある。

正義のうっかり賛美録

「女性の顔云々の基準ってよくわからないんだけど、あの人って店で黙り込んでる時より、楽しそうに喋ってる時のほうが、三割増しくらいで美人に見える……よな?」
「女性の美についてあれこれ言い連ねるのは、火薬庫で花火をうちあげる以上の愚行です。美の基準は人それぞれですよ」

(p.111より抜粋)

この会話がなかったら、うっかり者の正義は「名前負けしてないですよ」なんて、伝えてしまう未来があったかも…?

case.3 エメラルドは踊る

あらすじ

谷本さんの友人・新海さんが所属する片浦バレエ団で不思議な事件が起きていた。それは、舞台衣装であるエメラルドのネックレスが消えては現れるという奇妙な現象。けれどネックレスに使われている宝石の大半は偽物で、盗難されるほどの価値はないという。正義は、不本意にも謎に挑むことになったリチャードとバレエ団を訪れ、事件が亡くなったバレリーナの呪いだと噂されていると知り?

ゲストキャラ紹介

●新海《しんかい》亜紀《あき》：片浦バレエ団のバレリーナ。谷本晶子の友人で、鉱物岩石同好会の仲間だった。

●**片浦綾子**《かたうらあやこ》：片浦バレエ団の芸術監督。バレリーナだった娘の美奈子を病で亡くしている。

●**吉田照秋**《よしだてるあき》：バレエ団の古株の裏方で、小道具や大道具などの管理責任もしている。

正義のうっかり賛美録

リチャードは俺を促し、軽く一回転してみせた。

「仮にもドレスコードのある席です。服装、髪、ゴミ、問題ありませんか」

「どこも問題ないよ。いつも通り、世界一きれいな男が俺の目の前に立ってる」

(p.197より抜粋)

この直後、受付のお姉さんが盛大に咽せるのですが、実際に目撃できたと思うと羨ましい。

case.4 巡りあうオパール

あらすじ

強く願っていれば「巡りあわせ」はある、とリチャード氏は言う。その言葉どおり、正義は会いたいと思っていた空手の先輩・羽瀬と再会する。嬉しい偶然に正義は、今までのことや祖母の指輪の話をし、宝石店を探しているという先輩にいくつかの店を紹介した。けれど、エトランジェを訪れた先輩はオパールの買い取りの相談を持ちかけ、自分のことのように正義が話した祖母の話をしはじめて!?

ゲストキャラ紹介

●**羽瀬啓吾**《はせけいご》：正義が昔通っていた空手教室の先輩。家庭の事情で大学を中退し、就職した。

リチャード観察記録

「いずれ会えるって？　まあそうなることを祈ってるよ」

「それがあなたが望むような形での巡りあわせになるかどうかは、また別の問題ですが」

「脅すなよ。それってあれか？　先輩にもう妻子がいて、俺とのことはもう『いい思い出』程度にしか思ってないとか？」

「は……？」

リチャードは徐々に表情を変化させた。眉間に皺を寄せ、口を塞ぐように顎に手を当て黙り込んだ。

(p.213より抜粋)

盛大なミスリードにさすがのリチャードも困惑気味。正義のうっかりもそろそろ名物に？

extra case.

ユークレースの奇縁

あらすじ

憧れの先輩との決別に落ち込む正義を、ただ静かに見守って激励してくれたリチャード。そのお礼に正義が手作りプリンを持参すると、彼はブルーハワイのような色合いのユークレースを見せてくれた。美しくカットされたそれはとても珍しいもので、正義には目を肥やす貴重な体験となった。だが、リチャードに「エクセレント」と言ってもらったプリンのお礼をされたのだと気づいてしまい…。

リチャード観察記録

リチャードはしばらく、鈍い電気ショックに耐えるような顔をしていた。唇を噛み締めて、唸りたそうな顔でプリンを見ている。この反応は何度か見覚えがある。ちょっと小刻みに揺れたりする。宝石商喜びの表情だ。

（p.274-275より抜粋）

正義が胃袋をつかんだ瞬間です。

宝石にまつわる用語を簡単に解説 石屋の豆知識

●シャトヤンシー効果：宝石に猫目のように見える反射光があらわれる現象。「キャッツアイ」も光の効果の総称。光の筋が三本交わって、星のようになっている場合は「スター」という。

●プレイ・オブ・カラー：石の中の粒子にあたった光が乱反射して、いろいろな色に見える現象。日本語では「遊色効果」という。

作ってみよう簡単レシピ

●プリン（プリン型3～4個分）

＊卵：2個　＊牛乳：カップ1
＊砂糖：50g
＊カラメルソース　適量（①）

①砂糖・大さじ4と水・小さじ4を鍋に入れ中火で焦げ色がつくまで煮溶かし、さし水・大さじ2を加えたら火を止め、器に入れる。

②ボールに卵と砂糖を入れてよく混ぜ、温めた牛乳（沸騰させない）を少しずつ加え混ぜ合わせる。茶漉しなどで漉して①の器八分目くらいまでプリン液を注ぐ。鍋やフライパンに布巾を敷き（鍋に直接触れないよう）器を並べ、器の三分の一～半分の位置まで水を入れ蓋をする。中火で5分、弱火で5分加熱し火を止め余熱で5分ほど蒸す。鍋から取り出し粗熱が取れたら冷蔵庫で冷やして出来上がり。

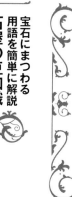

宝石商リチャード氏の謎鑑定
天使のアクアマリン

様々な人が訪れる『エトランジェ』。正義はそこで経験する全てのこと、そして美貌の宝石商と過ごす時間が好きだったが…!?

次でおわりかもしれませんねと言われていたため、クライマックスへの伏線をちりばめた一冊に。ショッキングな結末は「3巻ショック」とも呼ばれた。

（2016年11月23日発行）

case.1 求めるトパーズ

あらすじ

結婚三十年目の記念にインペリアル・トパーズを買い求めに来店した田村夫妻。夫の帝一さんは博識で、集められた石の中でより「いい」石はどれかを力説する。一方、妻の萩乃さんはそんな夫の蘊蓄にうんざり気味なのか態度はそっけなかった。ケンカでもしそうな雰囲気にハラハラする正義だったが、彼にはまだ推し量れない夫婦のやり取りがあり、彼らは互いに努力しあって傍にいるのだと気づき…。

ゲストキャラ紹介

●**田《た》村《むら》帝《てい》一《いち》**：勤め先の証券会社で大きな部署の副部長をしている。ルースコレクターで、目利きもできるほど宝石に詳しい。

●**田村萩乃《はぎの》**：帝一の妻。はっきりとものを言う性格だが、もって回るようなところが、正義には少し苦手だった。三人の息子がいる。

宝石商と謎と備忘録

「わかった。菓子が足りないんだな。好きな物食べろ。何にする？ プリンが冷えてるぞ」
「あなたにとって私は甘味を摂取する機械か何かなのですか」
「そんなはずないだろ。ただ俺は一般常識として、リチャードって男は甘いものを食べると回復するってことを知ってるだけだよ。待ってろ」

（p.49より抜粋）

元気のないリチャードには甘味。そう。これは「一般」常識です。

case.2
危ういトルコ石

あらすじ

正義の紹介でエトランジェを訪れた置田さんは、行方不明の恋人を捜していた。唯一の手掛かりは恋人にもらったトルコ石のイヤリング。結局力になることはできなかったが、正義はリチャードの表情に怒りを見た。彼女のトルコ石は、宝飾品店を装う詐欺集団が扱うフェイク品と同じ物だったのだ。後日、静かに激怒する美貌の男が摑んだ情報をもとに、正義たちは詐欺集団の店へと乗り込むが…!?

ゲストキャラ紹介

●**置田《おきた》あゆみ**：突然消えた恋人を捜す女子大生。母親曰く、面白い男と付き合ってはふられて困る。

●**佐々木義男《ささきよしお》**：置田さんが捜す恋人。雇われ詐欺師として生計を立てていた。本名は、佐々木義綱《よしつな》。

リチャード観察記録

「ま、どうでもいいか！　こんな詐欺なんて、よくある話だもんな」
　その時のリチャードの顔は見ものだった。まるで今から俺がコンビニへ万引きに行くとでも言ったように、俺を見つめる青い瞳には怒りと侮蔑の炎が燃えていた。予想以上の反応に泡を食う俺に、美貌の宝石商は自分が罠にかけられたことを悟ったらしく、ほんの一瞬、悔しそうな、甘えるような顔で笑った。

（p.77より抜粋）

一瞬でも、平静を保てないほど怒っているのがわかる瞬間。

case.3
受けつぐ翡翠

あらすじ

老舗骨董店・伊藤しょうびん堂の店主の依頼で、代理人としてとあるオークションに出席することになったリチャード。彼とともにオークション会場で行われる下見会へ赴いた正義は、リチャードが見知らぬ男から「クレアモント卿」と呼ばれる場面に遭遇する。新たな呼称に困惑する正義だったが、あてこするような言動の男よりも、心配させてくれないリチャードに苛立ちを感じていると気づき…!?

ゲストキャラ紹介

●**伊藤兼敏《いとうかねとし》**：伊藤しょうびん堂の四代目店主。店名の由来でもある翡翠の「仏手柑」の落札を目指す。

●**シン・ガナパティ・ベルッチオ**：美術品の仕入れのプロ。リチャードに顧客を奪われたと恨んでいる。

●**吾妻秀則**：インドネシアで旅行会社を経営。祖父が大好きで形見の「仏手柑」を取り戻すため、リチャードに協力を要請していた。

リチャード観察記録

「何故あなたはそう、人のことを、面と向かって可愛いなどと言うのか」

感心しませんと拗ねたように言い、リチャードはそっぽを向いた。こういう時だけリチャードはやけに子どもっぽくみえる。

(p.146より抜粋)

直前に言う「気難しいけど時々可愛い甘味大王」に激しく同意。

case.4 天使のアクアマリン

あらすじ

谷本さんがお見合いをした。その事実に絶望する正義。しかも相手は、正義も知る穂村商事の御曹司・穂村貴志だった。思い悩む中、本当に結婚したいのか聞いてしまった彼に、谷本さんは「恋愛がわからないの」と告げる。彼女の苦しみを知った正義は、気持ちを告げずに応援すると決めた。だが、リチャードの過去を交えたたとえ話と説教に後押しされた彼は、本当の想いを伝えることにして…!?

宝石商と謎と備忘録

「お前は俺の特別な相手になりたくないって言ったし、影を刻みたいとも思わないって言ったけど、俺にとってお前はもう特別な相手だし、影もビシバシ刻まれてるぞ」

(p.226より抜粋)

『そうですね、お気になさらずと言ってもあなたは気にするでしょう。最後にこれだけ。あなたは人を信じすぎます。時々は傷つくこともあるでしょうが、人生とはそういうものです。割りきって生きるように。それでは』

さようなら、とリチャードは言わなかった。電話はそれっきり切れてしまい、何度リダイヤルしてもつながらなかった。

(p.250より抜粋)

特別な相手からの決別…。でも、リチャードがさよならを言わなかったのは、心の片隅で再会を望んでいたのかも？

extra case.

傍らのフローライト

あらすじ

高崎陽子が出国ロビーで出会ったのは、麗しい容貌を持つ男性だった。彼は壊れてしまったブレスレットの石を一緒に拾い集め、石の名がフローライトだと教えてくれた。そして、ブレスレットに込められた姉の想いまでも解明してくれたのだ。感謝の気持ちを伝え彼と別れたあと、陽子は名前を聞かなかったことに気づく。慌てて名刺を確認すると、そこに書かれていた美貌の宝石商の名は——!?

ゲストキャラ紹介

●**高崎陽子**《たかさきようこ》：入院した姉を見舞うためアメリカに出立する前に、リチャードと出会う。和菓子屋「菖蒲堂」の娘。

リチャード観察記録

甘いものはお好きですか、と。

私がそう尋ねた時、彼は突然真顔になった。感情が全て抜け落ちた、真っ白な仮面のような顔だ。私が焦った表情を見せると、彼ははっとしたように、すぐ平静を取り戻し、たおやかに微笑した。

「……失礼。知人のことを思い出しました。私が調子を崩すと、『甘いものが足りてない』と、いらない気を回してくる子どもで……うまく言えないのですが……」

(p.267より抜粋)

正義の前から消えることを選んだリチャード。でも、どこか後悔や名残惜しさを感じられる。

宝石にまつわる用語を簡単に解説

石屋の豆知識

●ルース：原石を研磨しカットを施したあと、枠や台などに設置されていない状態の宝石。裸石とも。

●蛍光作用：紫外線のライトを当てることで、石が蛍のように光ってみえること。

作ってみよう簡単レシピ

●**牛乳寒天**

＊水　300cc　＊粉寒天　4g

＊砂糖　20g　＊練乳　大さじ2

（練乳がない場合は、砂糖50g）

＊牛乳　300cc

水を入れた鍋に粉寒天を振り入れ、かき混ぜながら加熱。沸騰したら弱火にし2分ほど煮て、砂糖を加え溶かし火を止める。そこへ練乳と牛乳を加えてよく混ぜ、器に移して冷蔵庫で冷やし固めたら出来上がり。

宝石商リチャード氏の謎鑑定
導きのラピスラズリ

事情もわからないまま、リチャードがいなくなってひと月。正義は美貌の宝石商を捜すため、イギリスへと飛ぶ決心をするが…!?

舞台が日本の銀座中心ではなくなった初めての巻。1巻の絵と比べると二人の距離感の変化に感慨無量。

（2017年2月22日発行）

case.1 ???

あらすじ

リチャードが姿を消したことで正義は混乱の中にいた。だが、『エトランジェ』の新たな店主として、リチャードの師匠・シャウルが現れ事態は動き出す。彼は正義を試すように、リチャードへの想いは恋だと言い、指輪を見せて石の名と意味を問う。さらなる混乱に陥るが、谷本さんと話すことで正義は落ち着き答えを導き出した。そして、リチャードが正義を助けてほしいと頼んでいたと知り…!?

サブキャラ紹介

●シャウル・ラナシンハ・アリー：リチャードが師匠と仰ぐ宝石商で、『ラナシンハ・ジュエリー』のボス。謎めいた印象と一流の気遣い、そして一筋縄ではいかない性格は、師弟でよく似ている。

宝石商と謎と備忘録

「……まったく、これだからバカ弟子の尻ぬぐいは。『守ってやってほしい』などとあの男は抜かしましたが、守る対象が自分から抜け出したがっていれば世話はない。そこまで面倒を見てやる義理はありませんからね」
「守ってやってほしい？　何の話ですか」
「私に、あなたを、守ってやってほしいと、リチャードが」

（p.69より抜粋）

正義を気にかけていたリチャード。でも正義はその上をいく！

case.2 アレキサンドライトの秘めごと

あらすじ

リチャードを追いかけるためイギリスへ向かう正義は、何故か飛行機の乗り換えで席をビジネスクラスへと変更される。彼が戸惑う中、隣席に座ったのはリチャードの従兄、ジェフリー・クレアモントだった。彼はリチャードとの思い出を語り出し、突然降りかかった相続問題とその厄介さを正義に聞かせた。ジェフリーの真意が何かわからなくとも、正義には彼もまた優しい人なのだと感じられ？

サブキャラ紹介

●ジェフリー・クレアモント：クレアモント伯爵家の次男。リチャードの従兄。父、兄とともにアメリカで投資会社を経営している。

宝石商と謎と備忘録

リチャード。あの馬鹿。何も言わないで消えたのは、話したが最後、俺が怒って手がつけられなくなると思っていたからか。

(p.114より抜粋)

心配させてもらえないのは、大切であればあるほど悔しいもの。

「だってあなたも、リチャードがすごく好きですよね?」

ジェフリーの顔から、表情が抜け落ちた。張りつけたような冷笑が浮かぶまでに数秒、タイムラグがあった。

(p.118より抜粋)

取捨選択をしてきたジェフリーには、きつい言葉だったのでは。

case.3 導きのラピスラズリ

あらすじ

ヒースロー空港に到着した正義は風邪を引いた挙句、ジェフリーを振り切ることもできずロンドン観光へと連れ出されていた。正義はリチャードに接触するための餌なのだ。けれど、大英博物館で見覚えのある紙片を見つけた彼は、リチャードが近くにいることを確信する。ジェフリーの隙をつき、ようやく再会を果たした正義だったが、話をする間もなく体調の悪化と安堵から気を失ってしまい!?

ゲストキャラ紹介

●ヘンリー・クレアモント：ジェフリーの兄。心労から身体を壊す。

宝石商と謎と備忘録

こいつは本当にどんな時でも整っていて美しい。でもこの顔はだめだ。美しすぎて人間じゃないみたいだ。話しかけても声が届く気がしない。全てを自分で決めてしまった顔だ。

だったらもう、いいのではないだろうか。

わざわざ話しかけて、何かを訴えようとしなくても。

こいつがその気なら、もうそれでいいのではないだろうか。

力になりたいなんて、わざわざいわなくても。

俺だって同じことをすれば。

もうそれで。

(p.187より抜粋)

「正義の味方」の暴走が始まる。

case.4 ホワイト・サファイアの福音

あらすじ

「配偶者候補」としてクレアモント伯爵家を訪れた正義は、リチャードとともにダイヤモンドの開示に立ち会い、目の前に出された宝石を壁に叩きつけようとした。破壊すればリチャードが厄介な呪いから解放されると思ったからだ。だが、正義がすべてをなげうつつもりで臨んだミッションはリチャードに阻止され失敗に終わる。その上、宝石はダイヤモンドではなく、サファイアだと判明して…!?

宝石商と謎と備忘録

「何か不満が?」

「ないです！ もう全然ないです！」

「ありそうな顔です。おいおい尋ねるとしましょう」

「本当にないって。お前と電話できるってだけで奇跡みたいに嬉しいんだぞ。だって連絡がとれるってことは、世界のどこにいても、お前が元気にしてるかどうか、ちゃんとわかるってことだろ。嬉しすぎてスマホが手放せなくなりそうだよ」

「……上には上がいる、上には上がいる、上には上がいる……」

「何の呪文だよ?」

リチャードは渋面を作ったあと、別にと小声で呟いた。まあいい。

(p.275より抜粋)

無意識レベルで好意を振りまく正義は、無自覚の人間たらし。かつてのリチャードに通じる…というか超えているのでは？

extra case.
バイカラー・トルマリンの戯れ

あらすじ

『エトランジェ』にリチャードが戻ってきた。正義はこの日のために日持ちする秋限定スイーツを入手し、リチャードを驚かすのに成功する。けれど、いつもどおり迂闊に彼を褒め称えた正義は思わぬ反撃を食らう。リチャードはバイカラー・トルマリンを用意し、正義相手に接客モードになると宝石の説明に加えて正義を褒め殺しにかかる。それは、シャウルに聞かれていたと気づくまで続けられ!?

正義のうっかり賛美録

「え？『内助の功』は……確か『親しい人間のナイスアシスト』……だろ？」

「愚か者。国語辞典を熟読しろ」

「そんな言い方はないだろ！しいて言うなら、俺は上機嫌のお前を見るのが好きなんだよ。喜ばせ甲斐があるって言えばいいのか……甘いもの見てにこにこしてる時の顔なんかさ、虹のかかってる空みたいで清々しいくらいきれいだぞ」

俺が笑うと、リチャードの瞳に、多少、力がこもったような気がした。やばい。虹のかかってる空云々はまずかったか。

（p.288より抜粋）

このあと、第二回『リチャードによる中田正義褒め殺し反撃講座』開催。第一回はメールでの反撃でしたが、面と向かっての反撃は赤面必至！

宝石商と謎と備忘録

緊張していた宝石商は、目の前にあるものが何なのか、よくわからないようだった。

「おかえりリチャード！甘さ控えめチーズケーキと、プリンタルトでございまーす」

（p.300より抜粋）

帰還のお祝いに用意されたバイカラー・ケーキが美味しそう…。

宝石にまつわる用語を簡単に解説
石屋の豆知識

●アクロスティック・リング：複数の宝石が並び、それぞれの石の名前から頭文字(アルファベット)をとって繋げることでメッセージを込めた指輪。

●カラー・チェンジ：浴びる光によって石の色合いが変化すること。

●靭性：衝撃に対してどのくらい強く、割れにくいかを示す。サファイアは八。ダイヤモンドは七・五。

宝石商リチャード氏の謎鑑定
祝福のペリドット

リチャードが『エトランジェ』に復帰。正義は大学三年生になり就職活動が本格化し始める時期。美貌の宝石商と過ごす『エトランジェ』の日常が戻りつつある中、常連客が謎を持ち込むが…!?

巻内で最長の「ジルコンの尊厳」はリチャードの過去の出来事を描く回想編。逆境と戦うモニカは隠れた人気キャラでもある。

（２０１７年8月27日発行）

case.1 挑むシトリン

あらすじ

周囲で本格化し始めた就活。バイトとの両立が難しくなると理解しつつも、正義はできるだけバイトを続けたいと思っていた。そんな中、友人の下村がグラナダに修業へ行くと言い、正義に逆の意味で優先順位を考えろと言って旅立つ。その意味を考える前に謎の女性に声をかけられた正義は、彼女の有無を言わせない押しの強さに負けて荷物運びを手伝い、お茶をご馳走してもらうことになるが!?

ゲストキャラ紹介

●**下村晴良**《しもむらはるよし》：笠場大学に通っていたが、大学を休学しフラメンコギターを極める修業のため、グラナダへと旅立つ。正義がリチャードを追いかけイギリスへ向かう際に、授業のノートを頼んだ友人。

●**浜田真夜**《はまだまや》：品川駅で正義が声をかけられた謎の女性。京都にあるというジュエリー会社の主席デザイナー兼取締役。

宝石商と謎と備忘録

『ありがとう。本当にきれいだ』

合掌の絵文字を添えて、ひとこと日本語で送る。返事も日本語だった。

『どういたしまして。知っています』

（p.47より抜粋）

正義の褒め殺しに慣れすぎた故のうっかりミス？　勘違いに気づいたリチャードを想像すると微笑ましくなります。

case.2 サードニクスの横顔

あらすじ

『エトランジェ』を訪れた常連客の乙村さんは、もらい物だという桜色のカメオをリチャードと正義に見せる。それは彼が片想いをしていた女性が、ある男性から受け取った贈り物で、それをさらに贈られたのだという。大切にしていた物を送ってきたことにどんな意図があったのか。すでに知る術のない答えを知りたいと、乙村さんはリチャードに、カメオの謎を解いてみないかと言い出して…!?

ゲストキャラ紹介

●**乙村桂**《おとむらけい》：三十代後半の男性で画家をしている。普段はあまり宝石を買わず、友人にエトランジェを紹介することが多い。義理の母親に片想いをしていた。

リチャード観察記録

俺はろくろを回す人のように手を上げ下げした。ここと指さして言うようにははっきりとはわからないのだが、何かが違う気がする。イギリスから帰ってきて以来、何となくリチャードが、今までのリチャードとは少し違うように感じられることがあるのだ。接客中にも、そうでない時も、電話をしている時も、何気ない瞬間に。

(p.99より抜粋)

少しずつリチャードとの距離が縮まっていることに気づいていない正義。この前後のやりとりでは思わずニヤニヤしてしまう。

case.3 ジルコンの尊厳

あらすじ

シャウルが出会った頃のリチャードは、気力もなく荒みきり宝石商にあるまじき詐欺行為を働いた。そのためシャウルは貸していたアパートから彼を追い出すが、条件をつけ新たな住み家を与えることにした。それは、シャウルが娘と紹介したモニカの護衛。彼女は持参金の少なさから理不尽にも夫に殺されかけたという。事情を知ったリチャードだが、当時、彼が抱えていた相続問題は深刻さを増していて!?

ゲストキャラ紹介

●**モニカ**：シャウルの親友の娘。嫁いだ先で殺されかけ、顔の半分に熱

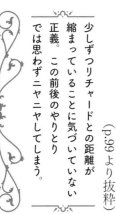

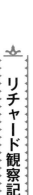

傷の痕がある。シャウルの紹介でアメリカで皮膚の移植手術を受けることに。本名は、ヒンディー語で「宝石」を表す『マニック』。

宝石商と謎と備忘録

「美しい宝石を、より美しく育ててゆくのは、血の通った人間の眼差しなのです」

「よ、よくわかりませんけど、すごい話ですね。宝石を美しく育てるなんて……」

「まあ、程度があるとは思いますが。去年の暮れからの変貌には目を見張るばかりです。ここ数年の中でも間違いなく、あれは今が一番輝いていますよ。魔力を感じるほどです」


（p.206より抜粋）


「あれ」が誰をさすのか…

もちろんおわかりですよね？

case.4 祝福のペリドット

あらすじ

偶然にも、リチャードの日本語教師をしていた智恵子さんと出会った正義。けれど、彼女は自分のことを話さないでほしいと頼んできた。そこで正義は彼女のプリンを再現し、リチャードに食べさせることにする。期待どおり智恵子さんの存在に気づいたリチャードは、彼女が会おうとしない原因であろう、ある出来事を教えてくれた。それは、彼の母親と智恵子さんが関わる首飾り紛失事件で…!?

ゲストキャラ紹介

●稲村《いなむら》智恵子《ちえこ》：イギリスに留学中、リチャードとジェフリーに日本語を教えていた。旧姓、坂本。

リチャード観察記録

閑静な住宅街を背景に、一人。手持ち無沙汰に立っている男がいた。

「智恵子」

リチャード。相変わらずほれぼれするような美貌だが、今日の表情は反則だ。可愛いらしさが増している。いつもの顔が抹茶フラッペチーノだとしたら、今日の顔は抹茶フラッペチーノチョコチップがけクリームましまし黒糖ましましである。やたらめったら甘い。智恵子さんの顔を見た瞬間、あどけない表情になった。


（p.265より抜粋）


大切な人と再会したリチャード。

喜びに溢れる姿は美しさを倍増。

extra case.

聖夜のアンダリュサイト

あらすじ

クリスマス・イブの『エトランジェ』は大盛況だ。お客様からはリチャードの好きな甘味が差し入れされ、朝から甘味三昧。さすがの甘味大王もしょっぱいものが恋しくなるほどだった。そんな中、ステンドグラスのように輝くアンダリュサイトを出してきて撮影したあと、リチャードは正義を休ませてあげたかったと言う。それは、日本ではクリスマスが恋愛イベントになっていると知ったからで!?

宝石商と謎と備忘録

「あの茶はシャウル流の薬膳のようなものです。スリランカのアーユル・ヴェーダなる健康療法ゆえか、飲みすぎると過度の糖分を摂取することに体が違和感を訴えます」

「それ、めちゃめちゃ健康にいいお茶ってことじゃないのか？」

「そんなに飲みたければ一人で飲めばよろしい」

「そこまでじゃないけどさ」

「いやだ」

「駄々っ子か」

「店主です。あなたの雇用主は、ロイヤルミルクティーを所望します」

「へーい」

（p.302より抜粋）

スパイス・ティーにそんな薬効があるとは…。甘味大王にふさわしく断固拒否するリチャード。でも、この日は彼の誕生日。それを思うと、正義に甘えているようにも見えませんか。

作ってみよう簡単レシピ

●スパイス・ティー

＊水：カップ2（400cc）
＊茶葉：ティースプーン山盛り2杯
＊砂糖：お好みの分量
＊各種スパイス　適量
（カルダモン、クローブ、シナモン、ジンジャー、ブラックペッパーなど、好みのものを少量ずつ）

鍋に湯を沸かし茶葉とスパイスを加え、中火で香りが出るまで煮出したら砂糖を入れ火を止める。茶漉しを使ってカップに注いで出来上がり。

使用するスパイスは粉よりも固形のものがお勧めだが、カルダモンは香りを出しやすくするために殻を割る。また、煮すぎるとえぐみが出ることがあるので注意。スパイスの種類や量を調整して、好みのスパイス・ティーに挑戦してみてください。でも胃腸にはお気をつけて……。

宝石商リチャード氏の謎鑑定
転生のタンザナイト

忙しくなってきた正義だが、リチャードと過ごす時間は元気がもらえた。けれど、ある男が彼の前に現れたことで運命は変わる。正義は『エトランジェ』を辞めようとするが？　第一部完結巻。

1巻、4巻、6巻と、節目になる巻の彼らの姿に比べると、構図や表情に如実な変化が見られるはずだ。装画の雪広先生の力に脱帽。

（2018年1月24日発行）

extra case. シンハライトは招く

あらすじ

キャンディという街の小さな宝石店で『スリランカの石』という名を持つシンハライトを見つけた。けれど店主の姿はなく悩んでいると、かっこいい男の人に声をかけられ、目をつけていた石がシンハライトに似せた水晶だと知らされる。残念に思っていると、イケメンの彼から「利のある申し出をすることができる」と言われるが⁉

隠された謎

この章では、キングス・イングリッシュを話すイケメンが登場。容姿を褒められることが苦手だという彼が誰なのか、推理してみては。

case.1 さすらいのコンクパール

あらすじ

『エトランジェ』を訪れたのはリチャードの香港時代の顧客の一人、浜田さまの息子と孫娘。彼らはコンクパールという珍しい真珠を使ったセットジュエリーを注文していた。そんな彼らと入れ違いに、小松信一郎と名乗る男がやってくる。彼は「浜田さまは幸せそうだったか」と不可解な問いを口にした。それに対してリチャードは明確な答えを避けていたが、何やら思うところがあったようで…⁉

ゲストキャラ紹介

●浜田孝臣《はまだたかおみ》：娘の優菜のために、コンクパールのセットジュエリーを買い求める。

●**小松信一郎**《こまつしんいちろう》：孝臣の父・弘雄のことを調査している研究所の所員。

宝石商と謎と備忘録

俺が先に階段を下りようとした時に、くぐもった音がした。何だ。リチャードが転んだのか。違う。壁を叩いている。【中略】

謎のアクションを起こした店主は、俺のことを見ていなかった。ただうつむいている。だが、異様な気迫がみなぎっている。そして頬が引きつっている。笑っているのではない。軽く歯を食いしばっている。

（p.66より抜粋）

自分の言葉が原因で正義と食事に行けなくなったことを後悔？リチャードの葛藤がたまらない。

case.2 麗しのスピネル

あらすじ

サークルの学生が催す管弦楽喫茶のお茶くみとしてヘルプに入った正義。楽しく接客や呼び込みをする中、女性を連れたリチャードと会い、新しいバイトを始めたと誤解される。けれど誤解を解く前に女性を追ってきた男性が乱入し、ちょっとした修羅場に。彼女はあやめさんといい、男性はマネージャーで恋人だった。あやめさんは口論の末引退すると言い出し、贈り物らしき指輪を返そうとして!?

ゲストキャラ紹介

●**北条**《ほうじょう》**あやめ**：療養で休業中のタレント。マネージャーと付き合っているが、同じような賛辞を繰りかえされるうちに、愛情を信じられなくなっていた。

●**板垣俊希**《いたがきとしき》：あやめの恋人で、マネージャー。あやめにはベタ惚れ。

宝石商と謎と備忘録

美貌の宝石商は、ひっそりと言葉を紡ぐ。

「どのような石であったとしても、それを『美しい』と愛でる人間さえいるのなら、極論ではその石は『宝石』たりうるのです。美しさも、愛しさも、輝きも、全てはその所有者の感じる個人的な心持ちでしかありません。もちろん資産形成などとは全く別の視座の話になりますが」

（p.109より抜粋）

美しいと感じることは、かけがえのない大切な想いなのかも。

case.3 パライバ・トルマリンの恋

あらすじ

念願かなって『エトランジェ』に谷本さんを招待した正義。彼女の好きなクリームソーダも手作りして、おもてなしの準備は万端だ。そして、リチャードが彼女のために用意した宝石はパライバ・トルマリン。それは、谷本さんにある事件を思い出させる。彼女が中学の頃、鉱物岩石同好会が活動する理科準備室に『怪盗』が現れ、逃げていく際に、パライバ・トルマリンを置いていったというが…!?

リチャード観察記録

「グッフォーユー。あなたはよくやりました」

だからそういう反則技を、泣いている人間にかけないでほしいものだ。余計に泣くだろう。と思ったのだが、リチャードがいそいそと自分の分のチョコレートケーキも持ってきて、うまそうに食べ始めたので、俺の涙腺はほどほどに乾いた。本当にこいつはどんな時でもうまそうに甘味を食べる。他のこと全てを一旦脇に置いておきたくなるほど美しい風情で。俺も食べよう。甘いものを食べると元気が出る。どんな時でも。

（p.186-187より抜粋）

大切な人が、同じくらい大切な人と仲良くしてくれて、嬉しいけど少しだけツライ。そんな時でも、甘いものを食べるリチャードの癒やし効果は抜群。でも、これは正義の前だからこそ…？

case.4 転生のタンザナイト

あらすじ

突然、正義の前に現れた男・染野閑。正義の実の父親だ。家庭内暴力で両親は離婚していたが、染野の母親が他界し、金銭に困った男は正義を見つけだし近づいてきたのだ。何度追い払っても執拗につきまとわれた正義は、リチャードに迷惑をかけることを恐れ、『エトランジェ』を辞めようとする。だが、リチャードから食事に誘われ、彼が宿泊するらしいホテルで「帰したくない」と言われて…!?

ゲストキャラ紹介

●**染《しめ》野《の》閑《ひさし》**：正義の血縁上の父親。自分本位で、己を肯定し、自分に不都合なことは否定する性格。

●**中田康弘**《なかたやすひろ》：正義の義父。インドネシアで掘削機械の会社に勤めている。家族思いの人情家。

宝石商と謎と備忘録

「あなたと私は生まれも育ちもまるで違うのに、魂の性根のようなものが不必要なほどよく似ている。であれば、これをあなたに言うのは私の役割でしょう」【中略】「私は、あなたが、好きで、好きで好きで仕方がないから、同じだけあなたに怒っている」

（p.242より抜粋）

正義がイギリスでリチャードに言った言葉を、今度はリチャードが正義に。想いを届ける言葉として、これ以上率直で説得力のあるものはないのでは…。

extra case. シンハライトは招く

あらすじ

イケメンの宝石商に連れられてきたのは、広い庭つきの家だった。そこで彼が日本人だと知って驚き、さらに美しい男性が現れたことに驚愕する。思わず「リチャード・ラナシンハ・ドヴルピアンみたい」と呟くと、彼らはえっと低い呻き声を漏らした。偶然にも美貌の男性が、三年前に妹が出会ったという宝石商本人だと判明して…⁉

ゲストキャラ紹介

●**高崎蛍子**《たかさきけいこ》：海外で入院して借金を抱えていたが、努力の末に完済。海外旅行を贈ってくれた妹のために、シンハライトを探していた。

宝石商と謎と備忘録

私はこの人の名前を知らない。尋ねそびれていた。

「すみません！　よければ！」

スリランカのバスは、化け物の唸り声のようなエンジン音を立てて走る。名前、と言いかけたところで発進してしまった。彼に声が届いたかどうか。なまえ、なまえと私が口の形で繰り返すと、彼はああーという顔をして、口に手を当て、叫んだ。

「ジローと、サブローです！」

十秒くらい考える時間が必要だった。

（p.321-322より抜粋）

俺の外で飼っている犬の名前を教えてくれたイケメン宝石商。うっかり者の彼は、公務員を目指す元大学生…？

宝石商リチャード氏の謎鑑定
紅宝石《ルビー》の女王と裏切りの海

公務員採用試験の二次面接で落ちてしまった正義が、リチャードの勧めで宝石商見習いとしてスリランカで新たな生活を始める第二部開始巻。

第一部のオムニバス形式とは異なるストーリー構成で、リチャードの回想から始まり、宝飾品にまつわる一本の長編が収録されている。

（2018年6月26日発行）

あらすじ

スリランカで宝石商として修業中の正義に、不可解なメールが届く。件名に「リチャードを助けて」と書かれたそれは、豪華客船クルーズの旅程表だった。意図がわからず困惑する中、航空券と招待状が届く。悩んだ末、現地へ向かった正義は、船上でリチャードと再会してようやく助けるどころか真逆のことをしている可能性に気づく。その上、トラブルに巻き込まれた正義は盗難事件の容疑者に…!?

ゲストキャラ紹介

●アメン・カールスブルック：アメリカのジュエリーブランド『ガルガンチュワ』の理事。リチャードの遠い親戚で、彼を創業百周年記念クルーズに招待した人物。美しいものが好きで、リチャードに執着を持っている。

●クルーガー：『ガルガンチュワ』の警備セレクションの責任者。ジュエリーの紛失時、真っ先に正義に疑いをかけた。

●マルヌイ・パテール：『ガルガンチュワ』の副社長。アメン氏に一泡吹かせたいと思っていた。

サブキャラ紹介

●ヴィンセント梁《ライ》：警備員として正義の前に現れ、何かと手助けをしてくれるが、実はリチャードとは面識があり、元は『ラナシンハ・ジュエリー』の同僚だった。ある人物の指示で正義に接近していたが、後に、成り行きで盗難事件に手を貸していたことが判明。実家が宝石商だったため、翡翠と珊瑚の目利きができる。既婚者。

宝石商見習いの日常

それにしても、どうしてまたブログなんか始めてしまったんだろうと、三記事目にして俺は後悔し始めた。こういうのはもっとキラキラした生活を送っている人や、自分の個人情報をいろいろな人と共有したい人がやるべきことで、田舎町でひたすら石を眺めては、ひよこの鑑別みたいにこれはサファイア、これはトルマリン、これはアクアマリン、なんて仕分け作業をしている人間がやるべきことではないはずだ。英作文技能の向上には、確かに役に立つと思うけれど。日常会話では使わない単語をたくさん使った。

(p.12-13 より抜粋)

英語で書かれている正義のブログ。
これを読むことができるなら、
それだけで勉強になるかも。

荒ぶる美貌の宝石商

リチャードはにっこりと微笑んだ。何か黒いものがはみ出しかけている。【中略】

美貌の男は通常比三割増しくらい荒っぽく上着を脱ぎ捨て、腕まくりをすると、サンドバッグに正対し、強烈なワンツーを叩き込んだ。人間には時々、急にボクシングの練習をしたくなるような瞬間があって、リチャードの場合は今がその時なのだろう。おつかれさまなどという言葉は軽すぎる。そもそも全ての元凶は俺だ。何も言えない。

お手本のようなスパーリングを披露したあと、リチャードは清々しい顔で部屋を出て行った。

(p.265-266 より抜粋)

そういえば時折、
銀座の店でも何かを叩く音が…。

気になる手料理を簡単に紹介
正義の料理メモ

●ワタラッパン：ハウスキーパーさんから教えてもらった結婚式などのお祝いの席で食べることが多いデザート。材料は卵、孔雀椰子の蜜（なければ黒砂糖）、ココナッツミルク、ナツメグ、塩。スリランカ・プディングともいわれる。

●カレー：定食屋の常連になった正義が、店主にレシピを教えてもらったもの。ほかに、付け合わせのココナッツを使ったサンバルも教えてもらっている。材料は豆、根菜類、鶏、魚など。

●ビリヤニ：近所に住んでいる兄妹にワタラッパンをお裾分けした際に、そのお母さんから教えてもらった米料理。外見は炒飯によく似ているが、炒めるのではなく茹でている。スパイスと米、肉、魚、卵や野菜などを使った炊き込みご飯。

宝石商リチャード氏の謎鑑定

夏の庭と黄金《ドール》の愛

リチャードの母・カトリーヌに南仏プロヴァンスの屋敷に招待された正義。その旅程でジェフリーと下村と再会し話をした彼は、その後合流したリチャードとともに〝女王〟が用意した謎を解き明かすことになるが――!?

リチャードと正義、二人の絆が深まる一冊。回想の中にしか登場しなかったカトリーヌの強烈な存在感が見物。

（2018年12月23日発行）

あらすじ

リチャードの母・カトリーヌが夏のバカンスの間に正義に会いたがっているという。謎の少女・オクタヴィア嬢からの宣戦布告が記憶に新しい中、カトリーヌの誘いは彼女の思惑を案ずるものだった。けれど正義は快諾し、リチャードとともにプロヴァンスの屋敷を訪れる。そして彼らはカトリーヌが敷地に隠した三十二の石を探し出すよう要請される。すべて揃うと宝物のありかがわかるというが!?

サブキャラ紹介

●**カトリーヌ・ド・ヴルピアン**：陽気だが、有無を言わせない女王さま然とした無邪気さを持つ女性。リチャードの母親で息子に容姿がそっくり。コロンビーヌ（古典劇の舞台俳優）をしている。気まぐれに高価なものを贈る癖があるが、大切だと思える人限定らしい。

●**ピエール**：ガンコンを使った日本のシューティングゲームにはまっている老人。パン屋を営んでいる。カトリーヌの母親のマリ＝クロードと知り合いで、彼女がパリで亡くなる少し前に不思議な手紙をもらっていた。

キーパーソン

●**オクタヴィア・マナーランド**：スイスのサン・モリッツ在住の大富豪。リチャードの元生徒で、彼には元婚約者のデボラと結婚してほしいと思っていた。正義をまきこんだ豪華客船での一件のあと、リチャードをはじめ、ヘンリーやジェフリーに動画で「犯行声明」を送りつけてきた人物。

毛布お化けの怪

朝のリチャードは凄まじかった。夜明けの光に煩わされることもなく、七時ごろ、俺が屋敷を掃除しようとはりきって起床すると、隣のベッドからずるずると滑り落ちた毛布おばけが、必死になって俺の足を摑んだ。掃除をするな、埃の痕跡で隠し場所を推定できるから待てと、ただそれだけを仰せになった。頭から足首まで毛布で覆った男がどんな顔をしているのかは、ほんのわずかも見られなかった。寝起きの顔をよほど見せたくなかったのだろう。

（p.131 より抜粋）

寝起きのリチャードは貴重！ まさかの毛布おばけ姿に少し笑ってしまうけれど、気になるのは毛布の中身。寝る時のリチャードは、パジャマ派？ それとも裸？

友人関係ということ

「加えて、焦れるのもほどほどに。やれと言われれば何でもやる類の鉄砲玉は必要ありません。私があなたに求めているのは、私と同じ高さに立って、私とは違う方法で世界を眺めてくれる友人関係です」

（p.163 より抜粋）

「俺はあいつの専属ドライバーでも料理人でもなくて、普通の友達のつもりです。外国人なので、付き合い方がいびつに見えるかもしれませんが、俺はそれに納得しているし、居心地がいいし、搾取されていると思ったことはないです」

（p.170 より抜粋）

会話にのせて、友達なのだと伝えるリチャードと正義。面と向かって言わないところは、照れ隠しのようで微笑ましい。また一つ、絆が深まっていく瞬間。

気になる手料理を簡単に紹介 正義の料理メモ

●**ブイヤベース**：南仏プロヴァンス地方定番の魚介と野菜の煮込み鍋。材料は海老、魚、たまねぎ、トマト、セロリ、にんじん、サフランなどのハーブ類、バター、白ワインなど。余ったスープはごはんを入れて雑炊にすると、二度おいしい。

●**仔羊のロースト**：マルシェの精肉店おススメの肉がラムで、絶品で時間もかからないと知って正義が選んだ調理法。材料は骨付きモモ、塩、黒胡椒、タイム、ローズマリー、ニンニク、赤ワインなど。

●**サンドイッチ**：カトリーヌが正義と一緒に作ったお弁当。具材はクレソンとたまご。

●**レモネード**：カトリーヌの唯一得意な料理。材料はレモン汁、砂糖、水、ミントのシロップ。

宝石商リチャード氏の謎鑑定
邂逅の珊瑚《サーンウー》

暴動事件を機に一時帰国することになった正義は、一つの約束を果たすために香港へと飛ぶ。それは大切な人たちと対話を持つ機会となり、リチャードとの関係や彼への想いを確認する旅にもなるが!?

美しくも悲しい、さまざまな愛のかたちを感じる一冊。

（2019年8月26日発行）

あらすじ

滞在していたスリランカの戒厳令発令をうけ、日本に一時帰国する正義。けれど滞在もそこそこに、ヴィンセントに会うため香港へと飛ぶ。それは帰国前に連絡を取り、会ってきた彼の妻・マリアンの想いを伝えるためであり、正義を気にかけ助けてくれるヴィンセント梁という男の真意を知るためでもあった。そして彼は、リチャードが正義を雇った要因に、ある約束が関係していると言うが…!?

ゲストキャラ紹介

●**マリアン**：ヴィンセント梁の妻。元は梁家の家政婦として働いていた。腎臓を患い、ヴィンセントと結婚して臓器移植を受ける。移植後、連絡が取れなくなった夫のことが心配で、どうにか情報を得ようとしていたところ、偶然にも正義と繋がりを持つことに。

中田さんの家族愛

「まあなんだ、いろんなことがあるけどな、正義、俺はいつもお前の味方だよ。何だってしてやりたいと思ってるんだよ」

「ちょっと、あんまり甘やかさないでよ」

「いいんだって。正義は頑張る子だから、甘やかすくらいでちょうどいいんだ。頑張りすぎるってところは、ひろみさんも同じだけど」

「変なこと言わないでよね。私が何歳あなたの年上だと思ってるの」

（p.43-44より抜粋）

束の間の帰国での中田家の団欒。見守ってくれる存在がいることは、心強くもあるし嬉しい。

「美」を信仰すること

よろしい、と彼は頷いた。先生のような笑みだ。
「少しずつ、少しずつ、積み上げてゆきなさい。わからないことも、わかったと思うことも、全て蔑ろにせず。そしてあなたという人間を少しずつ育ててゆくのです。投げ出してはいけません。ほんの少しずつでいいのです。焦らず、時には立ち止まったり、身を抉られるような思いにさらされることを恐れずに。それもまたあなたを形作る、かけがえのない出来事です。そしてこれは、人間よりもむしろ、我々が扱う、宝石の得意分野ですね」

(p.175 より抜粋)

時間をかけて結晶化する宝石のように、少しずつ学んでいけばいい。そんなシャウルさんの言葉は、心に留めておきたいもの。

美しさは石に回帰する

「美しいものを見て、石のことを考えるようになったらもうそれは石屋さんだよ。別に、検定試験があるわけじゃないんだよ。ただ、石を美しいとか、尊いとか思う気持ちがある人は、『石屋さん』でいいんじゃないかな」

俺ははたと、シャウル教あらため、美しいものを美しいと感じる教のことを思い出した。同じだ。ほとんど同じことを言っている。シャウルさんも谷本さんも、自分の美意識を大事にする人間で、それはそのまま価値観を大事にすることに繋がっている。この二人の仲間にいれてもらえたら、地球上に怖いものはない気がする。

(p.195 より抜粋)

人それぞれの価値観や美意識を尊重できるのはそれだけで尊い。

親愛なるあなたに…

「……どうやったらお前のことを一番大切にできるのか、脳みその隅から隅まで使って考えてるつもりなんだけどな、いまだに結論が出ないんだ。どうしたらいいんだろうな」【中略】

リチャードは俺の言葉を受け止め、呑み込み、そうですねと真面目な顔で相槌をうってくれた。
「もしあなたがそれを望むのであれば、考え続けなさい。そして実行し続けなさい。恐らくはそれが、今のあなたの幸せなのでしょう。そしてもし、考えるのに飽きた時には、別のことをなさい」

(p.249-250 より抜粋)

友人、恋人、夫婦…どんなかたちでも、一緒にいたい、大切にしたいという想いは互いに思いやればこそ。一方通行ではダメなのだ。

宝石コレクション

作中の宝石をサクッとご紹介！
あなたのお気に入りをチェック！

トパーズ
TOPAZ

諸説あるが、ギリシャ語の「探し求める」を意味する「トパゾス」が語源の由来だといわれる。

キャッツアイ
CAT'S EYE

宝石名はクリソベリル・キャッツアイ。石の中にルチルという鉱物が混じり猫目のように光る効果をキャッツアイと総称。

ピンク・サファイア
PINK SAPPHIRE

「パパラチア」は独特のオレンジがかったピンク色のもののことで「蓮の花」の意味。宝石言葉は「弱者への正義」。コランダム。

トルコ石
TURQUOISE

トルコ経由でヨーロッパに流入したため、トルコでは産出しないが「トルコのもの」をあらわすターコイズが名前となった。

ガーネット
GARNET

柘榴石という和名を持つが、黄や緑など青以外の全ての色があるという石。一月の誕生石。宝石言葉は、「努力」「忍耐」。

ルビー
RUBY

最上級のルビーの、鮮やかな赤色は「鳩の血」にたとえられピジョン・ブラッドいわれる。

翡翠
JADEITE

古くから主に中国大陸で珍重された。最上の翡翠をロウカンと呼ぶ。ロウカンは若竹色で、透き通った緑のものは最上級品。

エメラルド
EMERALD

緑の石でインクルージョンの醸すとろみが、柔らかで女性的な印象を与えることから「宝石の女王」といわれている。ベリル。

アメシスト
AMETHYST

ギリシャ語の「アメテュストス」が語源で「酒に酔わせない」という意味がある。二月の誕生石で、豊かな心を育む石とも。石英族。

アクアマリン
AQUAMARINE

船乗りのお守りと親しまれてきた石。エメラルドと同じベリル系だが、安定して産出されている。別名、天使の石。ベリル。

オパール
OPAL

遊色効果を持つ石で、光の乱反射によっていろいろな色が見える。ブラック・ホワイト・ファイアなどの種類がある。石英族。

ダイヤモンド
DIAMOND

単一の元素で構成され、世界一硬い物体。４Ｃという価値基準があり、重さ・色・透明度・削り方を記したものが『鑑定書』。

フローライト
FLUORITE

和名は、蛍石。フローレッセンス（蛍光作用）が語源といわれ、紫外線に当てると光る石がある。劈開性が高く割れやすい。

ユークレース
EUCLASE

ブルーハワイのような色彩を持つ石。硬度に乏しく、劈開性が高いため割れやすく、アクセサリーには向かない。

ローズクオーツ
ROSE QUARTZ

ミルキーなピンク色の石。和名は、薔薇水晶。パワーストーンとしての効果に、「恋愛に効く」「仲の進展」などがある。石英族。

シンハライト
SINHALITE

「スリランカの石」という意味の名を持つ宝石。微妙な金色、あるいは微妙な緑色がかかった色合いが特徴。

シトリン
CITRINE

和名は、黄水晶。名前のとおり水晶の仲間で天然にも産出するが、紫水晶を加熱してつくられた人工的なものが多い。石英族。

クリソコラ
CHRYSOCOLLA

珪孔雀石。不思議な魅力を湛えた青緑色の石。石英が浸潤した状態のクリソコラをジェムシリカと呼ぶ。

コンクパール
CONCH PEARL

コンク貝という巻貝からとれる、ピンク色の真珠。貝の中で形成される「生体鉱物」で、巻貝であるため、養殖には適さない。

サードニクス
SARDONYX

石英族。縞模様の入ったカーネリアン。サード・オニキスという名前が変化した名称。カメオなどに用いられることが多い。

アレキサンドライト
ALEXANDRITE

カラー・チェンジする宝石で、赤あるいは黒紫、青緑色などに変化する。クリソベリル。

スピネル
SPINEL

八面体の棘のような形状で産出することが多く、ラテン語で「棘」を意味する言葉が語源に。宝石言葉は「内面の充実」。

ジルコン
ZIRCON

スリランカで多く産出し、トルマリン同様、多色の女王と呼ばれるほど、色彩に富む。古来から装飾品として重宝されてきた。

ラピスラズリ
LAPIS LAZULI

星のきらめく天空の破片、と昔の人が表現した石。かつては、すりつぶして化粧品や絵具として使われていた。

パライバ・トルマリン
PARAIBA TOURMALINE

浅葱色っぽい青緑で、「ネオンカラー」と呼ばれる目を刺すように鮮やかな色合いの石。硬度は七から七・五。

ペリドット
PERIDOT

柔らかなグリーンの宝石。「夫婦の幸福」という宝石言葉を持つため、結婚のお祝いに活用されることが多い。

ホワイト・サファイア
WHITE SAPPHIRE

とろんとした柔らかい透明感があり、雪解け水をそのまま固めたような、澄みきった石。頑丈さを表す靭性は八。コランダム。

タンザナイト
TANZANITE

紺碧の海のような青。硬度は六から七だが、衝撃に弱く割れやすい。宝石言葉は「転生」。ゾイサイトの一種。

アンダリュサイト
ANDALUSITE

さまざまな色が共存しており、光の加減で色合いがモザイクのように変化する宝石。

バイカラー・トルマリン
BI-COLOR TOURMALINE

二つの色が個を保ちつつ融和したもの。バイとは「二つ」を意味する接頭辞で、トルマリンの語源はシンハラ語で「多色」。

人物相関図

シャウル・ラナシンハ・アリー

医師免許を持つ宝石商。スリランカ、香港、銀座に拠点を持つラナシンハ・ジュエリーの総元締め。スパイス・ティーを愛飲。モニカという義理の娘がいる。

リチャードを介して師弟関係に

弟子であり広東語の師

中田正義

『エトランジェ』でアルバイトをしていた縁で、笠場大学を卒業後は宝石商見習いとしてスリランカに滞在。公務員になる夢は継続中。名の通り、まっすぐだが妙なところで迂闊な“正義の味方”。プリンを作ってリチャードを喜ばせるのが好き。

出会ってから互いを知る中でかけがえのない大切な存在に

叶ハツ

正義の母方の祖母。『抜きのハツ』の二つ名を持つ凄腕の掏摸だった。

母娘

ひろみ

正義の母。看護師。掏摸をしていたハツのことを許さないでいる。

夫婦

中田康弘

正義の義父。掘削機械会社勤務で、油田開発に携わっている。

家族

大学の友人

恋愛の疫病神となってしまい気まずい

恋愛として好きだったけれど今は親友に

とても好きで大切な友達

穂村貴志

穂村商事の御曹司。正義と関わることで、二回結婚を白紙に戻している。その後、智恵子の孫・美香と結婚した。

見合いをした

谷本晶子

正義と同じ大学を卒業し、教職に就いている。岩石が好きで、石の話題になると表情が凛々しくなる。あだ名は『ゴルゴ谷本』。

下村晴良

在学中にフラメンコギターを極めるため留学。その後、本腰をいれるため大学を中退し、グラナダに滞在している。

正義を介して知り合い、ギターとピアノでセッションする仲に

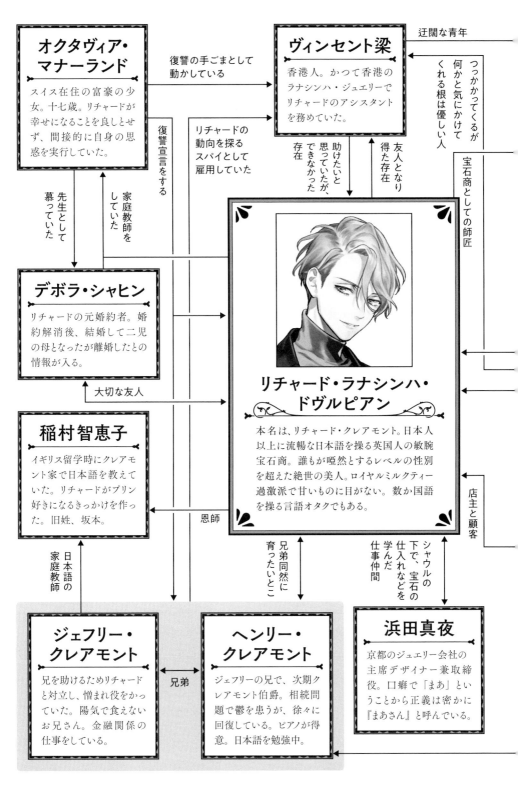

オクタヴィア・マナーランド

スイス在住の富豪の少女。十七歳。リチャードが幸せになることを良しとせず、間接的に自身の思惑を実行していた。

ヴィンセント梁

香港人。かつて香港のラナシンハ・ジュエリーでリチャードのアシスタントを務めていた。

迂闊な青年

つっかかってくるが何かと気にかけてくれる根は優しい人

復讐の手ごまとして動かしている

復讐宣言をする

リチャードの動向を探るスパイとして雇用していた

助けたいと思っていたが、できなかった存在

友人となり得た存在

宝石商としての師匠

先生として慕っていた

家庭教師をしていた

リチャード・ラナシンハ・ドヴルピアン

本名は、リチャード・クレアモント。日本人以上に流暢な日本語を操る英国人の敏腕宝石商。誰もが唖然とするレベルの性別を超えた絶世の美人。ロイヤルミルクティー過激派で甘いものに目がない。数か国語を操る言語オタクでもある。

デボラ・シャヒン

リチャードの元婚約者。婚約解消後、結婚して二児の母となったが離婚したとの情報が入る。

大切な友人

稲村智恵子

イギリス留学時にクレアモント家で日本語を教えていた。リチャードがプリン好きになるきっかけを作った。旧姓、坂本。

恩師

店主と顧客

日本語の家庭教師

兄弟同然に育ったいとこ

シャウルの下で、宝石の仕入れなどを学んだ仕事仲間

ジェフリー・クレアモント

兄を助けるためリチャードと対立し、憎まれ役をかっていた。陽気で食えないお兄さん。金融関係の仕事をしている。

兄弟

ヘンリー・クレアモント

ジェフリーの兄で、次期クレアモント伯爵。相続問題で鬱を患うが、徐々に回復している。ピアノが得意。日本語を勉強中。

浜田真夜

京都のジュエリー会社の主席デザイナー兼取締役。口癖で「まあ」ということから正義は密かに『まあさん』と呼んでいる。

クレアモント伯爵家
家系図

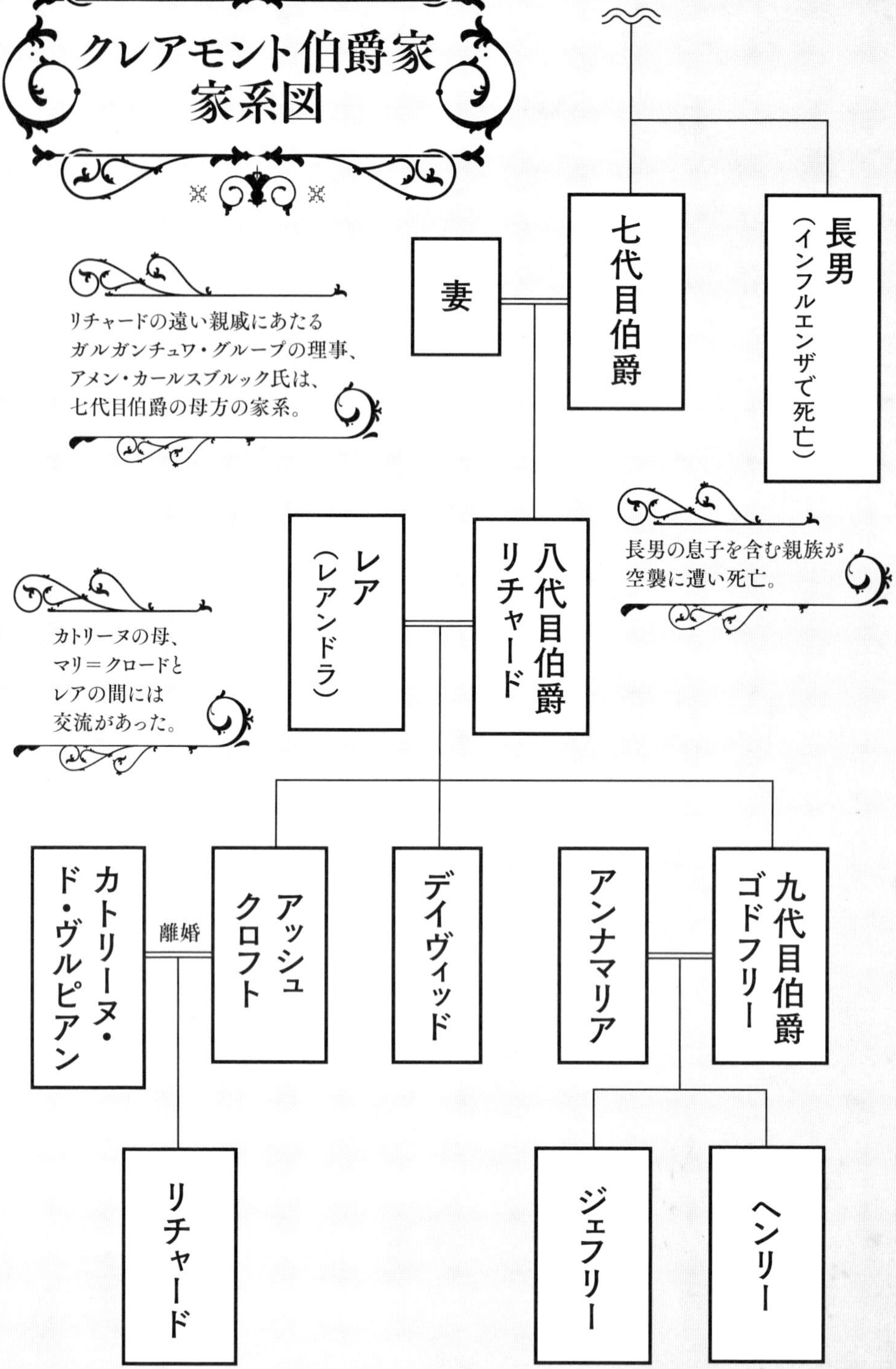

中田正義くんへの素朴な質問①

たくさんの方から質問をお寄せいただき、ありがとうございました。
さっそく正義くんに皆さんの質問を見てもらい、できる範囲で答えてもらいました！
全部は発表できないのですが、正義くんの答えをお楽しみください。

Q

黒髪短髪がお似合いの正義くんですが憧れたスタイルはありましたか？　幼い時からお変わりなさそうですが、男性は大学デビューが多いイメージでしたので素朴な疑問を。６巻表紙のお写真素敵でした。セットされた髪よく似合ってます。

（くろかみたんぱつさん）

A

こんにちは！　髪型を似合ってるなんて言われるのは、中田さんやリチャード以外からだと初めてじゃないかなあ、ありがとうございます！　憧れたイメージは、うーん、小さいころにはとくになかったですが、今はさっきの二人に憧れてます。二人ともそれぞれ別のベクトルで、もうすっごく格好いいので！　あ……これは恥ずかしいので秘密でお願いします。バレてる気もするけどなあ。

Q

リチャードに会う前、過去の自分におくりたい言葉はありますか？

（いぬさん）

A

中田正義、お前はうっかりしてるけど、基本的には間違ったことをしてないぞ！　たぶん！　その、多少うかつだけど！　間違ってはないぞ！　公園で誰かが襲われてたら、迷わず声をあげて助けにいけよ！　あと料理を頑張ってきたこと、報われるかもしれないぞ。よかったなあ。
え？　リチャードからも何かあるって？『正義感にあついのは結構だが、もう少しまわりをよく見ること。自分を大切にしてやること。それから渋谷のテレビ局の仕事に誘われたら、とりあえず受けておくこと』？　あ、そうそう！　最後の一つは俺からも頼むよ。

Q

私は正義くんと同じく大学生です。私は空きコマがあるとゲームをしたり本を読んだり、友達と楽しくお喋りしています。正義くんは何をしていますか？　やっぱり宝石の本を読んで勉強してますか？

（あんずさん）

A

こんにちは！　たしかに授業のない空き時間には、自習や宝石の勉強をすることもあったけど、学食やラウンジで友達と一緒になるようなときには、どうでもいい話で盛り上がってたよ。大体どこかのタイミングで自分の勉強に集中しなきゃならなくなるのはみんなわかってたから、今考えるとあれは「今だけは騒ごうぜ」って雰囲気だったのかもしれないな。今思い出すと楽しかったなあ。

Q

私はお菓子を作ると必ず失敗してしまいます。お菓子を作る際のコツなどありましたら教えてください。

（てんじょうのさとうさん）

A

あー……これは誰かに、同じようなことを質問された気がする。おっほん。そ、そうだな！　まずは『お菓子』って特別扱いをするのをやめてみようよ！　それが俺の思うコツかな。あれって算数のテストとか、化学の実験と同じでさ、決まった分量のものを混ぜたり焼いたりすると、化学反応が起こって同じ結果が出てくるってだけなんだ。決まった答えを導き出せば、おいしいものができるってだけの話なんだよ。レシピを厳守して、うまくいかなかったらどこで間違ったのか反省会をしてみるのもいいと思う。え……？　それでもうまくいかなかったら……？　あー……ここに俺の電話番号を置いておくから、何か食べたいものがあったら……え？　リチャード、やめとけって？　そうだな。いつでも時間があるわけじゃないし、無責任なことするところだったよ。ごめん。応援してる！　それじゃ！

Q

体はどこから洗いますか？

（ゆきねこやさん）

A

考えたこともなかったなー！　髪の毛からだけど、それはシャンプーで体じゃないから……えー……（体をわきわきと動かす素振り）首と耳から洗うよ！　でもそんなこと聞いてどうするんだ？

Q

いちばん好きなお肉は何ですか？

（らいへんばっはさん）

A

日本のカレーなら豚！　スリランカ・カレーなら魚肉か鶏！　すき焼きなら牛！　もう肉は何でも大好きだ！　でもぱっと浮かぶ『好きな肉料理』は、ひろみが作ってくれた肉じゃがだから、やっぱり牛肉かな。あんまり肉は入ってなかったから、余計にうまく感じたよ。

Q

私は中学校の教員なのですが、正義くんにとって「もっとも印象に残っている先生」はどんな方ですか？　リチャード先生は除いてくださいね！

（きくちさん）

A

あ、これはわりあい答えやすい質問だ。高校の時の担任だった、山崎先生って人だなあ。笠場大学の経済学部の出身で、やたらと俺のこと褒めてくれたんだよ。「努力してるな」とか「頭がいいんだな」とか。それで調子に乗っちゃって、憧れて、その先生みたいになりたいって言ったら、「じゃあ俺の大学目指すか」って言ってくれて、俺も「はい！」ってさ……笠場は私立だし、気持ちだけ先走った話だったから、ひろみには渋い顔されたけど、反対はされなかった。中卒で働きたいって息子に言われるよりはいいと思ったのかもしれないな。先生、俺が大学一年の時に転属になっちゃったけど、お元気だといいな。

Q

正義くんはリチャードを動物に例えるとなんだと思いますか？

（ひまわりさん）

A

リチャードを動物に…………何だろう。リチャードって動物のような気が今でもちょっとだけしてるから、難しいんだけど、人間……？　いや、リチャードは人間だよな。悪い悪い。シュッとした金色の動物で、青い瞳で……前に何かの図鑑でみた、ミアキスって生き物には、少し雰囲気が似てる気がしたな。昔の生き物で、イヌとかネコとかの先祖らしくて、もう正確な姿かたちはわからないんだけどさ、俺の好きな動物の全部の美しさの源って考えると、そういう存在じゃないかと思って……リチャード、リチャード？　何で目を合わせてくれないんだよ。

リチャードさんと過ごしているときに、一番笑ったエピソードってありますか？　もしくは、思わず笑ってしまったエピソードがあれば教えてください！　応援しています！

（しつれんのあきらさん）

ええ……？　これ、言っていいのかな、なあ……？　あ、許可が下りたので話します。ええと、フランス語の勉強をしてる時の話なんだけど、なかなか進まないのと、つい悪戯心をおこしたのとで、リチャード先生に「よければすごくフランス語っぽく『おまんじゅう』って言ってくれ、きっとフランス語みたいに聞こえると思うから」って、わけのわからないことを頼んだんだよ。そうしたら返ってきた答えが、完璧なフランス語ふうの『おまんじゅう』で……あれは死ぬほど笑ったな。

ツボが細かくてごめん。近くに友達のフランス人がいたら、同じリクエストをしてみるといいと思う。日本語には聞こえないと思うよ。思い出すだけでちょっとおかしいな。なあリチャード。リチャードはあんまり、おかしくなかったか？　あ、笑い転げてる俺がおかしかった？　じゃあ相殺ってことでいいか。

挑戦してみたい料理やお菓子は何ですか？

（つぎうみさん）

おいしそうだと思ったものは気になるけど、作ってみようって思うものはちょっと違うんだよな。リチャード、何か食べたいものあるか？　最近気がついたんだけどさ、俺、自分だけが食べたいものだとあんまりやる気が起こらなくて、大切な相手が食べたがってるものだと、がぜんやる気が出るんだよ。だから何か……あー、あー、何でクッションを殴るんだよ。

リチャードさんとジェフリーさんを見ていて、二人が似ているなぁと感じる瞬間や箇所はありますか？

（よしむらさん）

よしむらさん、こんにちは。あるよ、俺の目から見ると、それはもうたくさんあるよ。あるんだけど……俺の近くにいる誰かさんの顔色からすると、あんまり言わないほうがよさそうだな。保留にさせてください。

ジェフリー氏の優雅なる人生相談①

たくさんのご相談ありがとうございました。
危うく多忙なジェフリーさんと連絡がつかなくなるところでしたが、皆さんのご相談をお伝えし、いくつか回答がもらえましたので発表します。あなたの悩みが解決しますように！

Q

人生の3分の1を占めると言われる睡眠時間。その3分の1の人生を優雅に過ごすための、アロマや寝具へのこだわりなど、どのようなものを選ぶべきかお聞かせください。
（bijouさん）

A

bijouさん、ごきげんよう！　優雅な寝具へのこだわりですか、ふう。わりと仕事で飛び回っているので、ホテル住まいが多いんですよね。だからこそアロマには多少こだわりがありますよ。匂いよりも使い分けのほうですけどね。
①仕事の前用
②仕事の後用
③完全なオフの時用
自分で自分のギアを切り替えられるところが好きなんですよね。え？　僕の知り合いに聞いた話では、①と②しか持っていないんじゃないかって？　やだなあ、ちゃんと③もまだ持ってますよ、全然使う暇がないだけで。それではアデュー！

Q

私はドジョウを3年ほど飼っているのですが、未だに名前をつけられていません。そろそろつけてあげたいなと思うのですが、どんな名前がいいでしょうか？
（つゆさん）

A

つゆさんと名無しのドジョウさん、こんにちは！　そうかあ、3年目のドジョウかあ。あっはっはっは！　名前はなんでもいいと思いますよ！『ジェフリー』以外なら何でも！　え？　なに、リッキー、せっかくだからジェフリーにしろ？　やだよそんなの、柳川で食べられちゃうかもしれないんだよ！　ジェフリー以外でお願いします！　頼みましたよ！

私は失敗するのが怖くて踏みとどまってしまうタイプなのですが、どうしたらジェフリーさんの様にアクティブになれますか？

（穹咲さん）

穹咲さん、こんにちは！　僕を随分評価してくださっているようで、どうもありがとうございます。でも僕は、大してアクティブな人間じゃないんですよ。仕事があるからコマネズミみたいに働いてるだけで、何もなければ家のソファで寝ていると思います。
ひょっとしたら考え方を変えたらいいかもしれませんね。アクティブになりたい、ではなく、何かやりたいことが見つからないから見つけたい、って方向はどうでしょう。え？　やりたいことはある？　それは御誂え向きです。あとはその思いを実行にうつすだけで、ラブリーでアクティブな穹咲さんの誕生です。いかがでしょう、お試しくださいね。ではアデュー！

私は社会人1年目です。自分の希望していた職に就いたのですが、失敗ばかりでまだまだ楽しいとは思えません。先輩方に恵まれているので、その分申し訳ない気持ちも強いです。どうしたら、前向きに仕事を楽しいと思えるようになるでしょうか？

（よっぴさん）

よっぴさん、こんにちは！　はい突然ですがここで、これを読んでいる働く方々にジェフリーお兄さんから質問です。お仕事、楽しいですか？　前向きに頑張れていますか？　楽しいと思えないこと、全然ありませんか？　ふーむ、どうやら「そんなわけあるか」というレスポンスが次元の壁を超えて聞こえてきますね。働き始めて１年目で、まだまだ不慣れなことがたくさんある時期だと思いますが、僕もその頃には申し訳ない気持ちになったりしたことがありましたっけ。もう今になるとそういう気持ちも初々しく懐かしく思い出しちゃうんですけど、最初のうちはどうしようもありませんもんね。
大丈夫、そのうち慣れてきますよ。BCGじゃありませんが、みんな通る道なんです。その上で気持ちが辛いなら、気の合う同じくらいの歳の友達と一緒に遊びに行って、ウサでも晴らしちゃいましょうよ！　無理やり楽しもうとするのは苦痛だと思うので、今は現状を耐え忍ぶことを最大課題にして見たらどうでしょう。ワーオ、僕らしくもないすっごく真っ当なお返事になった気がします！　素敵な仕事人になれますように。アデュー！

私は大学生なのですが、働くことに対してマイナスイメージを持ちすぎて就職がとても憂鬱です。将来が不透明ななかで、どうしたら希望を持って働くことができるでしょうか。

（三崎さん）

三崎さん、こんにちは！　このご時世、働くことに希望を持つのは難しいですよね。かくいう僕もそんなに希望は持ってません。でも日々明るく過ごしてます！　何故か？　お金持ちだから？　違いますよお。あっ痛いリッキーだからボクシングの構えで殴るのはやめてって言ってるのに！
根拠のない自信があるからです。根拠のない自信は最強です。何故なら根拠がないから。イエーイ！
ではどうしたら根拠のない自信が身につくか？　やったことのないことに、何でもいいからチャレンジして見ること。そうするともういろんなことが一気に起こります。うまくいかないことばっかりです。何が何だかわからないまま怒られたり褒められたりします。笑ってるうちに何とかなったりならなかったりして、嵐に揉まれているような状態のまま、気がついたら全てが終わっています。
虚脱状態かもしれませんが、その時あなたは、挑戦する前のあなたとは別の人になっています。ちょっとだけ。でも偉大な変化ですよ。あなたが挑戦しようと思わなかったら、そんな経験をすることはなかったんです。でもあなたがやると決めてトライしたから、そういう経験があなたの中に刻まれたんです。すごいことだと思いませんか？
働くことは生きることです。生きることに自信をつけるには、チャレンジが一番手っ取り早いと思いますよ。何か好きなことや気になっていることがあったら、手始めにそこから始めてみるといいかもしれませんね。アデュー！

欲しいものがありすぎてお金がたまりません！　ジェフリーさんもそんな経験ありますか……？

（かりなさん）

おっとっと、お金の相談は別途相談料を、ってそういうお話じゃなさそうだね。何を言うかと思えば、英国貴族の末裔にそんな経験あるはずが――それが実はあるんだなあ。僕に限らず兄も従弟も、学生のころは厳しいお小遣い制で、食費は足りるけどほしいものを全部買うなんて夢のまた夢だったんだ。おかげで優先順位のつけかたはうまくなったかな。何事も経験だね。アデュー！

仕事は嫌いではなく、むしろ好きなほうですが、不意に仕事を休みたいと思った時、ただ楽しいことだけしたい時、そんなときジェフリーさんならどうしますか？

（とーふさん）

とーふさん、こんにちは！　うんうん、わかるなあ。どんなに仕事が楽しくてウキウキでも、毎日出勤して働かなきゃって思うと気が滅入りますよねえ。バカンスは遠いし、そもそも取れないし、取る気も起こらないし、ってそれは僕か。

そんなとーふさんにオススメなのが、平日バカンスです。何も会社を欠勤しろって言ってるわけじゃありませんよ。退勤後にバカンスをするんです。好きな服を着てクラブに遊びに行ったり、チップスとエールを飲みながら配信の動画を好きなだけ見たり、読書三昧をしたり、とかく欲望の赴くまま好きなことだけするんです！　翌日の出勤の時間までね！　徹夜です、徹夜。

もちろん肌はガッサガサ、目はしょぼしょぼ、仕事の効率はガタ落ちになりますから、そうしょっちゅうできることじゃありませんけど、このプチバカンス、案外心の健康には効きます。愉快な破調が欲しいと思った時にはお試しください。個人的なオススメは、深夜のチョコレートアンドチュロスの食べ放題です。知り合いの天才が試験週間をこれで乗り切ってたのをよく覚えてます。それではアデュー！

…………リッキー、今回は怒らなかったね？　えっ忘れてたの？　もう中田くんのプリンの味しか覚えてない？　あっ、痛い痛い痛い！　ごめん、ごめんって！　藪蛇だったなあ。

来年の４月から社会人になるため、東京で一人暮らしをします！　ジェフリーさんのオススメのストレス発散方法や頑張った自分へのご褒美など教えてほしいです！

（りょんさん）

りょんさん、こんにちは！　新社会人の第一歩、おめでとうございます。社会人、日本的な概念ですね。初めての一人暮らし、楽しいことも困ることも今までとは変わるでしょうから、自分の望みに目を向けて考えるのが一番だと思いますよ。ちなみに僕はカラオケが好きです。大声で歌えますからね！　昭和歌謡はリッキー仕込みで、え？　この話はNG？　二人で日本語学習してた時に歌ってた歌謡曲の話も？　あー、ごめんなさい。お兄ちゃん的事情で、この話はここまでです。そうだ、ご褒美はスイーツ以外がいいですよ。僕は誰かさんの涙ぐましい努力を知ってますからね。それではアデュ……ちょっと待って待って！　ボクシングはなし！

宝石商リチャード氏の謎鑑定

SS《ショートストーリー》 Collection

1 クレオパトラの真珠

　昨日は久しぶりに、テレビ局の夜勤バイトだった。宝石店『エトランジェ』での土日のアルバイトの邪魔《じゃま》にならない範囲で、まだ少しだけ続けている。夜勤室にある消音状態のテレビからは、バイト先の局のチャンネルしか流れない。俺が入った六時には歴史系のクイズ番組が流れていた。

　特に興味のあるジャンルではなかったのだけれど。

「あのさリチャード、真珠って本当に、酢に溶けるのか？」

「クレオパトラの逸話《いつわ》ですか」

「うお、さすが宝石商」

「一般常識です」

　紀元前のエジプトの女王だったクレオパトラは、ローマの将軍アントニウスと『どっちが豪華な食べ物を準備できるか』バトルをしたという。アントニウスは正攻法で世界の珍味《ちんみ》をずらりと並べて見せたが、女王は変則技を使った。耳飾りにしていた大粒の真珠を、カップに注《そそ》いだ酢で溶かし、アントニウスの前で飲みほしたのだ。

　あっけにとられるアントニウスに、足りないのならもう片方もと微笑《ほほえ》んだ時、勝負は既《すで》に決していたという。

　俺がにわか仕込みの逸話を語ると、リチャードは涼しい顔で頷《うなず》いた。

「プリニウスの記述ですね。『博物誌』という本を探せば載っていますよ」

「じゃあ本当なのか！　いや、無理だろ……？　さすがに酢で真珠は溶けないだろ」

「濃度によります。飲んだが最後体に変調をきたすほど強い酸であれば、たしかに真珠も溶けるでしょう。もっともそんなものをエジプトの女王が飲んだとは思えませんが」

「だよな……」

「古代ローマの文献に化学的な正確さを求めるのは無理があると思いますが、少なくとも彼が語ろうとしたロマンは伝わってきます。クレオパトラの大粒の真珠の値打ちは、計り知れないものでしょう」

エトランジェで真珠を扱うところはあまり見たことがないけれど、いつものごとくお客さまからリクエストがあれば、この魔法使いのような宝石商は必要な品をずらりと仕入れてくるだろう。一粒幾《いく》らくらいなんだ？　という俺の質問に、リチャードはピンキリですと答えた。俺が大粒のまるを指で作り、このくらいなら？　と尋《たず》ねると、美貌の男は溜め息をついた。

「王侯貴族が身に着けるような宝石は、特品中の特品です。そういうものには、この世に比肩しうるものが二つとありません。ゆえに『これなら幾ら』という相場は、ほとんど意味を持ちませんよ」

「……いくら大金を積んでも、ないものは手に入らないってことか」

「その通り」

アントニウスのごちそうは食べ物だ。安くはないだろうが金で何とか工面できるだろう。対して、二つはないものをあっけなく溶かして飲む。なるほど。

「それでクレオパトラの勝ちなんだな。本当のことじゃなかったにしろ、知恵ではクレオパトラが一枚上手《うわて》だったたって話か」

「そういうことです。真贋《しんがん》はともかく、逸話の性質から、おおよそのところを類推することは可能です」

「結局クレオパトラ、負けちゃうけどな」

アントニウスとクレオパトラは手を結ぶが、結局ローマからやってきた別の将軍に負けて、二人とも死ぬ。新しい将軍はクレオパトラの美貌にも興味を持たなかったらしい。美しければ何でもうまくいくというものではないのだ。俺の休憩時間はそこで終わって、エンドテロップの前に、スタジオ管理用のカウンターに出る守衛の仕事に入った。

この店で働きはじめるまでは週四で通っていた夜勤だけれど、今考えればよく体がもったものだ。仮眠室で八時まで寝て目が覚めた時、いつもの三倍は肌がボコボコしていた。俺はお世辞にもリチャードのような絶世の美男というタイプではないけれど、見えないものが少しずつすり減ってゆくのを実感するような体験だった。

そういえば。

「どうかしましたか、正義《せいぎ》」

「いや……ちょっと、美人と宝石の関係を考えてた」

宝石は人間より永《なが》く、残る。

石は人の命に寄り添ってくれるのだと、リチャードは以前言った。

「宝石って、石だからさ、ちょっとやそっとじゃ傷まないし、ほぼ永遠に美しいだろ？　権力者が集めたくなる理由って、別に財産管理だけじゃないのかもな」

人間誰しも歳《とし》をとる。栄耀栄華《えいようえいが》は風の前の塵《ちり》に同じと昔の人も言っていた。でも何かの例外で、自分だけは歳を取らないんじゃないか、ずっとうまくいくんじゃないかと、思いたくなる気持ちもわかる。

だって石は石のまま、美しい姿を保っているのだから。

リチャードはふんと短く息をついて、ロイヤルミルクティーを一口飲んだ。今日の一杯は自信作だ。

「正義、あなたは真珠がどのようにつくられるか知っていますか」

「え？　真珠貝からだろ？」

「その通りです。地中で育まれる鉱物とは育まれ方からして異なるため『生体鉱物』と呼ばれます。柔らかい物体ですので汚れや傷みには弱く、普段使いにも細やかな手入れが必要です。繊細な自然物であるからこそ、古くから美しい女性のシンボルとして愛されてきたのでしょう。貝が長く母体で慈しみ、生み出すことから、出産のお守りとしてもポピュラーです」

「生体鉱物……結石みたいなもんだな？」

「情緒のないことを。生身の人間に近いデリケートな宝石とも言えます。うまく共生できれば、持ち主にたおやかな美を保証してくれますよ」

貝から生まれる繊細な宝石。だからこその共生。さすがは宝石商。うまいことを言う。

クレオパトラもこんな風に、敵の将軍を言いくるめようとしてみたのだろうか。多分したのだろう。でも駄目《だめ》な時は駄目なのだ。

「……とっておいたほうの真珠をさ、攻めてきたローマの将軍にあげて『これで勘弁して』っていうのは、ダメだったのかなあ。ダメだろうなあ……」

「こだわりますね。クレオパトラがローマのオクタヴィアヌスに勝利していたら、歴史は変わっていたかもしれませんよ」

「それは結果論だろ。美人だって世界の財産なわけだし……あっ今のは！　別にお前のことをどうこうってわけじゃなくてだな！」

「わかった、わかりましたから」

大声でがなりたてないように、とリチャードは渋い顔をした。すみません。今まで何度か俺は、この美貌の店長の容姿を褒《ほ》めて、褒めて、褒めすぎてしまい、胡乱《うろん》な顔をされたことがある。面目次第もない。

「……今も昔も、生存戦略って難しいんだな」

「宝石は喋《しゃべ》りませんし、恨《うら》みません。放っておいても殖《ふ》えません。権力者がうつろうにつれ、所有者が変わる石も多々存在します。石の美しさは徹頭徹尾《てっとうてつび》受け身の美です。解釈『される』ことはあっても、石が人を解釈することはありえません。だからこそ敵対者のものであっても、てらいなく受け入れられるのでしょう。生身の人間ならばこうはゆかないものです」

「そういえばクレオパトラ、最期《さいご》は自害ってテレビで言ってたっけ」

本当に絶世の美女だったなら、戦《いくさ》に負けても命は助けてもらえたかもしれない。でも俺はそこに、一つの国を背負って戦った女王の矜持《きょうじ》のようなものを感じる。

私は宝石とは違う――と。

実際どういう経緯があったのか、わかったものではないけれど。

「宝石も大変だな。きれいだきれいだって大事にされても、自分で自分の運命は選べないわけだし」

「宝石に我が身の悲哀をかこつ意志があると？　意外です。スピリチュアルな方面にも造詣《ぞうけい》が深いとは」

「何もそうは言わないけど……」

本当にそうでしょうか、というリチャードの声に、俺は眉根を寄せた。え？

「石も人を選ぶものですよ」

「……マジで言ってる？」

「マジです。巡りあわせのようなものです。人が人を選ぶように、石も人を選びます。縁があってこそ、その人のもとに収まっていると、私は思っていますよ」

「……お前が『マジ』って言うと、なんか……いいな」

「は？」

「ギャップがすごいって言うか、クレオパトラがビールをジョッキで飲んでる感じっていうか……あ……何か、ごめん」

リチャードは不機嫌に咳払《せきばら》いをして、いつもの声で「お茶」とのたまった。ちょっと照れている時、こいつは俺を小さなキッチンに追い払う。

その日のエトランジェ従業員のおやつは、上方《かみがた》からお越しのお客さまからいただいたラムネだった。パステルカラーの、小さなまあるい粒が、百貨店の帽子箱のようなきれいな箱にぎっしり詰まっている。口にいれるとしゅわっと溶けてしまう。おいしいしきれいだけど、さすがにこれをお客さまにぼこぼこ食べていただきながら宝石の話をするのはちょっと障《さわ》りがありそうだし、笑ってしまいそうなので、内々で片付けることにした。

「賭《か》けてもいいけど、真珠の溶けた酢より、絶対こっちのほうがうまいよな」

「何を賭ける気ですか、くだらない」

古代ローマの将軍も、エジプトの女王も絶対口にしなかったであろう菓子を、俺とリチャードは無心で食べた。食べても食べてもなくならなかった。そのうち真珠の大食いをしているような気分になってきて、俺は少しだけクレオパトラに申し訳ない気分になった。

俺が少し、顔をしかめると、絶世の美男は俺の目の前で、美しい眉をほんの少しだけ怪訝そうに持ち上げてから、またラムネをぱくつきはじめた。

2 エトランジェの日常 クンツ博士とモルガン

宝石店エトランジェの土曜は長い。今日は四時にひとりお客さまが来店する予定になっている。午後三時半。店主と二人で待機しているにも、まだ先は長そうだ。

「なあ店長、何で石ってみんな最後に『ナイト』がつくんだ？」

俺の質問の意味を、イギリス人のリチャード氏は、しばらく黙って考えていた。端麗な沈思黙考の顔だった。数秒後、ああ、とリチャードは頷いた。

「あなたが言っているのは、アレキサンドライトやタンザナイト、クンツァイトなどの名称の話ですか」

「そうそう、それだよ」

「『ＩＴＥ』という接尾辞のせいでしょう。全ての宝石の名称に用いられているわけではありませんが、『鉱物』をあらわす言葉として広く使われています。ロマノフ王家の『アレクサンドルの石』という敬意を込めて『アレキサンドライト』。『タンザニアの石』で『タンザナイト』。もっとも後者はジュエリー会社が授けた商業名ですが」

なるほど、通り名みたいなものらしい。

「じゃあクンツァイトの、『クンツ』も地名なのかな」

「こちらは人名です。クンツ博士という高名な宝石学者にちなんでいます」

こっちも接尾辞をつけてクンツァイト。なるほどシンプルだ。

「サンドイッチ伯爵のサンドイッチみたいなものか。クンツ博士って人は、発見者か？」

「その通りです。察しが良いですね」

自分の名前が石につく。何だろうこの、むやみやたらとロマンを掻きたてられる感覚は。新しい星や植物をみつけたら命名権がもらえるのは知っていたけれど、そうか、石も同じか。

「俺が見つけたら、ナカタナイトかあ……」

「新種の鉱物の発見でも目指しますか」

「いいかもな！『ナカタナイトを発見した中田です』って履歴書に書けるし」

「情けない。新しい石の発見を喜ぶ理由が、履歴書の空欄埋めとは……」

リチャードはそれから、新しい発見とは、化学の裾野を広げることだと話してくれた。既知の鉱物とは異なる設計図をもつ石の存在がわかるのは、世界の幅を広げることだと。宝飾品の世界の広がりはもとより、最新技術の発展にも役立つかもしれない。石の世界は深遠なのだ。

そろそろお客さまがご来店なさってもおかしくない頃合いなので、俺が本日二杯目のロイヤルミルクティーをいれて給湯室から応接室に戻ってくると、リチャードは玉手箱を広げていた。ベルベットの大きな箱に、美しい宝石がちんまり二つ、並んでいる。ほんのりと淡いラベンダー色がかったピンクの石と、オレンジがかったピンクの石。どちらもごく淡い色だ。

「……きれいな石だなあ。何て石だ？」

「クンツァイトです。ちょうど仕入れたところでした」

これが噂《うわさ》の。四角くファセット・カットされた石は、どちらも小指の爪の半分ほどの大きさだったが、きらきらと光を反射して輝いていた。

「柔らかい石ですので、普段使いの宝飾品にはあまり向きませんが、十分に目を愉《たの》しませてくれる石です。レアストーンのコレクターに喜ばれます」

「こっちの、ちょっとオレンジっぽいのも同じ石か？」

「こちらはモルガナイトという名前です。似た色ですが、異なる石ですよ」

「……当てるから言うなよ。絶対言うなよ。クンツァイトがクンツ博士だから、こっちは……モルガンさんだな？」

「正解です」

俺は久々にリチャードの『グッフォーユー』を聞いた。目を閉じて会話していれば、日本人としか思えない、淀《よど》みのない日本語を喋る男だが、国籍はイギリスで金髪碧眼である。リチャード・ラナシンハ・ドヴルピアンという早口言葉ネームからして、起源はイギリスだけではなさそうだけれど、詳しいことは知らない。今のところはまだ。

「あー、こっちはモルガン博士の発見？」

「あなたは経済学部でしたね。J・P・モルガンという名前や、銀行を知っていますか」

「え？　そりゃ知ってるよ。アメリカの大富豪で、大銀行の創設者で……ええ？　まさか」

大富豪が鉱物の第一発見者？　本当に？

俺が目を見張ると、リチャードは軽く首を横に振った。

「彼は世界有数のジュエリーコレクターでした。クンツ博士の所属する団体の後援者でもあり、二人の間には深い交流があったのです。命名はクンツァイト同様クンツ博士ですが、今度はモルガン氏の名前を授けたのですよ」

「へえ……」

クンツァイトと、モルガナイト。

片やアメリカで活躍していた、宝石学者の先生の名前。石の世界ではきっと有名な人なのだろうけれど、この石を見なかったら、多分俺は一生名前を知らなかっただろう。片や巨大な会社をつくりあげた金融王。俺でも名前を知っている。でも――石は石だ。

こうしてベルベットのクッションに並んだところを見ると、何だか趣味の合う友達が二人、並んでいるみたいにも見える。

石と違って人間にはいろいろな肩書きがべたべたつくものだけれど、そういうものを抜いてしまえば、結局同じ人間だ。金融王とか。大学生とか。宝石商とか。イギリス人とか。

「あのさ、俺が将来新種の石を二つ見つけたら、一つ目は『ナカタナイト』にするけど、二つ目はお前の名前をつけるよ」

リチャードは何とも言えない顔をした。全然本気にしていない。そりゃそうか。新種の植物や魚を発見するようなものだろうし。でも、ないわけじゃないだろう。

「でも新種の石ってどうやって探すんだ？　誰も知らない鉱山とか見つけて掘るのかな」

「誰も知らない鉱山はいまだあちこちに存在するでしょうが、地球という星は一つです。掘っていない場所であっても、周辺の土地を分析すれば、どんな石が出てくる可能性があるのかおおよそわかるものです。それより最近では、今まで別種の石とひとからげに扱われていたものが、実は異なる組成を持つ新種の石だったと判明して『発見』されることが多いようですよ。いずれにせよ鉱物の知識に裏打ちされた見識と、機材による分析が不可欠ですが」

「……かなり化学的な話になるわけだな？」


「その通りです。そしてもちろん、時間とお金がかかります」

「儚《はかな》い夢だったなあー」

「夢から醒《さ》めて何よりです。見つけようと思って見つかるものばかりなら、何事も苦労はありません」

リチャードは俺にお茶を片付けるよう言うと、平たい宝石箱を持って奥の部屋に戻って行った。三時四十五分。まだ来ない。何となく釈然《しゃくぜん》としないまま俺は洗剤でコップを洗い、また応接室に戻った。窓辺に立って通りを見下ろす店主に、あのさあと俺は声をかけた。

「真面目な話『リチャーダイト』と『ラナシンハイト』と『ドヴルピアナイト』だったらどれがいい？」

リチャードは顔もいいが頭もいい。母語のように話す言語は日本語に限らない。少なくとも五、六カ国語は軽いだろう。何でもよく知っている。俺の十倍以上鋭い洞察力で十倍くらいよく考えてから行動するから、不用意なポカもしない。もっと安定した、割のいい、楽な職場で悠々と働けると思う。それが日本でひとりで宝石商なんかしているのだから。

この冷静沈着な顔の裏側は、かなりのロマンティストで間違いないだろう。

宝くじ当たったら程度の感覚でさ、と俺が笑うと、リチャードは気の抜けた顔をした。

「私はあなたのモルガンというわけですか」

「そういえばそうだな。給料を払ってくれるし」

「あなたの場合は、ナカタナイトよりセイギナイトのほうがいいと思いますよ」

「え？」

もし石に名前をつけるなら、とリチャードは言った。

「名前は、宝石が身にまとうたった一つの『服』です。ナカタも大変結構なお名前と存じますが、セイギのほうがより一層あなたらしい。身に着ければわかりやすいご利益もありそうです」

「ご利益って……やたら人助けしたくなるとか？　ちょっと迷惑そうだな」

「悪くないではありませんか」

リチャードは笑った。こいつはいつどのタイミングでどう笑えば、周りの人間をいい気分にさせられるのか計算しているんじゃないかと、時々真面目に思う。にまにまを殺すので精一杯だ。俺は単純な性格なので、こんなことを言われるとすごく嬉《うれ》しくなってしまう。

「何か？」

「……冷静に考えると、さすがに新種の石二つは厳しいから」

「冷静に考えなくても『夢のような話』だと申し上げたでしょうに」

いやそうじゃなくて、と食い下がる前に、店のインターホンが鳴った。予約のあったお客さまだ。入ってきたのは、百貨店の買い物袋をたくさん下げた中年の女性だった。珍しい宝石のコレクターで、彼女のためにリチャードはレアストーンを仕入れていたらしい。クンツァイトとモルガナイトに、もう二つ三つ珍しい石のルースを選んで、彼女はご満悦《まんえつ》だった。

定刻の五時に店じまいをして、外堀通りで店主と別れたあと、俺は言いそびれた話を思い出した。冷静に考えると新種二つは厳しいから、二人合わせて『リチャードと正義の石』という名前にすればいいと思ったのだ。正直夢物語もいいところだけれど、でも本当に何かの拍子で、イギリス人の宝石商を日本人の大学生が夜道で助けたら何故かバイトに雇われるくらいの確率で、そんなことがあったら、あいつをびっくりさせるような名前をつけてやる。これはかなり本気だ。

3 繋ぐクリソプレーズ

『ジュエリー・エトランジェ』は銀座《ぎんざ》七丁目にひっそりと居を構えている。店主のリチャードは、この世のものとは思われない美貌の持ち主だが、幾ら美人でも半年もすれば慣れてくる。慣れた分疑問も湧いてくる。

「なあリチャード、お前って甘いもの以外に好物はないのか？　ラーメンとか食べるのか？」

リチャード・ラナシンハ・ドヴルピアン氏は、青い瞳を眇《すが》めて俺を見た。赤いソファに腰かける彼は、大振りの宝石箱の中身を、窓から差す午前の光にかざして眺めている。

「質問の意図をはかりかねます。何故『ラーメン』なのです。あなたとは何度か食事もご一緒しましたよ。私は好き嫌いなく食べます」

「それはわかってるよ。別にラーメンに限った話でもないけどさ、お前ってあんまり……そういうの食べないだろ？」

ニラとか。にんにくとか。肉汁滴る焼肉とか。

イメージに合わないことはわかっている。夢の世界からうっかり出てきてしまったような面相の男である。デパ地下スイーツと花霞を食って生きていると言われても七割くらいは真面目に納得できるだろう。だからこそギャップを探したくなってしまうのだ。

わかってもらえるかこの心理、と問いかけると、リチャードは陶磁の人形のような顔で、悪趣味ですと短く言った。それもそうだ。アイドルの私生活おっかけでもあるまいし。大方昨日あなたが食べたのはラーメンだったのでしょうねというリチャードの推理は大当たりだ。何やら気まずい。これは一時撤退すべき局面だろう。話題を変えよう。

「その石は何なんだ？　キャンディみたいで可愛《かわい》いけど」

「玉髄《ぎょくずい》、カルセドニーの一種です。水晶の仲間ですね。ミルキーなアップルグリーンの色合いのものを特に『クリソプレーズ』と呼びます」

「あー……」

リチャードがむき出しの手でつまんでいるのは——石によっては手袋ごしに触れるより、素手で触るほうが傷つかないから安全だという――淡い緑のまるっこい石だった。透明度は低く、カボションで、小粒のキャンディのようだ。で。

「……な、何だっけ？　名前。クリ……？」

クリソプレーズ、とリチャードは繰り返してくれた。こういうのも何度目だろうか。宝石の名前は横文字だ。基本全部カタカナだ。耳に入ってはくるけれど、なかなか一発では覚えられない。リチャードは面倒見がいいので、ローマ字で石の名前を書いて解説してくれたこともあったけれど、正直追いつかない。世界には無数の石があるのだ。

「クリソ……あー、駄目だ。覚えにくいよ」

「クリソプレーズ。人格の調和、統合を助けてくれる石と言われています。中世ヨーロッパの文献には、アレキサンダー大王の愛好した石との記述もあります」

アレキサンダー大王。高校で習った人だ。俺でも名前を知っている。この世を去って久しい古代の武将が愛した石を、現代人の俺たちも愛好しているなんて感慨深い話だ。石の世界は懐が深い。でもまあそれはそれとして。

「お前、石の名前どうやって覚えてるんだ？　歴史の授業みたいにテストがあるわけでもなし……」

「自分の扱う品物の名前も言えない商人から、あなたは商品を買おうと思いますか？」

「思わないけど、難しいことに変わりはないだろ。種類も多いし、魔法の呪文みたいだし。スリジャヤワルダナプラコッテ、みたいにさ。適当にごまかしたくなってもおかしくないだろ。覚えるコツとかあるのか？」

「……スリランカの首都の正式名を諳《そら》んじられたことは褒めてあげましょう。しかし適当にごまかすとは感心しませんね。一度地に落ちた評判は、ちょっとやそっとでは回復しませんよ。そもそもあなたは経済学部に籍を置きながら、商《あきな》い一般に関する認識が甘すぎます。向上心があるのは知っていますが、実際的な能力やスキルの向上を伴わなければ空回りです。将来のいらぬ苦労を回避できるよう、今一度己《おのれ》のスキルアップに尽力すべきでは？　アルバイト先の店主の意外性の発掘などに血道を上げるのではなく」

正論すぎてぐうの音も出ない。それでもリチャードは、少し呆《あき》れたような顔のまま、言葉を続けてくれた。多分ここからは優しいリチャードさんのターンだ。

「ですが、そうですね、コツはあります。首都のたとえを引くのなら、スリジャヤワルダナプラコッテは、もともとの地名である『コッテ』に『ジャヤワルダナ大統領の聖なる街《スリプラ》』という修飾がついた名称です。ジャヤワルダナ来を知れば、魔法の呪文でしかないカタカナの羅列も、由意味をもった言葉になるのでは？」

「そんな意味があったのか。なーるほど……」

「感心している場合ですか。同じように日常生活の様々な事象に関連性を見出《みいだ》しなさい。表層に拘泥《こうでい》せず、深層の来歴に目を向ければ、あなたの世界はいっそう豊かに広がることを保証しますよ」

じゃあさっきのクリソプレーズは？　と俺が水を向けると、立て板に水の美貌の店主は華麗に微笑んだ。こいつは甘いものを与えて宝石のことを喋らせてさえおけば、いつでもご機嫌な男でいてくれる気がする。そして俺は上機嫌な時のリチャードの顔が一番好きだ。

「この語はギリシャ語に由来しています。クリソス、プレーズという二つの単語から成り立っているのですね。クリソスの意味は『金』。グリーンの中に透けて見える明るい黄色が、黄金を連想させたのでしょう。プレーズは……」

どうしたんだろう。急に歯切れが悪くなった。俺が続きを促すと、リチャードはどんよりとした眼差《まなざ》しのまま一度手元の石に目を落とし、小さく嘆息した。

「……プレーズの意味は……『ねぎ』あるいは『ニラ』にあたる植物です。グリーンの色合いが、植物を連想させたのでしょう」

「おおーっ！」

すべての道はラーメンに通ずとばかりに俺が手を打つと、リチャードは悪夢から目覚めたばかりのような顔をした。何だよ。笑ってくれ。

「いずれにせよ、何かに習熟しようとする心がけは称賛に値します。努力が実を結ぶことをお祈りしていますよ」

「どーもどーも。で、結局お前はラーメン食べるのか？」

宝石商のリチャード氏は、いやにトゲトゲした眼差しで俺を見た。何だこの顔は。馬鹿さ加減に愛想がつきた、というういつものニュアンスを、三割増しにしたような表情だ。からかっているつもりなのだろうか？

「ええ、食べますよ」

「何が好き？　味噌とか醬油とか」

「ネギとにんにく大盛りです。生のにんにくをこれでもかとすりおろして投入するとよいですね」

「……密着型の客商売してる人間にしては、けっこうハードな好みだな？」

「ですからいつでも食べられるというものでもありません。翌日誰にも会わない日に、ひとりで大切に食べます」

俺が目を丸くすると、美貌の店主は傲然《ごうぜん》と顎をあげた。イメージとそぐわないだろうとでも言いたいのか、開き直っているのか。

「いかがです、『ギャップ』とやらを堪能なさいましたか」

「いや別に、本題はそっちじゃなくてさ」

「はあ？」

「フランス料理とか高級スイーツの店だったら誘えないけど、ラーメン屋だったら俺の大学の近くにもけっこうあるからさ。よかったら今度一緒に食べに行かないか？　スーツじゃなくてTシャツで行ったほうがよさそうな店ばかりだけど、たまにはお前とそういうジャンクなもの食べながら話がしてみたいんだ」

「新たな意外性の発掘のために、とでも？」


「単純にもっと仲良くなりたいだけだよ」

リチャードは一瞬、ぎゅっと表情を引き絞った。何だろう。それと知らず酸っぱい梅干しでも噛《か》んでしまったような顔だ。俺が眉根を寄せていると、青い瞳を眇めて憮然とし、ぱちんと宝石箱を閉じて立ち上がった。

「あっ、もっと見せてくれよ。まだ全然」

「クリソプレーズには心身のバランスを整え、快く湧き立たせる力があるといいます。春を連想させる若草色ゆえでしょうか。いつでもお祭り気分のあなたには必要のない石では？」

「何で怒ってるんだ？」

「怒っていません」

「クリソプレーズもっと見たほうがいいんじゃないか？」

「余計なお世話をどうも」

ふんと言い残して、リチャードは奥の部屋に消えてしまった。ラーメン屋に誘ったのがそんなにまずかったのだろうか。怒らせたままにしておくのもなんなので、俺は給湯室でロイヤルミルクティーを二杯自主的に用意した。応接間に出てきたリチャードは、案の定それ以上何も言わず、いつもより砂糖をほんの少し多めに入れたお茶を飲んだ。

午前のお客さまがお帰りになったあと、リチャードはもう一度俺にクリソプレーズを見せてくれた。よく眺めると、謎としか思えなかったネーミングの意味がわかる。昔の人はこれを金から生まれた植物だと思ったんじゃないだろうか。凹凸《おうとつ》のある表面は、有機体のように柔らかく波打っている。クリソプレーズ。金とネギ。世界に石は数あれど、俺はこの石の名前だけは絶対に忘れないだろう。そしていつかリチャードとラーメンを食べに行くことがあれば、絶対この石の話をしてやるのだ。

あの話、覚えてるか？　と。

4 空漠のセレスタイト

これを持っていかないか、と。

美貌の宝石商は、石を手に問いかけてきた。携えているのは、まるきりじゃがいものような石だ。かさかさしていて、まるで飾り気がない。子どもの握りこぶしくらいはある。

「取引先がおまけにつけてくれました。ほとんど押し付けられてしまったのですが」

そんなことを言われても。これを持っていってどうするんだと俺が尋ねると、たとえば贈り物にするとか、とリチャードは言った。谷本《たにもと》さんのことを考えているのだろう。確かに鉱物岩石を愛する彼女なら、こういう素朴な石も好きだとは思うが。

「いや……この前買ったアクアマリンも、まだ保留になってるわけだし」

俺のほうにも、個人的に準備している彼女にあげたい石がある。そのあたりのことを考えると、贈り物を乱発するのはいかがなものかと、うにゃうにゃ遠回しにお断りすると、リチャードはハッとしたように俺を見た。ぼうっとしていたらしい。俺がああまたかという顔をすると、失礼と宝石商は恥じ入った。

「少し、考え事をしていました」

「だったらいいけどさ」

最近、こういうことは珍しくない。お客さまがいる時にこんなことは起こらないが、店に俺しかいない時には、店主の反応が鈍《にぶ》いのだ。厨房《ちゆうぼう》の戸棚の菓子が減るスピードも明らかに落ちている。賞味期限の迫ったものを選んで、業務的に消化しているようで、いつものリチャードらしくない。消化のいい中田正義謹製プリンだけは作った分だけ減るのだが。

理由はわからない。正直かなり心配だ。

「……何か俺に、手伝えることあるか？」

俺が何気なく尋ねると、リチャードは溜め息とも笑い声ともつかない声をあげた。

「そうですね、最近私の住まう宮殿のまわりに、四十人の盗賊が出没するようになりまして、うるさくてかないません。あなたが魔法使いなら、杖《つえ》の一振りで退治していただきたいところですが」

「アラビアンナイトの話か？　いや、真面目な話、ストーカー被害とか」

「冗句です。特に困っていることはありません。ああそういえば、まだ……正義」

こちらへ、と呼ぶリチャードはソファに腰掛け、対面の席を俺に促した。手には石を携えたままだ。だから何なんだその石は。

「呪文を。アラビアンナイトにあったでしょう。洞窟を開く魔法の言葉が。知りませんか？」

「魔法の言葉って……『開けゴマ』？」

俺がそう言うと、リチャードは微笑み、石を二つに『割った』。ほくほくのじゃがバターを割るよりもソフトな手つきで。最初から割れ目が入っていたのだ。

手のひら大の石の中は、宝の洞窟だった。

キラキラ輝く水色の結晶がみっしりと詰まっている。外側はパサパサの砂色の石なのに。天然のびっくり箱か。よく見ると中央が空洞になっていて、真空地帯を取り囲むように、結晶がキラキラ輝いている。水晶か？　いや、別の石だ。こんな色の水晶は見たことがない。淡い青の部分もあれば、ほとんど白っぽい部分もある。何なんだこれは。

「リチャード、この青い石は……？」

「セレスタイト。日本では天青石《てんせいせき》とも呼ぶそうですね。割れやすいのでお気をつけて。ジオードという名前を聞いたことは？　日本では『晶洞』と呼ぶそうですが、熱水などの働きで、母岩とは異なる鉱物が内側に晶出している『鉱物の洞窟』です。セレスタイトに限った現象ではなく、水晶、瑪瑙《めのう》などのジオードも存在します。私としたことが、うっかりしていました。割って見せなければ、この標本の本質はわかりませんね」

俺の頭はアリババと四十人の盗賊の物語を思い出していた。開けゴマの呪文でアリババが洞窟を開くと、中は宝の山なのだ。あのお話を考えた人は、ジオードを割って感動した人だったのかもしれない。リチャードは二つに割れた標本の片割れを俺に渡してくれた。

「……世の中には面白い石があるなあ」

「こういったことならば、あなたのガールフレンドのほうが詳しくご存じでしょう」

「ガールフレンド『になってほしい人』な！」

「大変失礼いたしました。随分《ずいぶん》長く同じ訂正を聞かされてまいりましたので、そろそろ変化があったものかと」


「慎重なんだよ、最近の若者は」

俺がむくれると、リチャードは少し笑った。金色の睫毛《まつげ》に縁どられた青い瞳が優しげな色になる。あれ。そういえば。

俺が怪訝な顔をしたまま、リチャードの顔を見つめて硬直すると、美貌の宝石商は眉間に軽く皺《しわ》を寄せた。俺が全《まった》く視線をそらさないので、目は見えているかと言わんばかりに軽く手を振る始末だ。見えてるって。

「なあ、この石の名前、何だっけ。セレ……」

「セレスタイト。『セレス』の語には『天空』の意がありまます。命名者の意図は明白でしょう。地中で育まれるこの石に、澄んだ青空の輝きを感じたのですね」

澄んだ青空。確かにそんな色だ。でも。

「俺、空よりこの色そっくりなものを一つ知ってるよ」

「……思い浮かびません。私も知っているものですか」

「絶対に知ってると思う」

「何です？」

「お前の目」

俺がそう言うと、リチャードはブルーの瞳を少し、見開いた。

　この店で外国のお客さまに慣れまくったおかげで、俺は一口に『青い瞳』と言っても全部が全部同じではないことを知った。スミレ色と自己申告なさったお客さまの目は、濃いグレイとブルーが混じり合った色だったし、ベタ塗りの水色の絵具のように鮮やかな瞳の人もいた。人間の瞳は、まるでガーネットやトルマリンと同じ、いろいろな色をもつ宝石だ。リチャードの瞳は淡いブルーグレイだ。一見冷たい色合いだが、微妙な濃淡があって華やかだ。瞳孔の近くと外寄りとで、色味が少し違う。このセレスタイトのように。

「おまけでつけてくれた人も、似たようなことを考えたのかな」

「…………」

　リチャードは沈黙した。あ。あー。うむ。

　石をおまけしてくれた相手のことなど俺は知らないが、もしその人がガチでそういう石を選んでリチャードに贈ったのだとしたら、まったくもって恋人募集中などではないこの宝石商は、微妙な気分になるだけだろう。よし。

「わかった。もらっとくわ。割れやすいんだっけ？　気をつけて飾るよ。サンキューな」

　俺が石の片割れをかざし、もう片方を受け取ろうと手を伸ばすと、リチャードは一瞬変な顔をした。えっ。何なんだ。さっきはあんなに押しつけたがっていたように見えたのに。中腰のまま俺は硬直してしまった。どうすればいい。

　リチャードは青い瞳をまじまじと見開いて、俺を見つめたまま、喋った。

「その石を、あなたは誰かにあげますか？」

　一語一語、ゆっくりとした発音だった。

　どういう意味だろう。あげろと言っているのか？　違いそうだ。声のトーンが低い。言いたいことがあるならもうちょっとわかりやすく言ってくれ。どっちだ。あげると言えばいいのか。あげないと言えばいいのか。いや俺はこの石をもらってどうしたいんだ。

　リチャードの瞳の色の石を誰かに、たとえば谷本さんにあげるだろうか？

「あげない、と思う、よ」

　あげられないだろう。自分自身にも理由はうまく説明できないけれど。

　リチャードは微かに笑ったように見えた。

「そうですか。では」

キープゼム、とリチャードは言い、セレスタイトのもう半分も俺の手に乗せた。『お持ちなさい』だ。わかった。ありがたく受け取る。でも今の間が一体何だったのかは教えてほしい。何でもなかったのか？　またぼうっとしていただけなのか。それとも俺には言えない巨大な悩み事があるのか。

意を決し、俺は立ち上がったリチャードに声をかけようとしたが、逆に話しかけられて、出鼻をくじかれてしまった。

「そうそう、トリビアをもう一つ。『セレスタイト』は初耳でも、硫酸ストロンチウムと言えば多少はなじみがありますか？　非常に鮮やかな色の炎をあげて燃える鉱石で、花火の原材料としても重宝されているとか」

「石が燃えるのか！　保管に気をつけなきゃいけないな……いやそれはそれとしてだな」

「そこまで用心しなくとも自然発火するようなことはありませんよ。ですが」

リチャードは少し首をかしげるように、俺のほうを振り向いた。笑っている、のか？


「いつか腹に据えかねるようなことがあったら、割るなり燃やすなりするのも、まあ、いい活用法かもしれませんね」

腹に据えかねること？　どういう意味かと尋ねる前に、リチャードはふらりと立ち上がり、厨房に消えてしまった。石を割るだなんて、リチャードの言葉とも思えない。五分もすると出てきて奥の部屋にこもり、英語で電話をかけている。厨房の流し台を見ると、俺のプリンの器が一つ、空になっていた。座って食べればよかっただろうに。

洗い物を済ませて応接間に戻ると、ガラスのテーブルの上には、半分に割れたセレスタイトのジオードが横たわっていた。

この石を二つに開く時、リチャードは呪文を言えと俺に告げた。くだらない連想だが、呪文の一つで心の扉も開いたらいいのに。秘密を全部知りたいなんて思わない。時々悩み事を打ち明けてくれる程度のことでいい。

でも仮に、あいつが心の洞窟を開いてくれたとして、胸中にあるものは何なのだろう？

それは俺が見てもいいものなのだろうか？

「まあそういうことを、あの時の俺は考えていてだな」

「その節は大変なご迷惑をば」

「こう、俺も力になれることがあるのかな、でも打ち明けてくれるかなって、ちょっと不安でさ、でもわざわざそんなことは言えなくて」

「おかけしましてお詫びの言葉も」

「もやもやしたなあ」

「ございません」

店主は首振り人形のように、俺に謝罪の言葉を繰り返した。全然気持ちが入っていないのは、俺の恨みがましい言葉も同じである。観客のいない漫才のような一幕だった。自分たちのために笑い話をするというのも、何だか奇妙な感覚ではあるが、一歩引いて考えてみるとなかなか楽しい。

もうすぐクリスマスという時期、猛烈なお買い物をなさるお客さまがやってきて、彼女が去り際に一言、リチャードの目を「セレスタイトみたいな色ね」と褒めたことが、思い出話のきっかけになった。これ以上変な漫談をしている暇はなかったので、俺はきりあげて厨房に入った。お茶の作り置きを準備しておかなければならない。最近のこの店は忙しいのだ。繁盛するのはいいことだ。

あの時のセレスタイトは、最近買ったばかりの金庫の中に鎮座している。あの石は割れやすいというし、燃えやすいというが、金庫の中なら安全だろう。天地がひっくり返るようなことがあっても、俺はあの石を割らないだろうし、燃やさないだろうし、その他何かの方法で害そうとは思わないだろう。もちろんあげもしないだろう。

それは確かだ。

エトランジェは今日も平和である。

5 曇天のアイオライト

アイオライト。和名は菫青石《きんせいせき》。サファイアよりも紫味の強い青い石で、ちょっと靄《かすみ》がかかったような独特のとろみのある石だ。硬度は七。宝石として扱う時にはアイオライトと呼ぶが、鉱物の一種として扱う時はコーディエライトとも呼ばれる。風変わりな石で、見る角度によって青ではなく枯葉色に見えることもある。エトセトラ。エトセトラ。

「どうしました正義。瞳が死んでいますよ」

「……何ていうか……食傷、かな」

「はあ？」

石の名前が覚えきれない。多すぎる。

先ほどお帰りになったお客さまは、青い石がたくさん見たいとのことでお越しだったので、リチャードの玉手箱の中は多種多様な青で溢《あふ》れた。サファイアはもちろんのこと、タンザナイト、ラピスラズリ、ブルー・カルセドニー、そしてこのアイオライト。

エトランジェでのアルバイトを始めた半年前、俺の中にあった『宝石』のイメージは、ダイヤモンド、ルビー、サファイア、エメラルドあたりで打ち止めだったと思う。今の俺は、ダイヤモンドのように輝くジルコンという石の存在を知っているし、ルビーのような赤色のスピネルのことも知っているし、サファイアの色は青だけではなく紫から黄色まで幅広いこともわかっていれば、エメラルドと区別がつかないほど透明な翡翠《ひすい》も見たことがある。

谷本さんのように鉱物の知識でもあれば、化学的な組成の違いでそれぞれの石を頭の中で整理することもできたのだろうが、生憎《あいにく》その手のことには疎《うと》いし、今の俺は猛勉強するほどの気合や根性もない。

たとえるなら、潮干狩りに出かけた浜で、何の気なしにゴーグルをつけて覗き込んだ海に、マリアナ海溝が広がっていたような感じだ。美しい世界だが広すぎるし深すぎる。そして果てがない。恐ろしくなるほどに。

俺が大体そんなことを言うと、リチャードはくっくっと喉の奥を震わせて笑った。

「別段あなたは、ＧＩＡやＦＧＡの資格取得を目指しているわけでもないのでしょう？　好きに鑑賞していればよいではありませんか」

「それはそうかもしれないけどさ」

もったいないと思ってしまうのだ。

せっかくリチャードが、一粒一粒、丹精こめて、様々な石を紹介してくれるのを隣で聞いているのに。就活は人の縁だという話を先輩からよく聞くが、石とのご縁を無碍《むげ》にし続けているようで申し訳ない気分になる。さりとていきなり俺の頭がよくなるわけもなし。

俺がそう言うと、リチャードはまた笑い、俺を手招きした。そしてスーツのポケットから、何かを取り出した。奥の部屋で宝石を扱っている時によく見かける、ビニールの小分け袋。アイオライトが入っていたものらしい。脱脂綿の詰められた袋にはラベルが貼ってあって、横文字で一行、何かが書かれていた。『ヴァイキング・サンストーン』と読める。ヴァイキング？　角つき兜《かぶと》に斧を携えて、海から船でやってくるイメージの？　確認すると、宝石商はその通りですと頷いた。

「このラベルに書かれているのは、かつてのアイオライトの『用途』にまつわる言葉です。かつてはアイオライトを太陽の石として活用していた人々がいたのですよ」

「『太陽の石』として『活用』……？」

隅から隅までわからない。どういうことだ。そもそも何故こんな寒々しい色の石が太陽の石なんだ。俺が問うまでもなく、美貌の店主は唇に微笑みを浮かべて語り始めた。

「ご存じかもしれませんが、現在のイギリスに住んでいる人々の何割かは、九世紀ごろから始まるノルマン・コンクエストを経た人々、いわゆるヴァイキングの末裔《まつえい》です。彼らは当時としては異例の長距離を航海する技術を持っていたことで有名ですが、さて正義。あなたが長い間、海を旅する人間であったとして」

どのように方角を知りますか？　とリチャードは俺に問いかけた。だだっぴろい海原で方向を知る手立て。目印になる陸もない状態ということか。そんな時に使えるものといったら磁石しかないだろう。いや待て。さっきリチャードは九世紀と言っていた。羅針盤が発明されるのはもっとあとだ。大航海時代の引き金になった発明品だと、高校の歴史の時間に暗記させられた記憶がある。となると——ラベルの言葉を思い出す。サンストーン。太陽の石。ああ、つながった。

「太陽の位置で、方角を知った？」

「グッフォーユー。その通りです。冴えているではありませんか」

「ま、まあな！」

「では太陽も見えない曇天の下では、どうしますか？　冴えているアルバイトさん」

「えっ？」

そういえば、海辺の天気は変わりやすいものだ。イギリスは曇りがちな国だとも聞く。その近海なら悪天候などしょっちゅうだろう。三日も四日も曇りの日が続いたらどうすればいい。海上で万事休すか。

俺が途方に暮れた顔をすると、リチャードは我が意を得たりとばかりに微笑み、白い手でアイオライトを蛍光灯にかざした。

「たとえばこのアイオライトのファセット面の、いずれかにインクで印をつけてみましょう。別の面に、もう一点。晴れている日に、この二つの点が一つの点と、その時にどの方向に太陽が見えるのかを記録しておき、曇天の日には同じ角度で二つの点が重なる部分を探すのです。すると」

微かな光でも、この石は探し当ててくれるので、太陽の在処《ありか》がわかる——と。

「光の位置がわかる石ってことか……？　それならどんな石でもいいんじゃないのか」

「光というものは屈折します。分厚い雲を通り抜ければ、実際の太陽の位置とは異なる方向に人間の瞳は輝きを見出すでしょう。アイオライトは、いわば偏光レンズの役割を果たしたのですよ。この石を活用することで、船乗りは正しい太陽の位置を知ったのです。もっともサンストーンとして最も有名なのは、アイオライトではなく、アイスランドスパーと呼ばれる、方解石の一種ではありますが」

偏光レンズ。今度は物理の話か。でも光の屈折に関する話は覚えがある。なるほど、それで『太陽の石』か。

「よくわからないけど、石のロマンって感じだな。俺そういうの好きだよ」

俺が興奮した口調でいうと、リチャードは落ち着いた笑みを浮かべた。

「わかっているではありませんか。その通り、あなたは石が『よくわからないけれど、なんとなく好き』なのでしょう。だからこそ視界が開けてきたことで、先行きの遠さばかりが思われて、歯がゆさを感じている。何もかもを一朝一夕に理解できるなどとは思わないことです。焦らず、着実に。向上心と背中合わせの焦燥感に戸惑わずに。それは行く先がわからない寄る辺のなさとは違います。最も困難な時とは、どこへ行けばいいのか全くわからない時でしょうが、あなたにはきちんと太陽の位置がわかっている」

それはつまり、どこへ行きたいのか、自分でちゃんとわかっているということか。俺が黙り込んでいると、リチャードは肩をすくめて、もちろん物のたとえですよと補足した。

「少しずつでも、石たちはあなたの中に確かな影を残しているはずです。去るもの全てを追おうとせず、そういうものを大事にすればよいのでは？」

そうしてリチャードは最後に、パワーストーンの世界では、アイオライトは人に『正しい方向』を指し示してくれる石と言われているという豆知識を付け加えてくれた。バックボーンを考えれば、なるほど確かに納得のゆく話ではある。でもそれ以上に。

「……いつもお前が傍《そば》にいたらいいのにな」

「は？」

「お前は、困ってる相手が何に困ってるのかを見抜く名人だろ。本当に羅針盤みたいな、便利なやつだと思ってさ。ああ、『世界一きれいな羅針盤』か」

「非論理的な上に非合理的な言葉ですね。日本生まれの日本育ちで、日本の役人を目指しているあなたが、何故イギリス人の宝石商を『羅針盤』などと？」

「そりゃ公務員試験の対策をお前に質問しようとは思わないけどさ、もっと大きな問題にぶつかった時には、頼りになるだろ」

リチャードはほとほと呆れたという顔で溜め息をついた。気持ちはわかる。こんなのは『いつまでも先生が助けてくれたらいいのにな』と保育所の子どもが言っているようなものだ。甘ったれるなという話である。仮にも仕事先の上司であるわけだし。

「そうだ、今日のお客さまからいただいたカスタード・パイ、足がはやそうなんだ。食べないか？　お茶いれるからさ」

「よろしければ。ああ、砂糖は」

「今月は控えめで、だよな、わかってる」

「半分手伝いなさい。糖分が気になります」

「まかせとけ」

お客さまに宝石を勧める時の、直截的すぎない言い回しもそうだが、こいつは本当に気の回し方がうまい。気落ちしていると思われたらしい。

俺は茶葉を煮立てながらぱりぱりのパイを半分ずつカットし、応接間でリチャードと分けて食べた。粉糖で覆われたパイは、少し呼吸しただけでパイ生地の上から白い粉が散る危険な代物だったため、おやつタイムは沈黙の時間と化した。シュール極まりない光景に、何度も笑いそうになったが、そんなことをして美貌の店主の高級スーツに大打撃を与えたら減給沙汰である。結局俺は壁を見ながらパイを平らげることになった。

その日の帰り道、俺は夜空を見上げながら、千年以上前のヴァイキングのことを考えた。彼らが目指したのは新天地だったという。俺は？　これからどこへ行くのだろう。『どこへ行こうとしているのかわからない』なんて哲学的な悩みに陥《おちい》ることが、いつか俺にもあるだろうか。ひょっとしたらリチャードにも？

そういう時くらいは石に助けてもらえますようにと、俺は不埒《ふらち》な願掛けをした。青紫色の夜空には星が瞬き始めている。この空に現れる星はヴァイキングの時代から変わっていないに違いない。そんなことを考えながら歩いていたら、曲がる道を一本間違えた。足元くらい自分で気をつけろというリチャードの声が聞こえた気がする。わかっていますって。

石のご利益は気長に待つことにしよう。

そんなことはないに限るが、いつか俺たちが二人揃《そろ》って、道に迷ったりすることがないとも限らないわけだし。

6 ムーンストーンの慈愛

「月がきれいだなあ！」

資生堂《しせいどう》パーラーから出ると、外はもう真っ暗だった。銀座の夜景を見下ろすように、ぽっかりと青い月が浮かんでいる。コートを羽織り直したリチャードは、なあ、と俺が振り返ると無言で目を逸《そ》らした。それにしても土曜の終業後、こいつと飯を食べるのもすっかりお馴染《なじ》みになってしまった。貢《みつ》ぎ物もといプリンの作り甲斐があるというものだ。

「そういえば今日のお客さんに売っていた石は、月の石だったたな」

「『ムーンストーン』と呼びなさい。『月の石』という名称で呼ばれる岩石標本も存在しますよ。語義の混同は嘆かわしいことです」

「そうだったのか！　うっす、肝《きも》に銘じるよ」

今日のお客さまは、初々《ういうい》しいお嬢さまとそのご両親で、お買い上げの品物はムーンストーンのセットジュエリーだった。まだあどけない顔立ちのお嬢さまが嫁ぐそうで、その時に持たせてあげる首飾りをご両親がエトランジェでオーダーメイドしていたのだ。ミルキーな青色に、虹色の燐光を纏《まと》ったカボション・カットのムーンストーンに、白いダイヤモンドを合せた首飾りとブレスレット。まるでオーロラの輝きを北欧の空からそっとお借りしてきたような、清新な美しさで満ち溢れていた。

六月の誕生石でもあるムーンストーンは、昔からパワーストーンとしても親しまれてきたそうで、特に女性の幸福や幸運を祈念する石として名高いという。サプライズでお祝いのジュエリーを贈られたお嬢さまは、目を真っ赤にして泣いていたが、甘めのロイヤルミルクティーで持ち直し、はなをすすりながらご両親に感謝していた。幸福の形は人によってさまざまだと思うけれど、今日見たあれは、間違いなくその一つだろう。

リチャードのジャガーのある駐車場まで向かう途中も、ビルの隙間から月がついてくる。俺が上を見ながら、本当にきれいだきれいだと繰り返しながら歩いていると、リチャードは呆れたようだった。

「月がきれい、ねえ。最近の大学生は自国の文学者の逸話などには親しまないのですか？」

「読むんじゃないか？　俺は経済学部だから、教科書には横文字の人が多いけどさ。マックス・ヴェーバーとかマンキューとか」

「二葉亭四迷《ふたばていしめい》や夏目漱石《なつめそうせき》は？」

「逆にきくけど、お前は読んだのか？」

「ええ」

うわあ。俺が呻《うめ》くと、美貌の宝石商は溜め息をついた。まったくこれだから最近の若い者は、なんて言う。思わず笑ってしまった。

「何です？」

「『若い者』なんて言うけど、お前も十分若いだろ」

「古典文学が老年期の楽しみのように思われる世界的な風潮に異論があるだけです。先人のさまざまな解釈によって円熟した世界は、深く幅広く、さながら石のように、心を包み込んでくれるものですよ」

「そこで『石』が出てくるところが、さすがのリチャードさんって感じだな」

「褒め言葉として受け取っておきます」

「褒めてるよ。お前と話してると頭がよくなる気がする」


「『気がする』だけで満足してしまう手合いには、私の存在は有害でしょうね」

「肝に銘じます……ああ、そういえば、社会学か何かの授業で、ポップスの中にやたらと『気がした』ってフレーズが増えてるって話を聞いたっけな。何でなんだろうな？　『強くなれる気がした』じゃなくて『強くなれる！』って言い切ると、いやいやそんなことないだろって内心ツッコミをいれたくなって、気分が醒めちゃうからかな」

「現代日本の若年層の流行に関してはあいにく不勉強です。しかし、そのようなことを言うのなら、石のおよぼすパワーであっても、『気がする』程度のものでしょう」

「宝石商がそんなこと言っていいのか」

「既に営業時間外です。それに別段これはネガティブな話ではありません」

駐車場までやってきたリチャードは、俺の姿を一瞥すると、軽く腕組みをした。頭のてっぺんからつま先まで、月の光でつくられた人形のように美しい男だ。見慣れた姿ではあるが、美しいものは美しい。それこそ何度見ても飽きることなくいい気分になれる、月のように。

「な、何だよ。どうした……？」

「『気がする』程度で、人間は本当に強くなれるということです。思い込みの力とはすなわち、小さな灯にも希望を求める人間の力でしょう。素晴らしいことではありませんか。月の光に見守られている『ような気がする』こんな夜には、何やら穏やかな気分になるものです」

　そう言ってリチャードは、俺の真似でもするように、銀座のビルの上の夜空を見上げ、本当に月がきれいですと呟いた。するりとジャガーの運転席に乗り込む。俺も助手席に続いた。それにしてもこの車のシートは、何度座っても絶妙な傾斜だ。椅子が体に張りついてくるような気がする。

「さて、高田馬場《たかだのばば》で構いませんか」

「サンキュ。ところでさ、俺はそろそろ『死んでもいい』って返したほうがいいのかな」

　その時のリチャードの顔は見ものだった。はあ？　と言いたげに歪《ゆが》んだ口と美しい眉。青い瞳は剣呑《けんのん》に俺を見ている。

「だって、そういう文脈じゃないのか？　二葉亭四迷と夏目漱石なんだろ」

　愛している、と。

　もともと日本語にはなかった言葉を、どう翻訳するか。明治時代の文豪は頭を捻《ひね》ったそうだ。こんなのは飲み会の定番トークだろう。いやどこの飲み会でも定番であるかどうかはわからないが、この前催行した文学部日本文学科の男連中との飲み会では、そういう話で盛り上がった。こういう話が女子は好きらしいから、経済学部もたまには頭にいれておけよと。二葉亭四迷は『あなたのものよ』を『死んでもいい』と訳し、夏目漱石には『愛している』なんて『月がきれいですね』でいいじゃないかと宣《のたま》ったという逸話がある。ありがたいトリビアである。とはいえ飲み会に集った面子には全員彼女がいなかったので、使いどころのないトリビアだと思っていたのだが、案外。

　しばらく硬直していたリチャードは、はーっと大きく息を吐いてから、エンジンキーを回した。鋼鉄のマシンが身を震わせる。

「……胆《きも》が冷えました」

「さすがのお前もびっくりしたか！　俺も少しは日本人らしいことが言えるんだぞ」

「もう一度同じことを言ったら蹴りだします。しばらく黙っていなさい」

リチャードは駐車場からバックで車を出し、アクセルを踏んで中央通りに出ると、しばらく無言で車を転がしていた。ビルが四つか五つ、通り過ぎてから、美貌の宝石商は再び口を開いた。

「……軽々にそんな言葉を口にするものではありません。文脈から切り離された言葉は、ブレスレットからたった一つ切り取られた、孤独な石のようなものです。どのような状況で『月がきれい』と言ったのか、なにをもって『死んでもいい』と思ったのか。大切なのはそこに至るまでの過程であって、断片的な言の葉ではありません。かつてこの国が、今ほど輸入品の考え方で溢れていなかった頃の人々は、それをよくわかっていたのでしょう」

「……お前はさ、何で夏目漱石を読もうと思ったんだ？」

リチャードは答えなかった。こいつに答えたくないことが多々あるのは以前から知っているが、この問いかけに対する沈黙は意外だった。何かあるんだろうか。月がきれいだとか、死んでもいいとか、そういうことを言いたくなる時にまつわる、何かが。

深追いすべき話題ではないのは明白だった。俺は窓の外に面白いものを見つけたふりをして、特に脈絡のない笑みを浮かべた。窓のほうに身を寄せて、空を見上げる。

「あっ、月がまだ見えるぞ」

「左様ですか。美しい月ですか」

「ん、お前のほうがきれいだな」

途端にリチャードの手がすいと滑った。カーステレオのスイッチが入る。爆音で流れてきたのは、以前ここで聴いたフィンランドのロックではなかった。エスニック風味な女声のお経である。そうとしか言いようがない。何なんだこれは。何語の歌なんだと大声で尋ねたら、ベンガル語だという。インドの歌だろうか？一気に車内が亜熱帯ムードである。叫ばないと会話ができない。

「なあ！　怒らせたんだったら！　本当に、ごめんな！」

きこえません、という形にリチャードの口が動く。お喋りをする気にはなれないらしい。でも怒ってはいないようだ。口の端がちょっとだけ笑っている。馬鹿すぎて笑えるとでも言いたげた。文学者の名前を並べていた時よりも随分《ずいぶん》リラックスしているようで、俺は何だか嬉しくなってきた。

車から降りると一気に南国の雰囲気は消える。高田馬場のロータリーで、リチャードは挨拶《あいさつ》も早々にジャガーを発進させていった。いつもの癖で、車が見えなくなるまで、何となく見送ってしまう。

見上げると、黒い空には相変わらず、青い月が浮かんでいた。

これもまた『気がする』程度の問題ではあるが、今日この瞬間に俺が感じているこの気持ちもまた、一つの確かな幸福だろう。

まったく今夜は月がきれいだ。

7 ふりかえればタイガーアイ

何故『目』が、魔よけになるのか。

タイガーアイという半貴石を、ブレスレットにしている男性がご来店したのは、うららかな五月の日曜日のことだった。高そうな腕時計と一緒に、数珠のようなものをつけているので、なんですかと尋ねたらタイガーアイだという。石の名前だ。彼がお買い上げになられたのは、ルベライトと呼ばれる赤い石のついたタイピンだったのだが、最後にちょっと面白いことを仰《おお》せになった。

お見送りの際、俺が下手に商売っけをだして、うちの店はいろいろなものを扱っているので、ブレスレットも準備できると思いますけどと申し上げたところ。

別にブレスレットが好きだから、これをつけているわけじゃないんだと、彼は笑った。

タイガーアイは第三の目だから、魔よけになるのだと。

商売をする人間にとって、もう一つ目があるのはとても心強い。だからこの石を腕輪にしているので、別にダイヤや黄金の腕輪がほしいとは思っていないよと彼は言い、ほなな、と手を振って去っていった。彼の会社は大阪にあるという。海外雑貨の個人貿易をしているというバイヤーさんのはずだ。彼はなんだか、タイピンという品物よりも、銀座の不思議な店で買い物をしたというドラマをほしがっているように見えた。

結局『魔よけ』というのがどういうことなのかは、質問しそびれてしまった。

「なありチャード、第三の目とか、魔よけって、目利きのことを言ってたのかな？　『変なものを摑《つか》まされませんように』とか」

ロイヤルミルクティーを嗜《たしな》む美貌の店主は、今しがたそこで交わした会話の一部始終を伝えると、俺のことを白々と眺め、ぱちぱちとまばたきをしたあと、また無言でお茶に視線を落とした。おいしく飲んでいただけているようで、新米のお茶くみとしては嬉しい限りである。しかし今のリアクションはどうかと思う。眼差しにキャプションをつけるなら『ばかめ』あるいは『この大ばかめ』のどっちかだったと思う。

「……正義、あなたはタイガーアイという石のことをどのくらい知っていますか？」

「え？」

それは、ええと、茶色っぽい石で、『虎の目』という名前の石で――それだけだ。だってさっきそこで、見ただけなのだから。

美貌の店主は俺が言葉に詰まると、流麗な日本語であとを引き取っていった。

タイガーアイとは日本での呼び方で、英語圏ではタイガーズアイ。意味は虎の目。和名は虎目石。茶色っぽい石というのは不正確な形容で、実は黒茶色の部分と、縞状の金茶色の部分に分けられる。名前の由来は、もちろんキャッツアイのように、シュッと一本線が走った姿からの命名だが、もともとは青石綿に石英が浸潤して出来上がった石であるらしい。石綿って。時々耳にするアスベストというあれなのかと俺が尋ねると、金髪の男は穏やかに頷き、しかし最近日本で取り沙汰されているような健康被害をこうむる可能性は限りなく低いでしょうと補足した。まるで雑学王だ。金髪碧眼の男が、日本の社会問題までよくチェックしているというのは、何だか不思議な気がする。これも商売のためだろうか。

「……全然知らなかったよ。さっきのお客さんも、そういうこと全部知ってたのかなあ」

「鉱物学的なことにまでご興味があるかどうかはともかく、あの方はタイガーアイの特性を、あなた以上によく理解していたと思いますよ。彼は『目があること』ではなく『もう一つ目があること』と言っていたのでしょう。商売に携わる人間にとって、目利きというのは確かに必要な力ではありますが、それをブレスレットで補おうとする方は稀《まれ》です」

「じゃあ、魔よけっていうのは、目利きとは関係ない力ってことかあ」

「ノー。正義、あなたは……このくらいなら通じますか？」

そう言って美貌の店主は、珍しく英語で俺に話しかけた。九九パーセント日本語を喋る金髪碧眼の男という存在に慣れた俺の目は、一瞬「この人、外国語を話したな」と思ってしまった。明らかに逆である。

「……『彼は頭の後ろに目を持っている』？」

「グッフォーユー。リスニングは得意だったのですね」


「そうでもないよ。今のは明らかに、聞きやすいように喋ってくれてただろ」

ともかく俺の聞き取りテストは正解だったらしい。慣用句だと思う。センター試験の英文法の点はそこそこよかった。頭の後ろに目がある。意味は多分。

「『抜け目がない』だっけ？　あっ、それが『第三の目』？」

リチャードは軽く拍手して、俺の推理を褒めてくれた。正解らしい。なるほど、なるほど。言われてみれば確かに。眼差しの中に若干『ここまで言ってやらなければわからないのか』という呆れの色が見える気もするが、それにしても整った顔立ちである。

「おわかりになったようですね。彼が必要としていたのは、抜け目のなさ、言い換えるのなら『土壇場で我に返る力』『自己を客観視する能力』といったところでしょう。人間には二つしか目がなく、見える範囲はおのずと限られます。自分の頭の裏側を眺めることができる人間はいないでしょう。しかし勝負所に挑むような時には、己の姿をこそ客観視しなければ、足元をすくわれます。そういう時」

必要になるのは、一歩引いた視点だと、美貌の宝石商は言った。

　それはつまり、エスパーのような透視能力などではなく、ちょっと待てよという一呼吸のことだろうか。問いかける前にリチャードはうんうんと大きく頷いてくれた。当たっているらしい。

「そういうのって、ああいうご商売をしてる人には、大切なことなのかなあ」

「すべての人間に大切なことだと思いますよ、正義」

「何か含みがあるよな、今の」

「考えすぎでは？」

　飄々《ひょうひょう》とした顔でとぼける美貌の男に、俺は再び名前を呼ばれた。せいぎ、とこの声に呼ばれるのには、正直まだあまり慣れていない。でも初めの一回目からずっと、全然嫌な気持ちはしない。テレビ局のアルバイトで『守衛さん』と呼ばれ続けることに辟易していたせいもあるだろうけれど、相手が俺のことを『俺』として見てくれているのがわかるからだ。

「はぁい、何でしょう店長」

　彼の名前を覚えていますか？　とリチャードは尋ねた。『彼』？　タイガーアイのブレスレットのお客さまか。俺は『あの人』『あの人』と呼んでいたけれど、リチャードは彼の名前を覚えて呼んでいた。確か。

「麻野《あさの》さん……だったな？」

「グッフォーユー。超能力者になる必要はありませんが、ここでのあなたは店員です。お客さまの居心地のよい空間の一部となるよう心がけていただけると、店主として嬉しく思います」

　承知いたしました、と俺が頭を下げると、リチャード氏はよろしいと微笑んだ。かっちりと整った微笑みもまた息をのむ美しさだが、ぐっとこらえる。相手がいくら物わかりのいいお兄さんだとしても、思ったことを何でも言っていいなんてことはないのだ。

　ふと気づいた。『第三の目』というのは、こういうことなのかもしれないと。自分自身がこうと思い定めていることを、ちょっと違うんじゃないかと声なき声で諫《いさ》めてくれるような、『物の見方』そのもの。俺はタイガーアイのブレスレットが似合うような、伊達《だて》男ではないけれど、つけているような気分で頑張ってみることはできると思う。

「どうかしましたか？」

「いや……みんながタイガーアイの腕輪を、つけてるつもりで過ごしたら、世の中はもっと平和になるのかなって、ちらっと思った」

「同意します。逆に言えば、それほど己を客観視するということは困難なのです。全人類共通の、見果てぬ夢のようなものですね」

そう言ってリチャードはふわりと微笑んだ。ああ、本当にこの人間はきれいだ。いや、いやいや。タイガーアイを思い出そう。ちょっと待てよという気持ちを忘れずに。

「正義。どうしました？」

「……大丈夫だ。何でもない。それより……本当に俺、真面目に頑張るから、時々時々見とれてても、あんまり気にしないでくれる……か？　本当にきれいだからさ……」

これはもう不可抗力だと思う、と俺が言い訳がましく続けると、リチャード氏は青い瞳に白々とした色をのせ、お茶のカップを置くと、清々《すがすが》しいほどわざとらしく表情筋を使って笑った。

「わかりました。努力しましょう。しかしあなたにも努力を求めます。美しいものに気を取られているうちに、魂を抜かれることもあると言いますからね」

そう言って、リチャードは表情を切り替えた。ふっと、作り笑いが仮面のような無表情にかわり、そこから徐々に妖艶な笑みに変わる。美しすぎておっかない顔だ。俺はぎくしゃくとした動きで、姿勢を正した。

「ラジャーです。気をつけます」

「『ラジャー』に『です』は不要では？」

「承知いたしましたあ！」

「……まあいいでしょう」

己の姿をかえりみる力。さしあたり、テレビ局の夜勤よりも随分割のいいこのアルバイトを続けるためには、必要不可欠なスキルだと思う。おいしいロイヤルミルクティーをいれる能力の次くらいに。

8 ハーキマーダイヤモンドの夢

四月八日。

今日は特別な日だ。なんと、なんと、俺の大好きな谷本晶子《しょうこ》さんの誕生日である。それほど親密ではない相手から贈り物をしてもあまり違和感のないスペシャルな日だ。去年の俺が彼女の誕生日を知った時には既に五月になっていた。時すでに遅し。しかし今年こそは何か渡したいと思って、かねてから準備していた今日この日である。具体的に言うと去年の冬ごろから準備していた。

「たっ、た、たた谷本さん！　よかったら、これを、うけとって、ほしいんだどうぞこれ！　誕生日、おめでとう！」

「わあぁ、正義くんありがとう」

小学生の調理実習のにんじんよりもブツ切りにされた俺の声はあまり気にせず、谷本さんは中央図書館前のベンチで、俺の贈り物を受け取ってくれた。キャラメル箱のような紙箱で、中には透明なニス紙で包まれた小さなものが入っている。中身を確認した彼女が、わっと小さく声をあげた。嬉しそうな声だ。もう俺のほうが嬉しくて嬉しくてどうにかなりそうである。散りかけの桜まで何だか嬉しそうに見えてくる。

「……こんなにいいもの、もらっていいの」

「あの、四月だから、ぴったりかなって！」

「うん、うん」

谷本さんは黒いおかっぱの髪の毛を揺らしてはにかんでいる。と、彼女の友達が気づいて、こっちに近づいてきた。みきちゃんと谷本さんが明るい声で呼ぶ。みきちゃんは黒い髪をひっつめにして、図書館の本を小脇に抱えている女子だった。

「晶子ちゃんどうしたの、彼氏？　いないんじゃなかったっけ？」

「正義くんは友達なの。経済学部の人だよ。二年の時に必修の授業が一緒だったの」

「へー。それなあに？　キャラメル？」

「ふふ。違うよ、ダイヤモンド」

「えっ、それはさすがに嘘《うそ》でしょ？　ええ？」

谷本さんは俺に、いい？　と問いかけてから、箱ごと友達に『それ』を渡した。

中に入っているのは、キラキラ輝く透明な石だ。みきちゃんはおっかなびっくり中身を確かめ、眉根を寄せた。表情豊かな人だ。

「……やっぱこれ、ダイヤじゃなくない？　ダイヤってもっときらきらしてるよね」

「正義くん、解説してあげて」

「お、俺がっ？」

釈迦《しゃか》に説法ならぬ、釈迦の前で説法である。しかし谷本さんのお友達の前で醜態《しゅうたい》をさらすことはできない。ここは一発気張るべきところだろう。がんばれ中田正義。今だけお前はリチャードの役回りである。外見はともかく。

「ええと……分類的には、確かにダイヤモンドじゃなくて、水晶ですね」

「でもねえ、これはちょっと特別な水晶なの。ね、正義くん」

「そ、そうなんだよね、はい。ええと、ニューヨークでとれるもので……石好きの間では『ハーキマーダイヤモンド』って呼ばれてます」

「えっ。水晶なのにダイヤなんですか」

それは間違った名前じゃないんですかというみきちゃんに、残りは谷本さんが説明してくれた。石の中には『フォルス・ネーム』と呼ばれる、お飾りの名前をもっているものが幾つもあるのだと。ペリドットが『イブニング・エメラルド』、コーディアライトが『ウォーター・サファイア』、パイロープ・ガーネットが『コロラド・ルビー』などなど。『我が町の美空《みそら》ひばり』とか『下町のベーブ・ルース』みたいな箔づけである。

悪質な宝石商の中には、鉱物の真実の名前を語らず、あたかも本物の『エメラルド』『サファイア』のように売りつける人もいるので注意が必要だが、実のところを知っている人にとっては、雅な名前として愛されることもあると。

「このハーキマーダイヤは、ニューヨークのハーキマー州でとれる、ころころした形の水晶のことなんだ。昔のニューヨークは海だったんだよ。透明度が高くて、カットされたダイヤモンドみたいな面があるから、こういう名前で呼ばれてる。原則としてハーキマー州でとれた水晶の名前にしか使えないはずなんだけど、中国でも似たような石がとれるから、そっちでとれた石を『ハーキマーダイヤモンド』として売るお店もあるみたい」

「晶子ちゃん、石、めっちゃ詳しいね！　正義さんに教わったの？」

逆です、俺が教わってるんですというと、みきちゃんは不思議そうな顔をして俺たちを見比べ、そうなんだと言いたげに頷いた。そうなんです。まだ納得していない顔のみきちゃんに、谷本さんは追いかけるように、俺は谷本さんの『恋愛応援団みたいな人』だと紹介してくれた。彼氏をつくろうとしている自分を、陰《かげ》ながら応援していてくれる頼れる友達。間違ってはいない。今の俺はそういう役回りである。頼ってもらえるのは嬉しいし。

そういうのもあるんです、と俺が肩をすくめても、みきちゃんはまだ眉根を寄せていた。何だろう。俺の顔に何かついているだろうか。俺が首をかしげると、二つの目と口でOの字を作った。何だ。びっくりしてしまう。

「私、知ってます、あなたのこと！　ミニ羊羹《ようかん》六本つめあわせ！　時々もなか！」

え？　ミニ羊羹六本つめあわせ？


あっけにとられている俺が説明を求める前に、彼女は呻《うめ》いて、自発的に説明を始めた。

「すみません、びっくりしましたよね。あの私、今年の二月まで、銀座のお菓子屋さんでバイトしてたんです。六丁目の和菓子屋さん。それで、あの、常連さんでしたよね？」

「……ああー！　思い出した！　割烹着みたいなエプロンの制服のお店ですよね」

盛り上がる俺たちの隣で、谷本さんがぽかんとしている。みきちゃんは今度は谷本さんに向き直り、自分がバイトしていた店に、俺がしょっちゅうお菓子を買いに来ていたこと、大体いつもミニ羊羹六本詰め合わせを領収書つきで買っていったことなどを語った。時々もなかも。制服のお店だったたし、店員さんの顔を気にしたことはなかったのだが、まさか同じ大学の人とは思わなかった。

「あそこの羊羹、おいしいですよね。うちの店主も好きなんですよ。その節はどうも」

「一回か二回ですけど、資生堂パーラーに入っていくところも見かけましたよ。あの……すごい金髪の人がいますよね、あそこには」

ジャングルには巨大なアナコンダがいますよね、というような、凄《すご》みを感じる口調だったが、言いたいことはわかる。あいつの美貌は人間をやめてるレベルだ。何故か声をひそめてくれたので、俺もひっそりした声で、ええまあとお返しする。上司というのはその人で、大体俺は彼のためにおつかいをしてたんですよと打ち明けると、みきちゃんは唇を引き結び、いろいろ大変だねと谷本さんに呟いた。どういうこと？　と首をかしげる谷本さん同様、俺にもよくわからない局面なのだが、みきちゃんはわざとらしく声をあげ、図書館に返しに行くという本をかかげた。

「昼休みのうちに済ませなくちゃ！　じゃあ晶子ちゃん、またね、頑張って！　あと中田さん、ほどほどにしたほうがいいですよ。中田さん、気遣い上手でおしゃれで優しいタイプでしょ。男の理想レベルが上がっちゃいます」

「えっ、えっ？」

どういうことだろう。和菓子屋さんでの応対しかしていないはずの相手なんて、ほぼ他人みたいなものだろうに、気遣い上手でおしゃれで優しい？　ちょっと意味がわからない。

あれはどういう人なんだろうかと、俺が迂遠に尋ねると、みきちゃんはとっても明るい子なんだよと微笑んでくれた。わかった。谷本さんが気にしていないなら、俺も気にしないようにしよう。どうしたのと問いかける彼女に、なんでもないんだと笑ってごまかすと、谷本さんは少し、肩をびくりとさせた。

「……正義くん、ごめんねえ。彼氏はまだ、できないの」

「うぇ？　いや！　あ、あ、謝るようなことじゃないと思うよっ」

「そうかなあ。やっぱりすごく難しくて……難しく考えすぎてるだけなのかな？　でも、自分のことだし、考えすぎるってことは、うーん、ないと思うんだよねえ」

「谷本さんのいいと思うようにするのが一番いいよ。無理しないでさ。今は忙しい時みたいだし、余計なこと考えると大変だと思うし」

われながら虫のいいことを言っている。本当に俺が彼女に贈りたかったアクアマリンは、結局今は俺の家の金庫で、ホワイト・サファイアのお隣さんになっている。石に人格があるとは思わないが、色合いが優しくてよく似合うので、仲良くやっているようにも見える。

「正義くんは優しいから、甘えちゃいそうになるんだけど、だめだね。しっかり自分の脚で立てるようにならないと、申し訳ないよ」

「……谷本さんの役に立てるんだったら、俺は……すごく、嬉しいんだけどな……」

「あっ、なら私と一緒。何か困ったことがあったら相談してね。あと誕生日、教えてね」

私も何か贈るから、と谷本さんは笑った。ド直球もド直球でしばらく息ができなかった。嬉しい。でもこれは『お返し』の誕生日プレゼントの話だ。素直に喜びたいけれど、少しだけ切ないものが混じる。ありがとうと俺は頷き、授業に向かう谷本さんと別れたあと、メールをした。

『渡せた！　大成功！』

あて先は言うまでもない。返事はしばらくなかったが、図書館で課題をやっつけていると短い返事が入った。

『夢を大事に』

夢。ああ、そういえば。


去年の冬、かねてから頼んでいたハーキマーダイヤモンドを仕入れてくれた銀座の麗人は、品を俺に渡す時に、あの石の不思議な『ご利益』の話もしてくれた。パワーストーンの世界では、何でも夢をかなえる石であるとか、予知夢を見せて状況を好転させる石であるとか、ともかく夢にご縁のある石だといわれることがあるそうだ。谷本さんの夢が、何であれ——いい先生になれますようにであれ彼氏ができますようにであれ——彼女が望むものに近づく手伝いをしてくれる石で、しかも水晶でダイヤモンドなら、もうパーフェクトだ。

図書館の前では、夢のご利益の話まではできなかった。彼女は既に知っていただろうか？　今度会ったとき話してみようか。でもリチャードの言葉の意味は、そういうことではなさそうだ。俺の夢を大事にということだろう。でも俺の夢って何だろう。

図書館で広げているのは公務員試験対策のテキストだ。公務員になること？　これは夢というより目標だ。現実問題である。ひろみに恩返し？　これも目標だ。夢。夢。たとえば、谷本さんと付き合うこと、か？

顔が赤くなる。何故これが『目標』枠に入らないのか、俺自身よくわからない。でもこれは、そういうのじゃない気がする。相手がいる話であることだし。ええい勉強だ、勉強。

返事をしないで放置している間に、追ってもう一通、メッセージが届いた。

『考えすぎず、目の前の問題を一つずつ』

リチャード先生のありがたいお言葉である。実は今あなたの後ろにいますという追伸が届いても驚かない察しの良さである。確かに浮かれすぎていた。地に足をつけろよということだろう。そういえばさっき俺も、谷本さんに似たようなことを言った気がする。変な話だ。誰かに言葉をかけることは、自分自身に語りかけることに似ているのかもしれない。

ありがとうございますとお返事して、俺はスマホを鞄にしまった。こんなことならハーキマーダイヤモンドをもう一つ、自分用に手元に置いておくんだったかもしれない。

9 お祝いの日

何故ひとは、祝い事をするのか。

何ということのない日常こそが宝、というような詩や格言は枚挙にいとまがない。幸せの青い鳥はわりと近所にいるとも言う。とはいえ一瞬一瞬がきらめく宝石で、ただそこにあるものが十分に尊いのだとしたら、何故わざわざ理由をつけて、ひとは何かを祝うのか。

大体そんなことを、就活の口頭試問対策で疲れたどこにでもいる大学二年生、中田正義つまり俺がぼやいたら、アルバイト先の店長であるリチャード氏はくすくすと笑った。早口言葉ばりに長い本名と絶世の美貌の持ち主で、日々多忙に世界を駆け回る宝石商である。自分の十倍忙しい相手に、おつかれさまですと言われてしまった気がして、俺は少し申し訳なくなった。こいつは本当に人をほっとさせる名人だ。

「さきほどのお客さまのネックレスのことを考えていたのですか」

「うん、それもあるかな……」

ついさきほどお帰りになられたのは、ジュエリーデザインが趣味の、四十代の主婦のお客さまだった。エトランジェ有数のお得意さまで、いつもはデザイン画を持ってひとりでお越しになるのだが、今日は珍しく旦那さまと一緒だった。

プロのように上手ではないが、生き生きとした鉛筆画のデッサンが、いつものようにお菓子の包装紙の裏側に描かれていて、今日はその左上にタイトルがついていた。

はじめてのデートから二十周年、と。

デザイン画は、彼女の好きなチョーカータイプの首飾りだった。かたく細い、針金のようなプラチナの輪が五重になっている。そして針金を貫通する形で、宝石がちりばめられていた。サファイア、ペリドット、ルビー、ブルートパーズ、エメラルド。色の洪水だ。

何となく俺は宇宙を想像した。まあるいプラチナの輪が惑星の軌道で、宝石が惑星。というようなことをうっかり口にしたら、彼女はあら素敵ねと喜んでくださり、旦那さまもまた『なら君は太陽みたいなものだね』と調子を合わせてくれた。絵に描いたような仲良し夫婦だが、旦那さまは海外出張が多く、ほとんど日本にいないということも俺たちは知っている。そういう人たちもいるのだ。だからこそ記念日が大事になりもするのだろう。

半年後、あのデザイン画が現物になってエトランジェにお目見えする頃には、彼の海外勤務も少しは落ち着いているだろうと、彼女は語っていたのだが、それはそれとして。

一年は三百六十五日である。こまごまとした祝い事を忘れずに過ごせるのは、日常に変調がない証拠だし、尊いことだとは思うが、しょっちゅう記念日だらけでは、何がめでたいのかよくわからなくなってしまうのではないだろうか。ひねくれている自覚はある。ちなみに俺が毎年特別なことをしてきた日は、母のひろみの誕生日、ばあちゃんの誕生日と命日、加えて自分の誕生日の四点セットである。自分の生き方を寂《さび》しいと思ったことは多分ないけれど、他の人にはそんなにたくさん祝うことがあるのかと思うと、少し疲れることもある。隣の芝というやつだ。

だいぶにごしつつも、俺がそんなことをもにゃもにゃ口にすると、美貌の男は優しい笑みを浮かべた。赤いソファで脚を組む姿が悔しいほど様になる、金髪碧眼にスーツをまとった絶世の美男である。俺が映画監督だったら、もうそこで永久にじっとしていてくれと言いたくなってしまうだろう。

「そうですね……たとえば私が初めて資生堂パーラーのいちごパフェを口にしたのは、さる年の六月二十日でしたが」

「いやいや、ちょっと待ってくれ」

「はい？」

何で覚えてるんだ。パフェを食べた日を、何故に。そう尋ねると。

「大変おいしかったので」

当然のように答えられ、俺は少し困った。いやしかし、相手はリチャードである。東においしいお菓子があると聞けばアルバイトをおつかいにやり、西に雅なスイーツがあると聞けばお取り寄せも辞さない、スーパー言語能力を仕事にも趣味にも十全に生かす甘味大王だ。そういうこともあるかもしれない。相当に感動的な味だったのだろう。

「しかしながら私は、初めて抹茶のジェラートを食べた日も、モンブランを食べた日も、底にパイ生地を敷き詰めたレアチーズケーキを食べた日も記憶していません。幼すぎたのか、忙しかったのかはわかりませんが、どれも私の日常に欠くべからざる癒《い》やしを与えてくれる綺羅星《きらぼし》のような存在です」

「とりあえず今言った三つがお前の中では横綱級の好物だってことはわかった」

「重要事項はそこではない。もしあなたが感動的なおいしさや、心地よさ、あるいは他の何らかの記念すべき感情を得て、その時の清新な喜びを忘れたくないと感じたら、どうしますか。感情とは空気よりはかなく、刹那《せつな》にうつろい、おまけに目には見えないものです。

「ミカサイト……？」

ミカサイトの保管より困難かと」

「潮解性という特徴を持った鉱物です。化学の授業で、水酸化ナトリウムを常温に放置すると液体になってしまうと習いませんでした？　原理は同じで、非常に吸湿性が高いがゆえに、常温では液状化してしまいます。ヨーロッパの一部でも産出しますが、鉱物としての命名のきっかけになった産出地が北海道であったため、『三笠《みかさ》』という地名をあてた命名になったようですね」

三笠山は奈良じゃなかったっけ？　と俺が尋ねたら

すかさず、北海道三笠市にちなんだ名前ですというお言葉が返ってきた。さすがの知識である。ミカサイト。命名もだが性質も面白い。石も溶けるのか。しかも保管が困難だという。明らかにアニバーサリーのジュエリーには向かない石だろう。いやいや話がずれてしまった。これはただのたとえ話だ。

とっておくのが難しいものを、どうしてもとっておきたい。

そういう時にはどうすればいいのか。

簡単だ。とっておきやすいものの形を借りればいい。スマホのスケジュール帳に登録するなり、壁掛けのカレンダーにペンで書きこむなり、すぐに終わる。

そうすればその時の感情は綿菓子のように溶けてしまったとしても、『とっておきたいと思うほどいとおしかった』という感情は残り、場合によっては歳月を経てより深く醸造されるかもしれない。それがジュエリーになるのなら、なおさら。

祝いたいことがあるからではなく、とっておきたいから祝うのか。

なるほどなあと俺が頷くと、リチャードはところでと切り出した。何だろう。次のお客さまは閉店ぎりぎりにお越しになるとかで、まだしばらくは無駄話の余裕があるはずだ。

「あなたは自分がいつから、この店舗で働いているのか、覚えていますか？」

「えっ？　去年の五月からだから……」

ひいふうみと指を折る。まだ一年には少し遠い。しかしこのまま順調に勤労が続けば、いつかは必ずやってくる未来である。

エトランジェで働き始めて、じきに一年。アニバーサリーだ。

長かったような短かったような、不思議な時間だ。胸のあたりがぽかぽかする。

相変わらず俺が今まで出会ってきた誰よりも美しく華麗で見るたび癒やされる、霧にけぶる湿原地帯の朝のようなご面相の持ち主は、金色の眉を優雅に持ち上げた。何か言いたげであるが、言いたいことを察せと言っているようにも見える。ふうむ。何だろう。じき一周年。祝いごと。うーむ、さては。

「あ、また何か甘いものを作ってくるよ。めでたいもんな。何かリクエストあるか？　一周年記念中田プリンのスペシャルエディションとか」

そのあたりまで言ったところで、リチャードの眉はにゅっと歪み、眉間には剣呑《けんのん》な皺が浮かんだ。オーケーだ。読みを外したのはわかった。でも怒るくらいなら最初から教えてくれたらいいのに。何と言えばよかったんだ。

「非常に独創的な発音の和製英語をご披露いただきありがとうございます」

「……発音がよくなかった？」

「発想がよくなかったかと。何故あなたが祝うのです。雇用主は私です。ロンドンの衣料品店には、従業員の誕生日にワインのボトルを贈呈する店もありますよ」

「日本にはちょっとない感覚だな……いや、あるところにはあるのかな……」

「あなたの言う『日本』とは、あなたが観測し、判断している範囲の『日本』でしかないことをお忘れなく。たとえば東京のどこかの地区にも、そういった店があるやもしれません。たとえば銀座であるとか」

「銀座」

「七丁目あたり」

「七丁目」

「……この店舗であるとか」

呆れた顔の店主は溜め息をついた。そうか。やっとわかった。お祝いに何をしてほしいのかと尋ねるべきではなかった。俺が答えなければならなかったのだ。

「もったいないなあ。お祝いって言ったって、俺のほうがよっぽどいいものをエトランジェやお前からたくさんもらってるのに。バイト代とか、経験とかさ」

「では特に何もほしくないと？」

そんな風に拗《す》ねた顔をしないでほしい。子ども相手に悪いことをしている大人の気分になってしまう。年上の相手ではあるのだが、時々リチャードはこういう顔を見せるから困る。わかった、わかった。今思いついた。

「俺は、その、思い出が欲しいな」

思い出？　と美貌の店主が再び眉根を寄せる。しかし今回は怒っていないようだ。

「ほら、よく言うだろ、物質《もの》より非物質《おもいで》って」

「宝石店の従業員とも思えないお言葉をどうも」

「いいものを間近で見すぎて目が肥《こ》えたんだよ。VVS1の二十カラットのピンクダイヤがほしいとか言い出されても困るだろ。一億くらいするのかな」

「その十倍以上かと。しかし似たものを『見せる』だけであれば」

「うわっ、冗談だって」

さまざまなお客さまが、それぞれの理由で、色とりどりのジュエリーを買ってゆく。自分の人生というパレットの中に、新しい色の絵具をそっと加えるように。

でも順序が逆なのかもしれない。新しいものを自分の中に見つけたからこそなのだ。だからジュエリーが欲しくなる。目に見えない、ひょっとしたら見失ってしまうかもしれないものを留めておくために、目で見てわかるものとして、いつも自分の傍に置いておけるものとして。

だったら俺は、祝いたくなるような思い出がほしい。そのほうがいい。記念品は自分で買うから。

だからもし、リチャードが俺に『勤続おめでとう』と思ってくれているのだとしたら、それが一番のお祝いになるのでそれで十分だよと、ちょっといい話風にまとめてはみたのだが。

「……では、お祝いはもう済んでしまったようなものですね」

またこの店主は、ちょっと寂しいですねという顔をした。胸の奥のよくわからない場所がうずく。多分これは義務感と罪悪感の境目あたりにある何かだ。何かないだろうか。よさそうな提案が。何かないか。当たり障りのないものが。そうだ。

「あっ、俺、『ジュエリー・エトランジェ』って入ってるボールペンとか、ティッシュがほしいな！　いかにも記念グッズって感じがするだろ。就活のお守りにするよ」

「…………ボールペンか、ティッシュ……」

単価が安すぎるのでは、という声は、呆れているのか何なのか多少震えていた。確かに、ポケットマネーで日常的に高級なスイーツを食べているようなスーツのお兄さんには、多少情けないオーダーだったかもしれないが、勘弁してほしい。そもそもこういうことは不慣れだし、どのあたりの価格帯なら許されるのか全然わからないのだ。もうやけだ。

「じゃあ一ダースくらいほしいな！　インクがなくなった時に困らない」

「……………………ふん……」

リチャードの返事は、考えておきます、というしょっぱい声だった。

果たして俺の勤続一周年記念はまだ来ていないし、

最近は就活の面接も忙しくなってきて、アルバイトの継続もやや危うくなりつつある。

だが、最近のエトランジェには面白いものが増えた。ジュエリーのパターンオーダーカタログや、デザイン画の見本帳のはざまに、小ロットから作れる企業向けのボールペンやティッシュ作成会社の広告が、居心地悪げにはさまっているのだ。

美意識というか、美の化身のようなこの男が、果たしてどんな作品を世に送り出すのか、そもそも本当にそんなものを作ってくれるのか、状況はまだ予断を許さないが、近々エトランジェには『ボールペン記念日』ができるのではないかと思う。こういう記念日もアリかもしれない。

10 鎌倉仏教紀行

宝石商のリチャード氏のお得意さまの所在地は、なにも日本には限らない。俺が行ったこともない国の、名前も聞いたことのない地域でも、あの美しい男はしっかりと商売をしている。はずだ。そういう風に想像していた。逆にいうと、近所にそういう場所があるとは考えていなかったわけで、突然の関東地方弾丸旅行を、俺は不思議な感慨とともに体験した。美貌の店主とゆくジャガーの旅だ。

目的地は鎌倉《かまくら》である。

車で二時間、高速道路を走ったあと、俺はリチャードの後ろから荷物持ちになって軽い山登りをした。まかせておけ。こういう時のために男子大学生が宝石店でアルバイトなんかしているのだ。街並みを一望する山頂に建てられた別荘は、別世界のように静かな日本家屋なのだが、あちこちに防犯用の人感センサーががっちりあり、床暖房も完備だった。過去と未来が交差している。三時ごろまでお茶室で猫の遊び相手を務めてから、俺は店主とともに異世界のような屋敷をあとにした。リチャードを呼んだ和服のおじいさまは、お手伝いさんと一緒に、車いすの上から俺たちに手を振ってくださった。彼には両足の膝から下がなかった。

ジャガーの助手席で外を眺めていると、風情のある古都ですねとリチャードが言った。その言葉のほうに俺は『風情』を感じてしまうが、確かに鎌倉は古い街だ。

「いいくにつくろう鎌倉幕府だもんな。今はいいはこ？　あっ、いやそれ以前にえーと、いいくにとかいはこっていうのはな」

「なくようぐいすも存じ上げておりますよ。日本語特有の愉快な詩ですね」

「詩……？　あれは詩かなあ……？」

ちょっと寄り道、というリチャードの言葉でたどりついたのは、古刹の駐車場だった。鎌倉名物の大仏さまのおわすところである。中学校の修学旅行生がわんさといた。車から降りたリチャードに気づくと、珍しい動物でも見つけたような笑顔で、津波のように押し寄せてくる。俺はにわか仕立てのボディガードになり、引率の先生が注意しにやってくるまで、麗しの男を無限子ども地獄からガードした。ちょっと愉快な地獄だったが、際限がなかったので疲れる。

「ちょっと意外だな。わざわざ観光地に来るタイプじゃないと思ってたよ」

「一度シャウルとここに来たことがあります」

答えになっているような、なっていないような言葉だった。日本に来たばかりの頃です、とリチャードは続ける。なるほど、今日のお客さまはシャウルさんのお知り合いだったのかもしれない。

参拝者向けの『大仏』という看板の下には、ビッグ・ブッダというローマ字の解説があった。確かにビッグなブッダである。衆生の話に耳を傾けるように、下を向いて耳を澄ましている大仏さまに一礼すると、リチャードはそのまま境内の右側に歩を進めた。白砂の上をしゃくしゃく進むが、他に人気のない場所だ。庭園でもあるのだろうか。

「正義」

リチャードが促したのは、俺の顔くらいの高さの石碑だった。ブッダではなく、ふつうの男性の顔が、青い石にほられている。

「……これ、珍しい石なのか？」

「違います。この人をご存知ですか。スリランカ人ですよ」

男性の顔の下を見ると、確かにシャウルさん風の名前が書かれていた。『ジャヤワルデネ前大統領』。もしかしてこの人か。リチャードが以前教えてくれた、スリジャヤワルダナプラコッテという、おそろしく長い都市名の語源になった人は。確認すると、リチャード先生のお返事はグッフォーユーだった。当たりらしい。でも解せない。どうしてスリランカの過去の大統領の石碑が、鎌倉の大仏さまのお膝元に？

リチャードは俺の質問を見越したように、解説を始めてくれた。

「スリランカは敬虔な仏教国として知られた国です。もちろんヒンドゥイズムやイスラームに帰依した人々も存在しますが、最大多数派は仏教です。そして親日的な国家でもあります」

親日。ありがたい話だ。ODAなどの理由だろうか。リチャードは首を横に振り、それだけではありませんと、少し残念そうな顔をした。

「あなたはいわゆる『戦後の日本史』をどの程度ご存知ですか？」

一般常識程度、と俺が気まずい顔で告げると、リチャードは少し残念そうな顔で微笑んだ。

「『それほど親しんではこなかった』ということですね。簡単にお話すると、戦後のサンフランシスコ講和条約において、日本がアメリカの支配下を離れる後押しをした国家が、スリランカでした。当時の彼は確か、大統領ではなく蔵相であったと思いますが」

中学校で習った領域の話だ。ポツダム宣言を受け入れたあとの日本は、しばらくアメリカの占領下だったが、講和条約を経て独立、国際社会に復帰した。そういう時期の話のはずである。だというのなら。

「それはかなり、恩人っていうか、恩国だな……？」

「ええ。そして彼は死後、自分の右の角膜をスリランカ人に、左の角膜は日本人にという遺言《ゆいごん》をのこして亡くなりました」

自分の角膜を、別々の国の人間に。

もうそれは親日国とかそういうこと以前に、その人個人が、かなり日本を好きでいてくれたのだろう。九十年代の話だという。そんなに前のことでもないのに、初耳すぎてちょっと驚く。スリジャヤワルダナプラコッテという首都の名前のほうが、長すぎるということでまたネタになるくらいだ。

石碑にほりこまれた細面の男性の顔は、迷いのない眼差しで前を見ていた。そしてその下に、三か国語でありがたい言葉が彫り込まれている。『人はただ愛によってのみ　憎しみを超えられる　人は憎しみによっては　憎しみを越えられない』。含蓄のあるお言葉である。これも仏教の言葉らしいが、キリスト教の言葉と言われたら信じてしまいそうな雰囲気もある。汎用性の高そうな語句だ。宗教の理念というのは、行きつくところまで行くと、どれも似通ったりするものなのだろうか。

「……上から日本語、シンハラ語、英語だな」

「グッフォーユー。おや、シンハラ語が読めますか」

「全然読めないよ。読めないけど」

何となく、シンハラ文字だなということだけはわかるようになった。シャウルさんの高速メールザッピングを何度も垣間見ているせいだろう。英語のメールのほうが多いが、時々あのかたつむりのような形の文字もあらわれて、そういえばこの人はスリランカの人だったっけなと思い出させてくれる。そうでなければ彼はただの羊羹の好きなダンディなおじさんだ。あの人はいつも俺と流暢な日本語で喋ってくれる。当たり前のように。

「……少しでも読めたらいいなあ。難しそうだけどさ。アルファベットならまだ、何となく想像がつくけどさ、なんて発音するのかもわからない」

すると俺の隣に立っていた男が、魔法のような言葉を口にした。うにゃんうにゃんと歪曲するシンハラ文字にぴったりの、よく響く弦楽器をつまびいたような音を。

涼しい顔をしている美貌の店主を、俺はまじまじと見てしまった。

「今のは、これを、読んだ音……？」

「その通りです。何ですかその顔は」

「いや、お前が美しいのは知ってたけど……言葉まで美しいんだなって……何か空が青いのに感動したような気分だ」

「はあ、左様で、ございますか」

「ごめんって。あのさ、よければもう一回言ってくれないかな」

できればもう少しゆっくり、と俺が繰り返すと、リチャードは苦笑しながら付き合ってくれた。俺は全く語学の天才タイプではないのだが、教え上手な先生のおかげで、三回目くらいで聞き取れるようになってきた。

ワイラヤ、ワイラェン、ノワ、マイトリェン、サンシディー。

こういう時には日本語ではなく英語と照らし合わせて考えるのが便利だ。中学高校と品詞分解をひたすらやらされてきたおかげで、英語を分析する能力ならばそこそこ培《つちか》われている自負がある。ワイラヤとかワイラェンが『憎しみ』関係で、この『マイトリェン』が『慈しみ』なのではないだろうか。

リチャードは頷きながら俺の推理を聞いてくれた。正解らしい。でもグッフォーユーはもらえなかった。そのかわりに、しかし、と補足が入る。

「『マイトリ』という語を単体で考えるのなら、これは『慈しみ』というより『友情』に近い言葉かもしれません。サンスクリット系の語源をもつ言葉ですので、シンハラ語のみならず、南アジアには数多くこの言葉を語彙として持つ言語が存在しますが、『親しみ深さ』あるいは『無条件の友情』のようなニュアンスを持つ言葉ですよ」

憎しみは憎しみによっては克服できない。だが無条件の、親しみ深い、友情のようなものがあれば、克服できると、仏教の経典には書いてあるということか。

「……うーん。深い。深いなあ」

「お腹《なか》でも減ったのですか。いきなり投げやりな顔になりましたよ」

「そうじゃないけどさ。仏教の言葉とは別のところに、ちょっと感動した」

この鎌倉の大仏さまは、もう一千年近くここにお座りになって、下界を見下ろしているはずだ。いろいろな物事が目に入ることだろう。だが。

この境内の中でイギリス人にシンハラ語を教えてもらった日本人は、俺が初めてなのではないだろうかと。そんなことを考えて感動した、と俺が告げると、リチャードは呆れたように嘆息した。

「ここは国際的な観光地ですよ。あなたが思っているよりも、祈るためにここへやってくる仏教国の方は多いのです。シャウルがこの場所を知っていたのも、過去に来日した顧客の案内人をつとめたからでしょう。あなたで三十人目ですと、あちらにおわすビッグ・ブッダは仰せになるかもしれませんよ」

言われてみれば、確かにその通りだ。ただ俺は、ちょっと珍しいところにやってきて、自分の上司が母国語ではない不思議な言葉を教えてくれたのが、特別な体験のようでとても嬉しかったのだ。本当に初めての人だったかどうかは、正直どっちでもいい。でも俺は嬉しかった。リチャードが俺をここに連れてきてくれたことも含めて。

それだけの話だと俺が告げると、リチャードはちょっと硬直したあと、大仏のほうにむかって高速さかさか歩きで去ってしまった。観光でもしたかったのだろうか。あいつは自分の存在が『動く観光地』みたいなものだとちゃんと認識しているのだろうか。案の定大仏さまの真下でわいわいしていた小学生たちが、野生のパンダでも見つけたように集い、身動きが取れなくなっていたので、俺は再び適当に人払いをし、駐車場に向かって上司を先導した。

「気をつけろよ。子どもってパワフルだぞ。ああ、勝手に出てきちゃったけど大丈夫か」

「……結構です。今日は急に、大仏の顔が見たくなっただけですので」

「へえ、そういうこともあるんだな。そうだ、おみやげ買って帰らないか？　鎌倉って言ったら、お茶請けの定番で有名なバターサブレの老舗《しにせ》が」

食い気味の「では行きましょう」というお返事に、俺は笑いを噛み殺した。

その後、俺は戦時中のスリランカはまだイギリス領だったことを思い出した。あれからまだ百年も経っていないのに、俺はイギリス人の上司とスリランカの話をして、和気あいあいと過ごしている。

ばあちゃんが今の俺を目にしたら、きっと俺には想像もつかないような理由でびっくりすることがたくさんあるに違いない。もう俺が勝手に想像するしかない事柄ではあるのだが、今でも変わらず彼女は俺の大事な人だから、そういうのもありだろう。

そんなことを思いながら、俺は町田《まちだ》の実家に顔を出したついでに、かわいらしい鳩の形のビスケットをお供えして、鈴を鳴らした。鎌倉幕府の成立は千年近く前の話だが、できれば世界中の国が『いいくに』で、仲良しであってくれたらと願うのは、世界中、いつの時代のどの国の人でも同じだろう。

11 おいしいレシピ

そろそろ五十路《いそじ》が見えてきた年になる。一人娘は大学生だ。それほど熱心な店員ではないと思うけれど、今の量販店での仕事は気に入っている。一応『高級スーパー』という路線のお店なので、我が家の近所のスーパーでは扱っていないような商品が多く、品出しは面倒だが見ていて楽しいのだ。高級なチーズの詰め合わせとか、ビシソワーズという冷製スープのパウチとか。都内有数の巨大駅の徒歩圏内なので、客層はさまざま、一見さんも多いが、だからこそ逆に、リピーターさんの顔はすぐ覚えられる。

「うーん……」

さっきからシロップの棚でにらめっこをしている、大学生くらいの男の子も、何を隠そう常連さんである。圧倒的に高齢者層のお客さまが多いこの店舗では、異彩を放つ常連さんだが、いつも領収書をきってゆく。名義は『ジュエリー・エトランジェ』。宝石店だろう。彼は私の娘と同じくらいの年齢だと思う。

彼は棚の前をいったりきたりしている。いつもは羊羹やクッキーなどのお菓子を買ってゆくのに、今日はカクテルのシロップ棚の前で唸《うな》っている。おつかいではなく私用だろうか。眺めていると目が合って、彼は申し訳なさそうな顔で、私のいるカウンターにやってきた。他にお客さまはいない。

「あのう、すみません」

はい何でしょう、と承《うけたまわ》ると、彼は不思議な相談を持ちかけてきた。

「メロンソーダが作りたいんです」

「はあ」

「バニラアイスを浮かべたら、クリームソーダにできそうな……」

「はあ」

だったらそこに置いてある、メロン味のかき氷シロップと、炭酸水を購入して、適切な割合でミックスすればよいのではないだろうか。しかし彼は私がそう告げる前に、眉間に皺を寄せて切り出した。

「おいしいやつにしたいんです。すごく」

「はあ」

おいしいメロンソーダ。それもすごく。どんなメロンソーダだろう。

私は自分の記憶の中の、最新のメロンソーダ体験を探った。最後にファストフード店に行ったのは、娘が十歳くらいの頃だと思う。もうかなり前のことだ。しかしあれから革命的に味の変化があったとも思えない。炭酸で、色は緑で、ただ甘い。紅茶やコーヒーのようなバラエティがあるわけでもない。判で押したように、メロンソーダはメロンソーダだ。まぎらわしいフレーバーティーの茶葉などとは違うだろう。

実はもう、メロンのシロップは購入したのだと彼は語った。しかし炭酸水の配分をどう変えても、いまひとつパンチが足りないのだと。

「お店で飲むメロンソーダの味とどう違うんだろうって、ドリンクバーで研究したんですけど、ちょっとわからなくて……何か混ぜたらいいのかもしれないとは思うんですけど。だからシロップを探していて、うーん……」

うちで扱っているシロップは、定番のかき氷シロップを除けば、あとはカクテルに使うためのものばかりだ。アプリコットやミントなど、鮮やかな色の瓶が並ぶ。しかしどれも、メロンソーダの隠し味になってくれるかどうかはわからない。望み薄だろう。

そもそも何故メロンソーダを手作りしようなどと思ったのか。決して安くはないシロップ一瓶を購入することまで考えて。

もちろんお客さま相手にそんなことは口に出さなかったが、私の逡巡《しゅんじゅん》を見抜いたように、彼は少し照れたように笑った。

「いやあ、その、友達が、クリームソーダ好きなんです。今度俺の働いてる店に来てくれるっていうので……びっくりさせたいなって」

えへへ、と笑う彼は幸せそうだった。私はしばらく無言でまばたきばかりしていたように思う。呆れてしまうくらい善人な理由だった。どんな友達がどんな雰囲気のお店に来てくれるのかわからないが、ともかく彼にとってはとても大切な人のようだ。

私だったら一生の思い出になるだろう。

甘いジュースの隠し味。

ふと脳裏《のうり》をよぎったのは、娘がまだ幼かった頃のことだ。風邪をひいた時。薬を嫌がる彼女に、甘いジュースを作ったことがあった。つらいと言って水を飲み渋って、困ってしまった記憶がある。九月か十月のことで、冷蔵庫の中にまだ、夏の名残りのかき氷シロップが残っていた。あれで色をつけた砂糖水を作ったら、特別な感じがしたらしく、元気を出して飲んでくれた。あれはただの砂糖水だったっけ？　ううん、口がさっぱりするようにと、確か私は――

「あっ、レモン汁」

「え？」

「……お客さま、私、バーテンダーでも何でもないので、見当はずれなことを申し上げているかもしれないのですが」

砂糖水には、案外レモンが合う。

カクテルのレシピにもレモン汁が含まれているものが多いように、多分『甘さ』一辺倒になりがちな味を引き締めてくれるのだと思う。ファストフード店で出てくるメロンソーダに、生しぼりのレモンが入っているとは思えないが、おいしさを追求するのなら、可能性はアリではないだろうか。

私がそんな風なことを言うと、彼はみるみるうちに嬉しそうな顔をして、ありがとうございますと頭を下げてくれた。そして何も買わずに店を出て行こうとして、思い出したように戻り、レジの前に並べてある地方の名品クッキーを一袋お買い上げになった。領収書を書こうとした時、今日はいいですと言われたので、彼のポケットマネーだとわかった。

「本当にありがとうございます」

さわやかな顔で言って、彼は今度こそ店を出ていった。気遣いをしてもらうほどの助言ができたとは思えないのに、しっかりした子だ。ああいう息子がいたら、さぞかしお母さんは嬉しいだろうにと思ってしまったあと、家では案外そうでもないのかもしれないと私は思い直した。私の娘だって家では暴れん坊将軍だが、去年の暮れにそっと連れてきた彼氏は『おしとやかなお嬢さんで』とか何とか大変なことを言っていた。長くは続かないだろうと思っていたが、まだ付き合っているらしい。おしゃれなシロップの瓶のように、人というのは多くの面を持っているものなのかもしれない。ジュエリーショップで商われている宝石のように。そして彼は私に、きらきら光る素敵な面を見せてくれた。

不思議なおもてなしがうまくゆきますようにと、私は店員として衷心《ちゅうしん》から願った。

木曜日の朝。品出しに忙殺されていると、すみませんと私は声をかけられた。こんな時に話しかけないでほしいと思っても、表情に出してはいけない。はいなんでしょうと振り向いた時、私の表情は凍った。金髪碧眼の男が立っている。この人と同じ空気を吸っていていいのかと自問してしまうくらいの美男子だ。顔が引きつる。彼は流暢な日本語を喋った。

「缶詰のさくらんぼは、ございますか」

「え、は、ああ、さくらんぼ？」

「さくらんぼです」

急に必要になってしまいましてと、彼は渋い顔をしていた。天からおっこちてきたような美男子が、缶詰のさくらんぼを買いに来るようなシチュエーションが、一体どんなものなのかは私の想像を超えている。ともかく私はあわてたペンギンのような足取りで、缶詰フルーツコーナーに彼を案内し、こちらでございますと頭を下げた。彼はほっとしたように微笑み、私を一瞥した。

「どうもありがとうございます」

なんてことのない表情だと思うのだが、これを『悩殺』以外の言葉で形容するのは難しいと思う。輝く夏の風のような笑顔だった。この人は苦労の多い生活を送ってきたのだろうなと、いらないことまで考えてしまう始末である。俳優さんだろうか。モデルさんかもしれない。この人の美貌は浮世離れしすぎていて、自分と同じ世界の人とは思えない。こういう人が悲劇のヒーローを演じていても、お客さんはちょっと醒めてしまう気がする。悪のカリスマ役のほうが似合うのではないだろうか。短い現実逃避のあと、私は我に返り、品出しに戻った。

レジで缶詰のお会計を終えた麗《うるわ》しの男性は、まったくあの粗忽者《そこつもの》めと、日本人でもなかなか使わないような言葉で、誰かのうっかりをののしりながら店を出て行った。

その時何故か、私の脳裏にふと、常連客の男の子の姿が浮かんだ。メロンソーダを作りたいのだと言っていた彼だ。バニラアイスを浮かべたら、すぐクリームソーダにできるようにと。

メロンソーダの味はともかく、クリームソーダを作りたいなら、さくらんぼだけは忘れてはいけないのではないだろうかと、私はあれからずっと考えていたのだが、残念なことにあれから彼はまだ店に顔を出していない。まあ、メロンソーダの味にこだわるような人が、さくらんぼの存在を忘れるようなことはないだろうけれど、今日の金髪のお兄さんのようなこともある。もし彼が顔を見せたら、さくらんぼのことを話すことにしよう。

その日の午後、私はついに観念して、帰り際、十年ぶりにファミレスチェーン店に入り、気恥ずかしさを味わいながら、クリームソーダを注文した。彼に会って以来、実はずっと飲みたかったのだ。久々のクリームソーダは、切なくなるほど甘い子ども時代の味がした。

12 スーツの話

銀座の中央通りを七丁目から一丁目に向かうと、町の雰囲気の変化に驚く。ブルガリ、カルティエ、ルイ・ヴィトン、シャネル。そうそうたる高級ブランドの名前でしりとりができそうだ。クリスマス・シーズンはどの店舗も電飾に趣向を凝らすので、そぞろ歩きが楽しい界隈だが、今は秋だ。この界隈で、俺に最もご縁のあるお店は、文房具を買いに行かされる老舗文具店一択だった。だったのだが。

「もう少しだけ腕をあげてください」

「はい」

「顎《あご》を少し引いて。ああ、いいですね」

「はあ。本当にこれで合ってますか」

「もちろんですよ。難しいかもしれませんが、どうぞリラックスしてくださいね」

通りを挟んだ、文具店のほぼお向かい。イギリス発祥のブランド紳士服店の二階に、どういうわけか俺はいた。バーカウンターと巨大な水槽まで存在する謎のジェントル空間の壁には、目立つ場所にしつけ糸がついたままの背広やパンツやチョッキの群れがある。

オーダーメイドのための採寸をする場所だ。

何かの間違いじゃないいだろうかという気分がまだ抜けない。ここは文具店じゃないのだろうか。一枚三十円のバニラ色の封筒を買いにくる場所ではないのか。あるいは季節を感じる絵入りの便箋とか、ペンとか。

「正義、緊張のしすぎです」

「……お前もだけど、中田さんも人が悪いよ」

バーカウンターにもたれたリチャードは、ひょっと肩をすくめて見せた。

今日は木曜日である。雑用を頼みたいとリチャードに呼び出され、エトランジェ前にやってきた俺は、緑のジャガーでこの店にやってきた。買い物に付き合わされるのだろうかと思っていると、運転席の男はいそいそと携帯端末をとりだし、俺のお父さんである中田さんからのビデオレターを見せてくれた。正義、卒業おめでとう、一緒にスーツを買いに行きたいけれどジャカルタだから、リチャードさんの力を借ります。オーダーメイドって最近はやってるらしいな、いいもの

買うんだぞ、じゃあまたな。助手席で目をうるませる俺をリチャードは静かに見守ってくれたが、店舗に踏み込むと涙も引っ込んだ。

俺とあまり年頃の変わらない若い店員さんは、イギリスのスーツとイタリアのスーツの違いなどを軽やかに語りながらすいすいとメジャーで俺の体を測り、これでもかという数の生地を見せてくれた。裏地も選べます。ポケットはどうなさいますか。目がくらくらし始めると、後ろからスーツの申し子のような男が助言をくれる。逃げ場がない。俺は本当にここでスーツを作るのだ。裏地を青にした、チャコールグレーのスーツを選ぶと、リチャードはすかさずタンザナイトのカフスがよく映えそうだと言ってくれた。もちろん俺も同じことを考えていた。

採寸を終えたお兄さんが、メモを作りに店の奥へ消えた頃、俺は深く溜め息をついた。

「……最近こういうのばっかりだ」

もらってばかりだと俺が言うと、リチャードはくっくっと喉を鳴らして笑った。リチャードの微笑には二種類あって、声をあげて笑う時には食い下がると一言何かもらえることが多い。無言の微笑の時には、どこ

かで『己を省みよ』と言われている気がしてちょっと焦るけれど、俺はどちらも好きだ。

鏡の前に立つ俺の隣にやってきて、リチャードはにこりと笑った。

「常に体のほうが服より先に大きくなるとは限りません。たまには少し大きな服を買って、体が成長するのを待ってみるのも一興では？」

「それは『よく寝て牛乳を飲めよ』ってニュアンスの話じゃないよな」

お返事は微笑みだった。不思議だ。俺のすぐ左となりにリチャードの顔があるのに、鏡の中の微笑みは正面から俺を見ている。ダブルボタンの細身のシルエットのスーツに身を包んだ姿は、とびっきり上等な宝石のように、どこから見ても完璧で、隣でしゃちほこばっている自分の姿がますますおかしい。

「なあリチャード、何だかスーツって、ジュエリーの地金に似てる気がするよ」

「指輪やピアスの、基盤部分のことですか？」

俺は頷く。地金とはジュエリーに宝石を留める土台になる金属パーツのことだ。金地金やらプラチナ地金やら、店の中では素材の名前を頭につけて呼ぶことが多い。石のついたアクセサリーを商うエトランジェにおいては、決して主役にならない部品だ。でもそれがなければ石を身に着けるのは困難だし、素材や耐久性、デザイン性など、こだわりの現れる部分でもある。生かすも殺すも土台次第ですえと、俺の知っている京都のジュエリーデザイナーさんなら言うだろう。

逆も然りかもしれない。

「気合入れなきゃな。スーツに負けない中田正義にならなきゃ申し訳ない」

「個人的な見解ですが、石と地金がそれぞれに張り合っているジュエリーほど、見ていてくたびれるものもありません。重視すべきはハーモニーです。最高級素材の卵とミルクを使ったからといって、最高のプリンが生まれるとは限らないのと同じことでは」

「あ……」

確かに、高級食材は主張の強い品物が多いなと俺が応じると、全くその通りだと美貌の男は頷いた。どうやら最近そういうスイーツに当たったらしい。忙しくてなかなか時間がとれないが、そのうちまたプリンを作って献上しよう。高級スイーツ食べ放題の財布の持ち主であるにも関わらず、作れば作るだけいつまでも新鮮に喜んでくれるリチャードには、やっぱり人を喜ばせる才能があると思う。ありがたい存在だ。

「スーツもジュエリーも、持ち主のために存在する品物です。主導権のありかは最初から明確でしょう。戦うのではなく、心地よく乗りこなしなさい。そのためのオーダーメイドです」

「お前が今着てるその服も、『乗りこなしてる』感じ？」

「無論です。どこからが私なのか、もうわからないほどですよ」

そう言ってリチャードはさらりと自分のスーツを撫でた。いつか俺もそんなことを言ってみたい。俺たちは鏡ごしではなく直接ちらりと視線を交わした。店員のお兄さんが戻ってくると、再び採寸の始まりである。いい感じにリラックスしてますねと褒められ、俺は何だか気恥ずかしくなった。

「正義くん、おつかれさま！　わっ、そのスーツとっても似合ってるねえ」

「ありがとう谷本さん。あれ、その振袖の柄、ひょっとして」


「現代柄って言われたんだけど、うん、ちょっとね」

「ビスマスの結晶っぽいよ！」

「わかってくれた？」

だよねえという顔をする彼女は、いつもより少しだけぱっちりした瞳の下に、ダンディな皺を浮かべて見せた。おかっぱの頭はいつも通りだが、クリーム色の袴に、謎の幾何学模様のプリントされた黄緑色と紺色の振袖を合わせている。キュートな上に個性派だ。レンタルだというが、こんなに彼女らしい振袖が存在していたことに感動する。

俺はといえば、やたらと体にフィットする、二つボタンのイギリスのスーツである。ちょっと恥ずかしいが、大学生男子などという生き物は多かれ少なかれ俺と同じ生き物で、男友達の服装にはあまり頓着《とんちゃく》しない。アパレル業界に就職したひとりだけが、中田の着てるのいいスーツだなと言ってくれた。

笠場《かさば》大学の卒業式。だだっぴろい講堂に集うのはほんの一瞬で、卒業証書を手に入れたらもう、思い思いの友達を講堂近くのスペースで撮りまくる連写パーティの始まりだ。

待ち合わせしていた中央図書館近くのスペースに、

谷本さんは走ってきてくれた。

「正義くん本当におめでとう。これから大変かもだけど、正義くんなら絶対大丈夫だよ」

「ありがとう。頑張るよ。自分がそんなに大した人間だとは思えないけど……」

「そんなことないよ。正義くんの凄さ、私ちゃんと知ってる」

谷本さんも卒業おめでとうと、俺がちょっとだけふざけて頭をさげると、彼女は嬉しそうにふふふと笑った。彼女は教採に合格し、晴れてこの四月から中学校の理科の先生だ。学部二年の時に、俺に語ってくれた夢をかなえたのだ。かっこいい。かなうことならば彼女の授業を受けて勉強したい、と言ったら笑われたけれど、今は彼女の動画通信用アドレスも知っているので、もしかしたら本当に一度くらいは授業を傍聴させてもらえるかもしれない。俺の所在地が日本ではなくなっても。

「谷本さん、赴任校は……」

「岡山県。ビカリアの化石の勝田層群で有名だよね。正義くんに比べれば近所だよ」

あと数日で、俺の所在地は日本からスリランカにうつる。宝石商の見習いだ。

ラフな格好で動き回ることが多くなるだろうと言われているので、しばらくきっとフォーマルは着おさめだ。少しもったいないが、中田さんもリチャードも、それを知った上で俺にこういうものを着るチャンスをくれたのだろう。

しょうこー、という声が遠くから聞こえてくる。谷本さんの友達のようだ。彼女も手を振って応じている。

「正義くんあのね、私この大学で、正義くんに会えて、すごくラッキーだったと思う。本当にありがとう。おかげで大学がずっと楽しかった」

「……それ全部、俺の台詞《せりふ》だよ。でも俺は谷本さんには迷惑ばかりかけて」

「そんなこと言うなら私だってそうだよ。いろいろなチャンスをもらった気がする。本当にありがとう」

がんばるねと微笑む彼女は本当に可愛い。俺たちはどちらも岡山には土地勘がないが、どんなところであっても彼女はきっと持ち前の強さでばりばりと道を切り拓いてゆくのだろう。そして休日には化石を掘りに勝田層群に出かけたりするのだろう。

「……これからも、俺で役に立てることがあったら言ってほしいな。何でもするよ。変な奴《やつ》は飛行機に乗ってぶっとばしにいく」

「私も正義くんをいじめる人がいたら、クラックハンマーを持ってやっつけに行くからね。期待してて。あ、亜紀《あき》が言ってたけど、私にはスナイパーライフルのほうがいい？」

「ど、どうかな」

俺たちはそれからしばらく目立たないベンチで話して、いよいよという時間になった時、体にだけは気をつけてねと言って、彼女は手を差し出してくれた。俺も頷き、手を握り返す。彼女の手は小さいが、とても力強い。

「体にだけは気をつけて。石のご加護がありますように」

「ありがとう。谷本さんにも」

俺たちは深々と頭を下げ、せっかくだからとお互いの写真を撮りあい、ほどほどに距離を置いた二人の記念撮影もすませてから、別れた。盛大にハグして号泣している学生もあちこちにいるが、彼女も俺もそういうタイプではないし、これが今生の別れになるとも思わない。これからもきっと会えるだろう。


だが学生として顔を合わせるのは、これが最後だ。

握手のあと、俺の天使は本物の天使よりも朗らかに、じゃあねえと手を振ってくれた。

その後、友達という友達を探して、今までありがとうと言いまくるツアーを完遂した俺は、最後に一通、テキストを送った。リチャードではない。中田さんとひろみだ。

『無事に大学を卒業できました。本当にありがとうございました。これからもお世話になります』

挨拶というよりも、改めての決意表明のような連絡になった。

ぱりっとしたスーツは、確かにフィット感抜群だが、まだ完全に馴染んでいるようには思えない。当然だろう。この前仕上がったばかりなのだ。ここからがスタートだ。着込めば着込むほど、俺の形になってくれるというのなら、どんどん俺好みに着こなしてゆこう。

大切なのはハーモニーだという。

まだまだよそゆきとしか思えないスーツを、お気に入りの石を撫でるような気持ちでさらりと撫でながら、俺は青空と桜の花びらのコントラストを目に焼きつけた。

13 ラーメンの話

らっしゃい、という店主の声が、最後のところでくぐもって消えた。気持ちはわかる。カットソーに薄手のジャケットをひっかけた、いかにも学生という雰囲気の男の後ろから、金髪碧眼のスーツの男が入ってきたのだ。ADと俳優かなと思われても無理はない。でもただの二人連れだ。二名ですとピースサインで示す。案内されたのはテーブル席だった。他に人はいない。ついでに外の自動販売機で買った食券も渡す。ネギラーメン二つ。

「びっくりだなあ。いつもは大行列の店なんだ。休日の学生街で、開店すぐは、こんな感じなのか」

貸し切り状態の店で、俺はキャンパスの教室棟の配置の話や、学内にある隠れ家的な庭の話、友達の話や教授の話まで、あれこれと節操なく喋った。店の雰囲気がそうさせてくれるのだろう。世界で一番の聞き上手にもなれる男は、時々呆れたような顔をしながら、俺に好きなだけ喋らせてくれた。

「はいおまち。熱いから気をつけてね」

「どうも、どうも」

「外人さんもね。これホットですから」

サンキューマダムとリチャードが返すと、おばあさんはころころ笑った。

さてラーメンだ。

ほこほこと湯気をたてる、塩スープベースのラーメン。これといって特色があるわけではない。具材も追加しなかったからシンプルなものだ。メンマ、ノリ、ナルト、そして大量のネギ。

俺たちは無言で、いただきますと手を合わせ、割りばしを取ってパキリと割った。

ちぢれた麺をとり、ガッと口をあけてかきこむ。なるべく音は立てないように。

うまい。

この店のラーメンはシンプルだが、学生の寒い懐とすぐ空《す》くお腹《なか》の強い味方である。しっかり胃袋にとどまって、今日のお前はラーメンを食べたんだぞと三時間くらいはしっかり教えてくれる。そして何も考えずに食べる瞬間の動物的な喜びは、なにものにも代えがたい。おいしい食べ物は偉大だ。ラーメンよありがとう、ありがとうラーメンという、非常に知能指数の低下したモノローグを切り上げる頃には、器の中身は残りわずかとなっていた。

無音でネギラーメンを完食しつつあるリチャードは、かがんだ姿勢から上目遣いに俺を見た。宝石がはめこまれているのではないかと真面目に考えてしまう青い瞳だ。

「……あのさ、ちょっといいかな」

「お好きなように。何でもどうぞ」

本当に正直な話、めっちゃめちゃ正直な話、と前置きをすると、いい加減にくどいという顔をされたので、俺は切り出した。

「本当に一緒にラーメン食べにきてくれると、思ってなかった」

学生街の、歴史があってこぢんまりとしたラーメン屋で、大体いつもスーツを着ている美貌の男と一緒に一杯四百五十円のラーメンを食べられる日が来るとは、思っていなかった。全然思っていなかった。

今でも心のどこかで『どうしてこんなことになったのだろう』と、もう一人の俺が首を傾げ続けている。

銀座でアルバイトをし始めたあたりから現実感がない。これからスリランカに行こうとしていることも。いやもちろん準備は万端整っているしビザもあるし、もうあとは飛行機に乗るだけくらいの状況なので、空き時間を潰すのを、多忙なリチャードに手伝ってもらっているのだが。

美貌の男はレンゲで塩のスープを一口飲んでから、俺のほうをちらっと見た。

「それはあなたが、私には何も期待していなかった、ということですか」

「まさか。逆だよ」

OKしてもらえると思わなかった、と俺が言うと、リチャードの唇は弧を描き、テーブルの上のナプキンを探したあと、ないと悟ると懐からハンカチを出して拭った。

「あなたの味覚の確かさは買っています。好きな店があるというのなら、食べてみたくなるのが道理でしょう」

「サンキュ。あと、覚えてくれてたことも」

アルバイトを開始してからすぐの頃、クリソプレーズという石を紹介してもらった時だ。

さわやかな緑色の石の語源には、『ネギ』あるいは『ニラ』という意味が含まれることを知り、俺が大笑いしたことがあった。話題はラーメンに移り、ネギラーメンが好きとか、トッピングがどうだとか、まだ微妙にうちとけていない店主とバイトとして話したのだが。

いつかこの人と一緒にラーメンを食べに行けたらいいのになと、俺は何となく思っていた。

あの頃の俺にとってリチャードは、宇宙に輝く月や星のように遠い相手だった。今ももちろん、月や星のようにまばゆいが、そんなに遠くには感じない。

スープの最後の一滴まで飲み切ってしまうと、俺は小さく溜め息をついた。

「……うまかったなあ。日本のラーメンも、これもしばらく食べおさめか」

「トランクにインスタントラーメンは？」

「作り慣れてないんだよ。ラーメンはインスタントを作るなら食べに行くって生活だった。でもカレールーは入ってるぞ。変な話だよなあ。カレー文化圏に行くのにカレー持参って」

「日本のカレーの基準でインドやスリランカのカレーを考えると、胃袋に重大な支障をきたします。用心なさい」

前にもそう言われたのを覚えていたから、ちゃんと備えていると俺が胸を張ると、美貌の男は小さく溜め息をついた。

「私からも、本当に正直な話をしてもよろしいですか」

「……え？」

全然構わないし是非聞かせてほしい、と俺が尋ねると、リチャードは俺の顔を正面から見た。緊張する。何を言われるのだろう。

「本当にラーメンに誘ってくださるとは思っていませんでした」

「……えっ？　俺が？」

「ええ。本当に思っていませんでした」

「どうして」

息をしているだけで食事に誘われそうな人間の発言とも思われず、俺は首を傾げ続けていたが、リチャードは言葉少なに、声をかけてくる人間はすぐにかけてくるが、遠巻きに見ている人間も人間で、自分と距離を詰めようとはしないと語った。そういうこともあるのか。

思えば俺も最初は遠巻き組だった。だが俺は諦めが悪いし、嬉しいことが一度あると何度も思い出して喜んでしまうので、クリソプレーズの話を思い出すたび、ラーメンに誘えたらいいのになと思っていた。『いつか』欲求は回数を増すごとに増幅し、ついにこの春言葉にしたというだけだ。

店は狭いし、ちょっと不思議なにおいがするんだけど、本当においしくて。

この春で閉店するからと。

気まずそうな顔で断らせてしまったらどうしようと案じつつ、切り出した俺への返事は、ノータイムの「いつにしますか」だった。

「……誘ってよかったのかな」

「どう思われますか」

「いや、誘ってよかったなって思ってるところだよ」

返事は近距離の微笑みだった。少しくたびれたような、緊張感のない顔が心臓に悪い。だが慣れよう。慣れなければ。

「それにしても、よろしかったのですか。思い出の店の食べおさめが、私とで」


いつも一緒に食べていたお友達とご一緒すればよかったのでは？　とリチャードは言った。ふうん。そういうことを言うわけか。

「それはそれは、大変なご配慮をいただき、ありがとうございます。お前とがよかったよ」

「左様で」

「お前とがよかった。他の誰でもなくお前と」

物事はうつろうし、万物は流転しまくりだし、ネギラーメンの店はなくなってしまうし、俺はこれからスリランカだし、今後の人生どうなるかなどわかったものではないと、大学四年間だけでも十分に思い知ってはいるが。

この宝石商は、思い出を大事にする方法をよく知っている男だ。

忘れたくないものは、そういう相手に預けておくに限る。

店主のおじいさんと店員のおばあさんに懇《ねんご》ろに挨拶をして、俺たちは店の外に出た。靖国《やすくに》通りを車が走っている。休日の笠場は別世界のように静かだ。ぶわりと風が吹くと、通り沿いに植えられた桜が体をゆすって、薄桃色の花びらを散らす。

「うまかったなー。このあとの予定は？」

「シャウルの雑用の手伝いです。ラーメンのあとに商談に赴くほど野暮ではありませんよ」

ミントガムを噛みはじめた男の横顔を、俺はちらりと盗み見た。美貌の男は金色の髪から桜の花びらを払い落としている。食べますかと、白い手がガムを一枚差し出してくれる。

俺はこの光景を忘れないだろう。あのラーメン屋がなくなっても、俺の住居が東京ではなくなっても。ガムをもらってもまだ顔を凝視していると、リチャードは軽く首を傾げた。

「……何か？」

「ああっごめん。別の世界からきた人みたいな美しさだったからぼうっとしてさ」

夕飯のことでも考えるよと俺は話題を換えた。定食屋やチェーン店ばかりだが、日本にいるうちに行きたい店がまだまだあると。メランコリーを隠しおおせたとは思わないが、見なかったことにしてくれるのだろう。ありがたい。

駅まで歩いてゆく途中、俺は最後に街並みを振り返って、無言で目礼を捧げた。


お世話になりました、いってきます——と。

14 サンタ襲来

「なんだこれ」

「アイスクリームです」

「それは見ればわかるけど」

「正確にはアイスクリームケーキです」

巨大なてんとうむしさんが、ガラスのローテーブルに鎮座していた。鮮やかな赤と、焦げ茶色っぽい黒の色合いは、間違いなくベリーとチョコレートだろう。背中にはマーガレットのような花の飾りがあしらわれている。愛らしい。そして大きい。バスケットボールを半分に切ったような、半球形のケーキで、箱には道《どう》玄坂《げんざか》の店の名前が印字されていた。時刻は午後七時。

最後のお客さまがお帰りになり、掃除も終わって、残すは閉店作業のみだ。まだ十二月の第二週なので、冬のプレゼントに備えた修羅場はもう少し先だが、少しずつ来客数は増えている。


こんな時に一体何を出してくるんだ、この美貌の店主は。

リチャード・ラナシンハ・ドヴルピアン氏は、言い出しにくいことを切り出し損ねている時の癖で、眉間にほんの少しだけ、深刻な皺を寄せていた。安心する。本当に言いにくいことを抱えている時のこいつはこんな顔はしない。もっと無表情に淡々と喋るものだ。

「こちらは、ちょっとしたおみやげでして」

「……これからお客さんの所にいくのか？」

リチャード氏の返事はたおやかなノーだった。最近こいつは英語と日本語を取り混ぜて話すことが多い。英語圏のお客さまがやってくると、応用編だと言わんばかりに全編英語に切り替えるので、リスニングについてゆくだけでも必死だ。ありがたい英会話の先生である。

「現在日本に、とあるろくでなしの金融関係者が来ているのですが」

「あ、ジェフリーさんか。この前は忙しそうだったのに……ごめん今の忘れてくれ」

「別に。正確な解釈ですので、謝ることでは」

とはいいつつも微妙に釈然としない表情のリチャードは、懐からすっと藍色の封筒を差し出した。押印はないので、手渡しされたものだろう。中身はとびだすカードで、金箔や凹凸《おうとつ》のある印刷で彩られたケーキのペーパークラフトの下に、『ホテルでパーティをするので来てね。待ってるよ』と、非常に味のある日本語で書かれていた。パーティの日付は今日、開催地は都内の高級ホテルの一室である。ホームパーティ？　いやホテルパーティか。

名目は『リチャードのお誕生会』であった。

飛び出すケーキのプレートは、メリークリスマス、ではない。ハッピーバースデーだ。

二十四日のクリスマス・イブは、美貌の店主の誕生日なのである。

俺がカードを返すと、リチャードはまた眉間に皺を寄せ、厳めしく決然とした口調で言った。

「非常に恥ずかしい」

「あんまりそういう表情には見えないぞ」

「訓練しましたので。しかし非常に恥ずかしい。わざわざ航空券まで手配してするようなことではないかと」

「他には誰か来るのかな」

「智恵子《ちえこ》が遊びに来てくださるそうです。サプライズでお邪魔するのでよろしくお願いいたしますというメールを昨日いただきました」

それはサプライズなのだろうか。まあいい。智恵子さんというのはリチャードとジェフリーの過去の家庭教師だった女性で、俺とも幾らかは面識がある。ひょっとしたら彼女のお嬢さんと結婚した穂村《ほむら》さんも来るのだろうか？　いやそれはないか。彼はエトランジェのお客さまでもあるので、リチャードが恐縮するだろう。

「…………このままゆくと、部屋で待ち構えているメンバーが、よってたかって私を祝う会合になります」

「『よってたかって祝う』って何だよ」

「よってたかってです。私は『ありがとうございます』以外一言も喋れなくなるでしょう。援軍が必要です。よろしければ一緒にいかがですか」

「俺も？　……いいのか」

「無論です。パーティが八時からなのは、エトランジェの終業に合わせているからでしょう。あなたのことをはじき出すほど、あのイギリス製の金庫のような男は狭量ではないはずです」

パーティは八時からと書かれている。三十分。プリンを作っていこうなどという悠長な間はない。どうする。どうしたらいい。うんうん唸りながら何かを考え込んでいる俺を、リチャードは見かねたようだった。

「無理ならばそうとはっきり言いなさい。試験勉強も大詰めなのはわかっています」

「そんなのはいいんだよ。何でもうちょっと早く教えてくれなかったんだ。知ってたら準備が……ああ、そういうことか」

「そういうことです。気の回し過ぎを控えろとも私は申し上げたはずですが」

「『お祝い』は『気の回し過ぎ』じゃないと思うけどなあ」

「何でもいいので返事をしなさい。来ますか、来ませんか」

そんなもの、聞くまでもないだろうに。

俺はアイスクリームのてんとうむしに髪がかからないよう、一礼した。

「謹んでご一緒させていただきます」

「よろしい」

「ごめんその前にちょっとトイレ」

俺は急いでエトランジェの洗面所に駆け込み、高速で携帯端末を開いた。メールアプリを起動する。もちろん相手は一人だけだ。

『ヘルプ。すみません誕生日会のことを今知ったのでプレゼントが何もありません』

ジェフリーさん。仮にも命の恩人レベルの相手に送るメールかという文面だが理解してもらえるだろう。返信は秒とおかず入った。流石《さすが》、仕事が早い。

『こんばんは。何でもあるから何も持ってこなくて構いません。シャンパンとカナッペとチキンのパイつつみ焼きとケーキがあって、最後にチョコフォンデュが入る予定』

文末には誇らしげなニッコリマークの絵文字が入っていた。大変なことになりそうである。明日もリチャードは仕事だろうし、夜中に鯨飲してスイーツを食べ漁るというタイプではない。俺も夕食の心配はしなくてよさそうだ。申し訳ない。これではいつものパターンだ。どさくさでいいものをたくさん食べさせてもらい、どさくさでいい目を見るという、よく考えると胃が痛むコースである。

『リチャードが欲しがってたものを、何か知りませんか』

返信は、ややあってから、入った。

『悪いけど思い当たらない。自分が一番ほしいものをあげたら？』

自分が一番ほしいもの。詰め替え用のシャンプーと新しい靴下しか思い当たらない。リチャードにそんなものをあげることも気が引ける。なにしろこれはバースデーとクリスマスの混ざったパーティで――

そう思った時、俺の頭には天才的なひらめきが兆した。ベストな解ではないだろう。全くもってそんなものではないだろう。だがいける気がする。ありていすぎるが、然るべき品さえあれば、即座にも。

俺は意を決してトイレから出て、待たせたことをリチャードに詫び、ジャガーで所定の場所まで赴く途中、一度、量販店の前で車をとめてもらった。家のシャンプーの詰め替え用を買いたいと言って。リチャードは呆れていたが、特に怪しみはしなかった。

ホテルにたどりつき、二人でエレベーターに乗ってパーティ会場へと向かう途中、俺はリチャードの少し後ろを歩くように心がけた。視界に入らないことが肝心だ。部屋の扉をあけると、果たして内側ではジェフリーさんと智恵子さんが待っていた。なごやかな雰囲気のルームサービスのテーブルには、電話で想像していた以上のごちそうが主役を待っている。

「誕生日おめでとうリチャード！　智恵子もいるよ。びっくりした？」

「もちろん。非常に驚きました。とても」

「んー、これは情報漏れがあったかな。まあいいか！中田くんはどこにいるの？」

「どこにも何も、そこにいるでしょう。正義………正義？」

リチャードと目が合う。ジェフリーさんとはその前から合っていた。笑わないでくれたことに感謝だ。

ぽかんとした顔をする上司に、いえ、と俺は慇懃《いんぎん》に首を横に振った。

「サンタです」

俺が量販店で購入したのは、お手軽サンタ変身セットだった。帽子、つけひげ、サンタ装束の三点セットで、装束を着用する時間はなかったので、鞄の中にまるめていれてある。部屋でバスルームを借りて着用するつもりだ。顔さえできていれば何とでもなるだろう。

リチャードは唖然《あぜん》としていた。当然のリアクションだろう。でも許してほしい。今日は十二月で、パーティの日なのだから。

「サンタです！　北極から来ました。今日はよろしくお願いします！」

　自己紹介したあと、多分これは模範的サンタの自己紹介ではないなと思ったが、時すでに遅しである。盛り上げる時にはとことん盛り上げてくれるジェフリーさんが、わーっサンタさん遠いところをようこそとボケ倒してくれる。ありがたい。そんなわけでその日の俺は、北極からきた世界的なマスコットのおじいさんの役回りを演じることでお茶を濁した。会の主役が持ち込んだアイスクリームケーキの売れ行きは上々で、乾杯はシャンパンとロイヤルミルクティー。智恵子さんは着物姿で、リメイクしたペリドットのブローチを胸に飾っていた。

　もう半年以上、体感的にはもっとずっと、前の話になる。

　果たして俺の所在地は日本からスリランカにうつり、テンプルフラワーの白い花が咲く春を、越してきたばかりのキャンディの新居で忙しく満喫《まんきつ》していたのだが。

　何故かサンタがいる。金髪碧眼の美貌の男が見え隠れしているのだが、外見はサンタである。量販店のコスプレ売り場で買える装束のサンタだ。そんな姿では天性の美貌が台無し、とあながち言いきれないところが、無類の美貌の悲しいところである。吸い込まれるような青い瞳の輝きはいつものままだ。

「サンタクロースです。北極から参りました」

「でも、今は暑い時期なのに」

「南半球のサンタクロースは夏の象徴です。特別不思議でもないかと」

「そ、そうかもな。それで……何してるんだ」

「サンタはサンタの活動をするものです。サンタクロースの伝統には、宝石言葉同様、地域によって多種多様な言い伝えがありますが、いずれにせよ、幼い子どもや女性など、困っている人たちに祝福を与える聖者としての役割を、社会の中で求められる姿が共通しています。あなたにはこちらを」

　そう言って『サンタ』が差し出したのは、なじみ深いプラスチックのルースケースだった。透明な蓋と、クッションにはさまれて、赤い石が一粒。

「こちらの石が、あなたには鑑別できますか？」

「トルマリン、かな。レッド・トルマリン」

「グッフォーユー。この石にはもう一つ名前があるのをご存知ですか」

「ルベライト」

「パーフェクト。ピンク色がかった良質の赤いトルマリンをその名前で呼び、西太后《せいたいごう》の護符や、ロマノフ王家の宝物『いちごの彫刻』など、カーヴィングされた大きな結晶が芸術品として愛《め》でられてきた石でもあります」

俺がケースの中の石を覗き込み、きれいだなあと唸っていると、美貌のサンタは、おほんと咳ばらいをして仕切り直した。

「美しい石には人の思いがこもるもの、こちらの石はあなたを大切に想っている、日本の家族と、お友達と、その他何と言ったらいいのかよくわからない関係を結んでいる職場の上司からの、門出を祝う気持ちがこもっているようです。このような贈り物を差し上げる機会を得たことは、ひとえにサンタ冥利《みょうり》につきます。言い忘れましたが、お誕生日おめでとうございます。中田正義さん。この一年があなたにとって実り多いものであることを、北極の家から心よりお祈り申し上げております」

「ありがとう。本当にいつもありがとう、リチャ……」

「サンタです。私は通りすがりのサンタです」

ならそれでいい。ところでサンタだというのなら、トナカイはどこにいるんですかと俺が尋ねると、涼やかな目元をした扮装者は、最近のトナカイはレーダーに捕捉されないようステルス仕様になっておりますので見えませんと告げた。ディテールまで凝っている。

「サンタが来てくれるのなんか十年ぶりくらいだよ。大切にします。サンタさんも体を大事にしてください。石をくれた人のことは、今度俺の上司に会った時にでも質問します」

「そうするとよいでしょう。それでは」

一礼して、サンタは中庭に駐車中の車のほうへ去っていった。見送るべきではないだろう。ステルス仕様のトナカイにも申し訳ない。

手の平には赤い石が残っている。

少し嘘をついた。サンタがやってくるのは十年ぶりではない。生まれて初めてだ。俺の家にはいつもひろみやばあちゃんや中田さんといった『サンタ役』がいてくれたが、彼らは優しい嘘をつこうとしなかった。中田さんはひろみのやりかたを踏襲しただけだろうが。

去年の十二月、『欲しいもの』とジェフリーに言われたときあんなことを思いついたのも、そのあたりと無関係ではなかったかもしれない。ともかく俺という人間の中に、いい子にしていれば枕元におもちゃをくれる超自然的な存在は一度も存在しなかった。今日この日までは。

俺はしばらく、いつでも常夏の庭に立ち尽くし、目を閉じて鳥の声に耳を澄ましてから、端末を開いた。住居のワイファイ環境は良好らしく、すぐにメールができる。内容はシンプルだ。上司のリチャード氏宛である。

『家にサンタが来た。でもすぐ帰ってしまったから、お茶も出せなかったよ』

返事はすぐに来た。

『寝ぼけているのですか？』

本当に寝ぼけていると思ったのなら、もう何分か返信を遅らせるべきではないかと思ったが、俺はそれ以上何も書き送らなかった。家の掃除も中途半端だし、セキュリティのチェックもしなければならない。ご近所さんの顔ぶれも、できる範囲で知りたいものだ。

忘れたことも知らなかった忘れ物を、不意に届けてもらったような気持ちとともに、俺はルベライトを宝石用の金庫に収納すると、スリランカの地方都市の中へと踏み出した。怖いものも躊躇《ため》らいもない。ここで一人で暮らすのかというわだかまりも消えた。何しろサンタが来てくれたのだから。小学校どころか、もう大学も卒業した大人で、今は十二月ではなく俺の誕生日くらいしかアニバーサリーの思い当たらない五月なのに、サンタは来てくれたのだから。そんなありえないことが起こったのだから。

頑張れると思う。

そして気の早い話だが、俺は今年の十二月の予定を考え始めた。二度目のサンタ・チャンスはあるだろうか。なければ作りたい。もう少し衣装にこだわって、今度はきちんとプレゼントも準備しよう。その時には俺が、あいつに宝石の物語を語って聞かせて、大いに笑ってもらえるようにつとめよう。それもまた、サンタのつとめだ。

15 リチャード先生のお料理教室

スリランカの地方都市キャンディ、光差す朝のキッチンに、一人の男が佇《たたず》んでいた。壁にたてかけられているのは日本語の本で、『ひとりぐらしのブレックファースト』というタイトルだった。メニューは三品である。ケチャップをかけたオムレツ、ボイルしたソーセージ、フルーツサラダのヨーグルトがけ。

他方、男の佇むキッチンは、ダダイズム絵画の画家のアトリエのような色彩の爆発を起こしていた。最初にオムレツを焼こうと思ったのがいけなかったのかもしれない、と金髪の男は物憂げに首を傾げた。美の神に愛されたような金の髪がしゃらりと揺れ、そのむこうの壁に叩《たた》きつけられ爆発四散したオムレツが詩的な情緒を漂わせる。フライパンでオムレツを焼くためには、フライパンを揺り動かす必要があることは自明だったが、どの程度揺り動かせばよいのかという具体的な方法は、彼の人生に今まで一度も姿を現したことのない、フェアリーやユニコーンの領域の物語だった。適度な加減を講じつつ揺り動かした結果、オムレツは飛翔し、壁にぶつかり、重力の導きに従って落下した。

美貌の男はまた、物憂い顔でキッチンの反対側に目をやった。金色の睫毛が虹色のプリズムを反射し、朝日を浴びたエメラルドグリーンの海のように輝く。キッチンテーブルの上に電子レンジや給湯器が置かれた一角で、レンジの中ではオレンジ色の何かが爆発四散していた。いったい何故、食品というものは頻繁に爆発するのだろうかと、男は逡巡《しゅんじゅん》し、たった二度の経験則を一般論化しようとする己の蒙昧《もうまい》を無言で恥じた。

真空パックされていたブラッドソーセージを三本、電子レンジにいれてあたためていたら、軽い破裂音とともに、ソーセージは原型を失っていた。『湯煎、または電子レンジ』という注釈に従い、より難易度の低そうな電子レンジを男は選択したが、恐らく何らかの工程を怠《おこた》ったか、加熱時間を誤ったため、ソーセージは異形のモンスターのごとき魔術的変貌を遂げた。

男は音をたてない足さばきでダイニングに向かい、広いテーブルに軽く手をついて、優雅に卓上に視線をやった。白い海原に黄色や緑のかけらが浮かんでいる。

フルーツヨーグルト、と男は魔法の呪文をとなえるように呟き、春のそよ風のような溜め息を漏らした。カットしたフルーツをヨーグルトに浮かべるだけである。フルーツが几帳面にカットできない可能性をかんがみ、スライサーなるものを持参したのが運の尽きで、どうやらこれはフルーツではなくにんじんやキャベツといった薄くスライスするものに用いるらしいと男が気づいた時には、切りそこなった果実がテーブルの上へと飛翔し、ヨーグルトの器に抱擁を試み、一秒でテーブルの上に創世記の光景を生み出した。カオスである。

三百六十度、どこを見ても食品の地獄であった。

男は自分が作りだした、創造的惨状をふたたび見回し、荒っぽい溜め息をついたあと、心機一転、手早い掃除を開始した。

「おはようリチャード。よく寝てたな」

「おはようございます、正義。スリランカでも早起きなのですね。ショートスリーパーは命を縮めますよ。昨日の就寝は日付が変わってからだったのでは？」

「今日はいいんだよ。ゲストが来てるんだから。明日は寝だめする」

『ゲスト』と言われるほど、大層なことはしていませんが」

「まあまあ食べてから、食べてから」

相変わらず朝いちばんから身だしなみが完璧な男は、スリランカの家のキッチンとダイニングを、何かを確認するような顔で一瞥すると、小さくふうと呟き、庭に近い位置で立ち留まっていた。

「……なあ、今朝ひょっとして早起きした？　五時くらい」

「何故です？」

「気のせいかなあ」

三階建てのこの家は、一階がダイニングや風呂などの共有スペースになっていて、二階と三階はベッドルームである。俺が根城のように使っている部屋は二階、俺のお目付け役としてリチャードがやってきた時には三階の部屋を使うのだが、トイレは一階にしかない。誰かが一階へ降りてゆくと階段のきしむ音でそれとわかる。俺ひとりの時にはいいのだが、夜中にトイレに起きる時には静かに歩かなければ安眠妨害になる家だ。

五時ごろ、俺がうとうとしていたせいだろうが、誰かが階下へ降りて行ったような気がした。ジェットラグを抱えたまま、俺の面倒を見てくれているリチャードが、夜食でも食べたくなったのかなと思いながら二度寝したのだが、勘違いだったらしい。

やわらかそうな白いシャツに、リラックスした時によくはいているベージュのパンツ姿の男は、立ち止まって目を見張っていた。テーブルの上にあるものに気づいたらしい。ありがたいリアクションである。

「朝食あるぞ。口に合うといいんだけど」

「……何故？　あなたは昨日、朝食はいつもシリアルと果物だけだと」

「確かに昨日はそう言ったけど、本当に毎日それだけじゃないってところを見せたくてさ。無駄な心配をかけるのも嫌だし」

プレーンオムレツ、ソーセージに、フルーツサラダ。この家には何故か、スリランカらしからぬ欧州のブランド陶器の皿が多いのだが、今日はそれが正しく仕事をしている。白地に緑とピンクの小花柄の絵は、ドイツのブランドのもののようだ。こんな新築マンションのCMに出てきそうな、見栄えのわりに腹もちの悪い朝食をつくるのは実のところ初めてなのだが、案外楽しかった。


「キッチンのレシピ本を見たよ。プレゼントってことだろ、サンキュー。久しぶりに日本語の本を読んだから嬉しくてさ、パッとめくってひらいたところにある献立にした。まあまあ、腰かけてお召し上がりくださいって」

たっぷり十秒ほど、ワンプレートの朝食を、リチャードは見たことのない石でも見るような眼差しで見つめていたが、俺の存在を思い出したようにはっとすると、いつもの優雅な立ち居振る舞いで着席した。

「では、いただきましょうか」

そしてリチャードは俺の隣で朝食を食べてくれた。こういう時この男はとても礼儀正しくなり、オムレツのきめの細かさやら、フルーツヨーグルトに入っている果物のカットの美しさやら、五百万円のジュエリーでも褒めているのかというくらい細かい部分に気がついては賞賛してくれる。こういう先生が日本中の中学や高校にいてくれたなら、いろいろな子どもが救われるだろうにと、スリランカでも時々思ってしまうくらいだ。

「ありがとう、嬉しいよ。俺も得だな。ソーセージゆでるだけで褒めてもらえるなんてさ」

俺がそういった時のリチャードの顔を、何と言ったらいいのかよくわからない。とびきり美しい男が、急に胸の奥に筆舌にしがたい苦しみを覚えたような、しかしそれを表に出すことはしまいと苦闘しているような、大作絵画のテーマになりそうな表情である。どうした、と問いかけると、返事は穏やかな微笑だった。もういつもの顔に戻ってしまった。

「……既に何度も申し上げているようにも思いますが、あなたはとても頭がいい。テキストを解読し、方法論を頭の中で組み立て、実現する。このプロセスにはあなたが想像している以上の苦難が存在します。にもかかわらずあなたはそれを得意とする。明らかに、これはあなたの才能です。大事になさい」

「そうします。まあ、食べてもらえるから頑張るっていうのもあると思うけどな」

防犯上の理由があるので、この家にゲストを招くことは許可されていない。俺が現地でつくった友人の家によばれていって、その場で一品簡単な料理を作るようなことはあるが、そういう場所で何品もこまごまと作るような客人はあまり歓迎されないだろう。

だからたまにこうして、家のオーナーたるシャウルさん公認の『ゲスト』がやってくる日は、俺には大きな気分転換チャンスなのだ。

皿洗いをしてくれるというリチャードに感謝しつつ、俺はダイニングの片づけをし、午前中の日課である石の修行——とにかく石を見まくっては、価格を予想しつつ良し悪《あ》しを頭に叩き込む。シンプルだ——に移る前に、俺は昼のことを尋ねた。リチャード先生は多忙である。のんびりしている時間はない。

「晩の飛行機でまた行っちゃうんだろ、昼はどうする。三時に出発するとして、昼まではキャンディだよな。俺の好きな店でいい？」

「喜ばしい話です、この国に『好きな店』ができたとは。ご相伴に預かりましょう」

微笑みつつ、リチャードはあくびを漏らしそうになり、慌てて噛み殺していた。気位の高い猫のようだ。やはり少し眠いらしい。もう一回寝てきたらどうかと俺が提案すると、どの道晩の飛行機で眠れるから構わないという。ひとのことをショートスリーパーなどとよく言えたものだ。

俺はちらっと、ダイニングとキッチンを一瞥した。きれいに片付いた場所だ。俺は昨日の夜、明らかにこんなにきれいにしなかったと、一目でわかる整理整頓具合だ。床にもちりひとつ残っていない。中と外の区別が曖昧《あいまい》な家であるにも関わらず。

証拠は一切残っていないが、何かがここであったことは明白だ。殺人事件などではなく、もっと平和でほのぼのとした何かの事件が。

容疑者さんが自供する様子はない。だから俺も何も言わない。生ごみの袋の奥底に入っていた複数枚の雑巾と何らかの食べ物の残骸についても特にコメントはない。

ただ、一つだけ、どうしても言いたいことがあるので、それだけは言わせてほしい。

食事を終わらせ、麗しい男が立ち上がるのを待ち、俺はリチャードの背後に回って肩を摑んだ。なんです、と振り返られる前に一言伝える。顔が見えないほうがいい。みとれていると何を言うかわかったものではない。

「何の話か自分でもわからないから、二秒で忘れてほしいんだけどさ、今朝俺、すっ……ごい嬉しかったからな。すっ……ごい嬉しかったからな。びっくりするくらい嬉しかったからな」

「……何の話をしているのか」

「俺もわからないって言っただろ。わからないんだけど、ともかく嬉しかったんだ。それだけ！　よーし修行だ」

リチャードの顔は最後まで見ず、俺は一階の作業スペースで宝石の千本ノックを開始した。石は朝のうちに見なければ。これが今の俺の仕事だ。リチャードはそれ以上、何も言ってこなかったが、シャツの背中が穏やかに見えて、俺も少しほっとした。

今考えると、俺はあの時、道を誤ったのだ。

もっとはっきり『無理しないでくれ』と言っておくべきだったのに。

二週間後、再びリチャードはやってきたが、今度は朝の六時に小規模な爆発音が聞こえてきた。立て続けに三度。何がどうなったらそんなことになる。時刻は既に朝の七時である。今すぐ起きるべきか起きないべきか、どちらのほうが後々の手間が少なくて済むだろう。ダイニングがどんなことになっているのか考えたくもない。この家にはふたりしか人間がいないし、家主のシャウルさんに相談するようなことでもないので、どうせ俺が対処しなければならないのはわかっているのだが。

誰か俺のかわりに決めてほしい。

どうしたらいいいんだろう。

16 コロンボの書店

スリランカには、日本ほど書店が多くない。

中古の自動車屋さんは、日本の三倍くらいあるのではないかと思う。しかし書店は少ない。

そもそも中古自動車店にせよ書店にせよ、店舗一つ一つはけして大きくない。国土面積が日本よりも小さな島国であるし、その中に森林保護区なども抱える土地柄、不動産は貴重なのだろう。何やら親近感がわく。

でも書店が少ないのは少し寂しい。何より一人で過ごすことが多い昨今、読むものは何でもありがたい。

読書家というタイプではなかったが、日本にはあまりにも、本を売っている場所があちこちにあった。東京のめぼしい駅ならば、どこで下車しても徒歩圏内に一軒くらいは書店があるだろう。シャウルさんに『日本人はほんとうに本が好きな人々だ』と言われた記憶も新しい。

スリランカの首都、コロンボの目抜き通りの書店の前で、露天商がはさみを売っていた。何故道ではさみを売ろうと思ったのだろう。そして俺の目の前で、通りをゆっくり走るバスの中の人が、一つはさみを買っている。どうしても切りたい袋でもあったのだろうか。わからないが、ともかくここは日本とは違うスタンダードで動く世界で、需要と供給はしっかり成立しているようだ。

ガラスの扉の書店は立派な設えで、中に入るとひんやりしていた。

学習参考書は二階なので、左右に広がるアーチ状の階段をのぼって、めあての棚を探す。

あった。

本を三冊抜き取って、会計に向かうと、サリーを着た女性店員さんが、これでいいの？ と英語で尋ねてくれた。この国の公用語は英語、シンハラ語、タミル語で、英語はシンハラ人でもタミル人でも話す。彼女はシンハラ人だと思う。サリーがヒンドゥー式ではなく仏教式だから。

「これはボリューム2、3、4よ。1は？」

「この前1だけ買ってもらったんです。そうしたらすごくよかったので、続きもこのシリーズに教えてもらいたくて」

「シンハラ語を勉強してるのね。珍しい。どこの人？」

日本人です、と俺はこたえる。

俺が買いに来たのは、シンハラ語の学習参考書だ。シンハラ語が読めない人向けの本なので、当然のように英語で書かれている。

これでも渡航前に少しは勉強したのだ。日本で買える日本の学者さんがしるしたシンハラ語の学習参考書もみつけだして購入した。だが、ちょっと、俺の理解力ではどうにもならなくて、覚える前に投げ出してしまいそうになった。と、シャウルさんに相談したら爆笑されて、赤いペーパーバックの本を一冊買ってくれたのだ。

英語で書かれた、シンハラ語の本。

字がとても大きくて、それほど多くもない。紙質はよく言ってわら半紙、悪く言えば灰色のぺらっぺらだ。だが内容はとてもわかりやすく、中身はぎっちりとつまっていた。

この参考書は、まずシンハラ文字、一つ一つの意味と発音を教えてくれる本だった。もうそこからして俺にはありがたいことこの上ない。シンハラ語はシンハラ文字で綴《つづ》られる言語だ。あいうえおのような母音の他に、子音、ほか文字にくっつく飾りのような記号と、バラエティにとんでいる。それを一つ一つ、全然シンハラ文字を知らない人にでもわかるように、丁寧に解説してくれているのだ。俺がつまづいていた「文字と文字の共通点や相違点がみつからなくて、見分けるコツがわからないし、頭が整理できない」という問題を、この本がかなりの割合で解決してくれた。ありがたい。いちいちリチャード先生の外国語講座を国際電話でねだる必要もない。

とはいえシンハラ文字は数が多い。発音の数が多いということだ。日本語の五十音がかわいく思えてくる。一冊では全て解説しきれず、二冊目にもレクチャーがまたがってしまっているが、合わなかったときのことを考えて、シャウルさんは一冊だけ買ってくれた。結果はご覧の通りである。一冊読んで続刊を全部買うシリーズ小説のような面白さだ。

言葉を学ぶのは面白い。

コミュニケーションと直結することを覚えるのが、どうやら俺には合っているらしい。

「シンハラ語がわからなくても、英語ができるなら、スリランカでは暮らせるんじゃない？　出張？」

「そんなものですけど、できればスリランカの言葉でお喋りしたいんです。俺は日本人ですけど、外国から来た人が日本語で話してくれて、ちょっと嬉しい気持ちになった経験があるので、今度は自分の番かなって」

「暇なのねえ！」

返す言葉もない。店員さんと俺はみもふたもなく爆笑して、会計を済ませた。アーチ状の階段を下りてゆくと、お祭りの道具や文房具、絵本などを売っているスペースがある。同じ本を二面に並べている配置が多い。

と思ったのだが。

どうやら違うようだ。全く同じ大判の絵本だと思っていたものは、英語バージョンとシンハラ語バージョンだった。絵が同じなのでうっかりしていると見過ごすが、たぶん『日本の昔話』的な作品のスリランカ版絵本が、二か国語で展開されているのだ。

「これはね、子どもに英語をおぼえさせたい親が買ったりするのよ。英語ができると便利だから」

振り向くと、二階でレジをうってくれた店員さんが俺の後ろにいた。見送りに来てくれたらしい。仕事しなよ、とかなんとか、一階のレジの人から声をかけられたようだが、彼女もまた適当に声を返し、二人は笑い交わしていた。スリランカの人はこんなにおおっぴらに感情表現をする人ばかりではないので、この書店の人たちは陽気なのかもしれない。

「これは『いじわるなおじいさん』。こっちは『ペラヘラのお祭り』」

「……うんと小さな子どもでも理解できますか」

「もちろんよ。読み聞かせやすいように大きな本になっているのよ、これ」

確かに、A4よりも大きなサイズのぺらぺらの絵本である。日本であればアニメや漫画調の絵がついていてもおかしくなさそうだが、こちらは内容に沿ってか、民族調のタッチの絵だ。色彩は豊かで、いじわるなおじいさんは憎々し気だがコミカルに描かれているし、鳥の尾羽の青のグラデーションはシックに見える。

「……あの、すみません。これも追加で買えますか」

「買うの？　子どもがいるの？」

「俺が読むんです」

店員さんはまた笑ったが、ややあってから真顔になり、確かに勉強にはぴったりかもしれないと頷いてくれた。一階のレジで絵本を買う。どちらにしろ五〇〇スリランカルピーくらいで、日本円にすると六〇〇円くらいの品物だが、こっちの人にしてみればかなり高価だろう。パンがひとつ十ルピー、紅茶一杯三ルピーの世界なのだ。そう考えると、書店が少ない理由も、あまり人がいない理由も納得である。

本は食べられないし、飲めない。

服やはさみや歯ブラシのような生活必需品でもない。そういうものに当たり前にお金を割けるというのは、豊かな印なのだろう。いわんや書店があちこちにある我が国をやである。今までそんなふうに考えたことはなかった。

レシートをもらって、ストゥーティ――シンハラ語で『ありがとう』というと、黒髪の彼女はにこっと笑って、俺の顔を見て、言った。

「アリガト、ゴザイマシタ。マタノオコシヲ、オマチシテマス」

「……すごい！」

「ドーモ」

そして彼女は、夫がしばらく日本の茨城で、板金の仕事をしていたのだと話してくれた。イバラキ、バンキンという言葉の発音がめちゃくちゃよかった。旦那さんは出稼ぎのお金を元手に小さな会社を興して、社長さんをしているらしい。

気をつけてねと俺を見送ってくれた彼女に手を振って、俺は店を出た。

春先だというのに、コロンボの日差しは日本の真夏のようだ。でも俺はこの照り返しがけっこう好きになっている。道行く人はみんな半そでだし、なんならビーチサンダルばきだが、日本ほど湿度が高くないので、なるほどこれも春かなと思える。道々に咲くテンプル・フラワーの白もさわやかだ。ちょっとだけ桜に似ている。

そしてこの通りからは、俺の好きなランドマークもよく見える。

蓮の花を模した塔、コロンボ・タワー。

俺のベースキャンプ、山の街キャンディーからは、見ることがかなわない東京タワー的なランドマークで、形は立派だがまだ工事中で入ることもできない。だがいつの日か、それが俺のスリランカ滞在中か、あるいは別の場所に腰を据えたあとかはわからないが、きっとあれに登りたい。登ろう。

その時には今よりももう少し、この国の言語に熟達していて、あわよくばタワーの中で世間話くらいはできますように。

ささやかな目標と新しい本を抱えて、俺はシャウルさんのいる事務所への道をたどった。

17

プレイ・オブ・カラー

かき氷。

大人から子どもまで、誰でも知っている夏の定番だ。だがこれを、英語では何と表現するのだろう？　教えてもらったことがない。そもそも言えるのだろうか。

投げやり気味な俺の疑問にも、美貌の男は涼やかに答えた。

「シェイヴド・アイス。他にもアイス・フロス、スノウ・コーンなどの表現が候補に入るでしょうが、『かいた氷』という文脈を重視するのであれば、『シェイヴド・アイス』が適当かと」

「そうか、かいた氷の直訳になるわけか。なるほ……あっ、あーっ！　おい、ちょっとシロップが出すぎじゃないか。あっ」

「…………氷を追加しますので」

ガガガガ、という音が、店主と従業員しかいない宝石店の中に響く。


テーブルに鎮座しているのは、かき氷機である。さすがにガラスのテーブルに直接置く蛮行は犯せないので、接地面には布巾を三枚重ねしてある。昔懐かしい手動ではなく、電気で動くタイプのものだ。

きっかけは昨日の土曜日、お越しになったお客さまのトラブルだった。有名な家電量販店の紙袋をもってご来店なさったお客さまは、ご予約通りきらきら輝く黄色いダイヤモンドをお買い上げになられたのだが、その際家電量販店の袋を忘れていってしまった。すぐに店主が気づいて電話連絡をしたのだが、なんと成田《なりた》エクスプレスに乗っていて、これからバカンスでバリ島に直行だという。帰ってくるのは秋口らしい。何とも豪華な話だ。

よかったらそれ使って、というか是非使って、感想をきかせてと、南の島にむかうお客さまは屈託なく言い、じゃあねーと軽やかな声でリチャードに挨拶して、電話を切った。

紙袋の中身は、新品のかき氷機だった。小さなシロップの袋もついている。七種類。マンゴーラムネコーラライムピーチ。イチゴとメロンとレモンの世界に生きていた俺には衝撃だった。最近はこういう屋台の醍醐味みたいなものまでご家庭で楽しめるのか。

そんなわけで一夜明けた今日、予約のない時間を見繕い、二人のかき氷パーティの開催とあいなったわけだが。

正直なところ、本当にお客さまの忘れ物を開封するとは思っていなかったと、俺がおどけた口調で言うと、リチャード・ラナシンハ・ドヴルピアン氏は嘆息した。

「昨日あれから、バリ島についたという連絡がありました。SNS上で『かき氷機を忘れたので知人に試してもらうことになった。楽しみ』という投稿をしてしまったため、速やかにかき氷の画像が必要だそうです。これも一種のサービスと心得なさい」

「……最近はいろんな仕事があるんだな」

新商品をSNSで紹介するマーケティングも、昨今珍しくないという。しかしそういう広告ビジネスは、義務やらしめきりやらいろいろと厳しいとも聞くから、それなりにシリアスな話なのかもしれない。というところまで考えて、いや待てと俺の頭は囁いた。本当にそうだとしたらバリ島に行く直前にかき氷機を持ってくるのは道理にあわない。ひょっとして。

「……あの人、もしかしてわざと置いていったのかな？　明らかに機内持ち込みできるものじゃないし、旅行の邪魔だし」

「可能性はあります。しかしそれは一介の宝石商が判断することではありません。ビーチリゾートでかき氷を楽しもうと思っていたあてがはずれて、落ち込んでいらっしゃる可能性もあります。おや……おや、むっ……」

「ああ、氷が水になっちゃったな。ちょっとシロップをかけすぎなんじゃないかなあ」

「ナンセンス。シロップは多いほうがおいしいと相場が決まっています」

「この前、飾りダイヤが大量についた指輪を売り込みにきた卸売業の人に『多ければいいというものではない』って言ってたよな」

あれはあれ、これはこれ、という切って整えたような弁舌麗しい日本語に、ははあとアルバイトの俺は平伏した。宝石の真贋を見定める眼力は確かでも、かき氷に適切な量のシロップをかけるのには難儀するようだ。マンゴーとラムネとコーラとライムとピーチを全部潤沢にかけてしまうと、ゲレンデのような白いキャンバスは、瞬く間に土砂降りの新宿の側溝的な色と形状になる。この灰色を、リチャードならさだめしスモーキークオーツとでも言うだろうか。ふんわりとした氷の山は消え、ガラスのどんぶりに残るのはみぞれ、あるいはただの水だ。

ちょっとずつ、ちょっとずつかければいいのだが、考えて見ればこれも俺が日本人で、ある程度かき氷シロップのかけかたに慣れているからこその考えか。

懲りずにかき氷機の下にうつわを置き、ボタンを押してしゃりしゃりと氷を追加している宝石商に、あのさと俺は声をかけた。

「ちょっと貸してくれるか」

「……構いませんが」

氷の器を手に取って、俺は少しずつ、少しずつ、各種のシロップをかけていった。それっぽっちしかつかわないの？　ほんとに？　という目で宝石商が俺を凝視している気がするが無視する。過ぎたるは及ばざるがごとしとも言うのだ。

結果。

「じゃーん」

山盛りの雪山は、見事、極彩色のかき氷へと姿を変えた。我ながらよくできていると思う。

美貌の宝石商は無言で、睫毛をぱしぱしと動かしたあと、ほうっと呟いた。

「……エクセレント。美しい」

「いやあ、美の概念の化身みたいな相手に言われると照れるなあ」

「おほん。何はともあれ、その色はとても趣《おもむき》深い。アンモライトを髣髴《ほうふつ》とさせます」

「アンモ……ナイト？」

「ナではなく、ラ。アンモライト。アンモナイトの化石中の成分が、長大な年月の中で遊色《ゆうしょく》効果を持つようになった、生物由来の宝石です」

そう言って、リチャードは携帯端末で画像を呼び出し、差し出してくれた。流れ作業のようにかき氷の器と交換する。画面に映し出されていたのは、アンモナイトの断面図だった。病院で撮るＣＴ画像のようにスパンと縦に割れている。中身は七色に輝くキラキラだ。赤、緑、黄色のグラデーション。見る角度によって微妙に色が変わるのだろう。以前オパールの話を聞いた時、この手の効果を遊色、プレイオブカラーと呼ぶと聞かされたっけ。それにしても、貝の中がこんなふうに変化するとは。自然のすることは奥深すぎて底知れない。

「これも、宝石……ってことでいいのか……？」

「四十年ほど前になりますが、アメリカの宝石学会では『宝石』として認定されました。もちろん『これは化石だ』とお客さまが仰《おっしゃ》られる場合まで、押し通すべき主張とは思いませんが」

考え方次第らしい。思えば『宝石』の概念だって、そういうものか。

俺は端末の画面をフリックし、次々に現れるプリズムのような貝の画像にほれぼれした。キラキラしている部分を金などで加工して、ペンダントやブローチとして利用する人もいるようだ。

「きれいだなあ。なあ、アンモライトはエトランジェでも……え？」

「扱う可能性はあるでしょう。なにか」

麗しの宝石商は、小さな銀色のスプーンで、かき氷をすくっては食べ、すくっては食べしていた。別段急いで食べているような素振りはなかったのだが、どんぶりに山盛りになっていた氷山が、もう半分ほど消えている。俺が少しずつ回しかけたシロップの色の比率は崩さないまま、絶妙な加減で。


「そ、そんなに気に入った？」

「日本の屋台のかき氷は食べたことがありません。こうして涼しいところでいただく氷菓子も、夏らしい風情があるものですね」

屋台のかき氷は食べたことがない。それはおしゃれなお店のかき氷なら食べたことがあるという意味だろうか。たぶん違うと思う。一般的な日本人は、こんなペースでかき氷を食べたりしないものだ。理由は言うまでもない。このペースはちょっと、何と言うか、危険だ。

「リチャード、あのさ、よく聞いてくれ。かき氷っていうのは」

「何故近づいてくるのです」

「大切な話なんだよ。かき氷をハイペースで食べると」

「ですから何故距離をつめる。近いです」

「細かいことは気にするなって。それよりこのかき氷、もうだいぶ食べただろ。飽きたんじゃないか？　残りは俺が食べてやるから」

「作品の生みの親にこのようなことを申し上げるのは大変気が引けますが、一切の必要性を感じませんので謹んでお断り申し上げます」

「あーっかきこむな！　かきこむなったら！」

「かきこんでなどいない。私はそのような食べ方はしない」

「だからそういうことじゃなくてさあ……」

「ひとりで食べるのは不調法なものです。早くあなたの分も作って食べなさい」

「……知らないからな、俺は」

つんと澄まして頷いた宝石商をしり目に、俺は自分用のかき氷をつくることにした。

後日リチャードは、お客さまに送付したかき氷の写真が喜ばれたと、俺に報告してくれた。リチャードがお客さまに送付した写真は、俺が自分用につくった、うずまき状に色が散りばめられているかき氷だったから、わざわざ報告してくれたのだろう。それはよかったよと俺は微笑み返し、それ以上何も言わなかった。写真撮影をしなければならないと思い出した時、美貌の宝石商が生死の意味に懊悩《おうのう》する青少年のような悩ましい偏頭痛の顔をしていたことも言わなかった。

夏はまだ終わらない。バリ島にいるというお客さまがかき氷機を回収に来るかどうかもまだわからない。


エトランジェはそれほど広い店舗ではないので、置き去りにされたら困るとリチャードは思っているかもしれない。だがもし、来てくれなかったとしたら、しばらく毎年夏、リチャードと一緒にかき氷を食べる夏が楽しめるかもしれないなと俺は思っている。そうしたらそのたび、アンモライトのような、虹色に輝く氷の山を作ってやれるだろう。リチャードが見せる、きらきら輝く微笑み同様、そういう夏が来たらならいいなと、俺は少し楽しみにしている。

18 下村と年上の友達

「言ったっけ？　うちは兄貴がふたりいて、上が弁護士で、下が勤務医なんだ」

下村晴良《しもむらはるよし》は三男である。フローリストの母は、三人も子どもがいるのだから一人くらい女の子が欲しかったと、よくぼやいていた。ぼやいてはいたが不満はないのだろうと、三男は三男なりに思っていた。父親は不動産会社の社長で、現在も落ち着いた収入がある。

「だからもう、三人目にもなると、親が本気で『好きなことやりなさい』って言ってるのがわかるんだ。あこれは全然期待されてないなって、小学校の六年で、めちゃめちゃな成績を取ったのに怒られなかった時、俺なりに悟った」

期待されていないことは、喜びでもあり、寂しさでもあった。

うちの親は勉強勉強うるさいんだというクラスメイトの言葉には、それなりに下村少年の心に残るものがあった。自分の人生の舵取りが、親の人生にダイレクトに繋がっているという実感は、それなりに気持ちのいいものなのかもしれないなと思ったりもした。そのくせ責任感は昔からからきしなので、今さら期待されても困るという気持ちもある。

「要するに、ないものねだりと甘えと現実逃避のトリプルコンボでさ、気がついたらギター人間になってたんだ。音楽は偉大だよ。つまらないことは全部抜きで、音だけの世界がある。弾いてるのが俺でもノーベル平和賞受賞者でも、音は音だから。そういうところに救われた。ごめん、よくわからないかな」

「いいえ。それはよくわかる、と思います」

ほんとうに、という言葉を、下村は耳にはめたイヤホンから聴いた。ディスプレイにうつる声の主は、四十がらみの白人男性で、いつも所在なげに視線をさまよわせ、時々上品に微笑むピアノ奏者だった。スペイン系には見えないので、エンリーケという名前はただの芸名らしい。それにしても下村の通うスペインの音楽学校の友人たちの『チリ・ボンバー』や『ファッキン・ウェンズデー』に比べれば人間的である。ちなみに下村はそのまま、『ハルヨシ・シモムラ』である。

授業は全てスペイン語なので、学内にアジア人は下村を含めて三人しかいなかった。

宝石商の修行をしている友人から紹介された、日本語の先生を欲しがっているイギリス人男性は、ありがたくも音楽に造詣《ぞうけい》が深く、音楽とともに会話するうち、年齢や国籍を超えた下村の友人になった。日本語講座というもおこがましい雑談にもレクチャー料を支払ってくれる上、最近ではウェブカメラを用いたセッションまでしてくれる。白い壁の防音室の中、グランドピアノを背景に語る姿はもはやお馴染みだったが、「どこのスタジオで撮ってるんだ?」という質問に、「ここは自宅です」という日本語とはにかみ笑いで応じられた時、下村は全てのことに疑問をもつのをやめた。大学を中退してスペインでギターを勉強する日本人がいるのなら、自宅に録音スタジオとグランドピアノを持つイギリス人がいても、不思議はない。見るからに線の細い相手に、あれこれ尋ねるのは野暮に思われた。

「エンリーケは? エンリーケは、どうして音楽が好きになった?」

「フム」

そうですね、と呟きながら、エンリーケは口元に手を当て、青い瞳を左右に動かした。日本語講座をはじめたばかりの時には、気分が悪くなったのか、突然通話をうちきることもあったが、週に一、二回の交信が一か月も続いてからは、通信は安定していた。

「うちは……………チョット大きいので」

「うん。エンリーケんちは、旅館なんだよな」

「んー」

この「んー」が曲者《くせもの》であることを下村は知っていた。「うん」なのか「さて」なのか、今一つわかりにくいエンリーケの口癖で、確信犯でごまかされているのかと思うこともある。とはいえ悪意がないことは明確で、言ってみればネット上のやりとりの必需品になる、温かい斟酌《しんしゃく》のようなものだった。

やりとりをはじめてすぐにわかった『家が大きい』『時々お客さまが泊まる』という情報から、下村はエンリーケの家はホテルなのかと尋ねたが、否定された。では旅館のようなものかと尋ねると、エンリーケは「んー」と答えた。旅館とは何かという問いに、旅の最中に泊まる家だと答え、「それはカントリーハウスのようなものですか」と逆に問い返され、よくわからないが多分そうだと応じた末の「んー」ではあったが、あまり深くは考えないことにした。カントリーにあるハウスはおそらく旅館である。下村はそう納得していた。

「……チョット大変です」

「それは、過去形の話？　『大変でした』？」

「んー。今も大変なので、『大変です』で結構」

「そうか。早く大変じゃなくなるといいね」

「んー」

　あいまいな顔で微笑みながら、エンリーケは「チョットだけ英語」と前置きした。下村の日本語の生徒であるエンリーケは、英語の教師でもある。言語をちゃんぽんにして話すうち、結果的に下村の英語力が向上しただけの話だったが、時々差しはさまれるチョットだけ英語の時間が、下村は好きだった。言葉少なエンリーケが、言いたいことを言ってくれるためである。

『以前の私にとって、音楽は自由で、でも時々は檻だった。そのうち檻の力が強くなりすぎて苦しかったけれど、本当に音楽ができなくなった時、また音楽を求めている自分に気づいた。音楽はきっと、私にとっては水なのだと思う。多すぎると大変。洪水になる。でも消えてしまったらもっと大変。渇いて死ぬ。適切な量の水は、豊かな恵みをもたらしてくれる。離れることはできないよ。全部放り出したくなるようなこともあったけれど、そうしたら今ここで晴良と話している私もいないわけだし』

　わかった？　と最後に尋ねかけられた時、うんうんと下村は頷いた。

「わかる、わかる。友情だねえー」

「オー、ユージョー」

「本当はもっと発音よく言えますよね？」

「ニホンゴ、ムズカシイネー」

「英語も難しいねえー」

「……それは誤り。絶対に日本語のほうが、難しい。明らかに、難しい。英語は、わりあい簡単」

「そうかなあ。でもエンリーケは、びっくりするような速度で上達してるよ」

「それは……好きだから」

「日本語が？」

「そう。日本ふうに言うと、いろいろ『縁がある』国です。食べ物や文化や、人が好きです。実を言うと以前から、私も、勉強してみたかった。そして私は、自分の日本語の先生も好き。晴良、ありがとう」

「おー、友情ー！」

「ユージョー。ところで、音がするね」

「ああ。隣のやつらかな」

学校で紹介された賃料の安いアパートは、音楽家に利用されているので騒音公害が激しかったが、裏を返せば弾き放題の物件である。

壁をものともせず響き渡る、チェロとヴァイオリンの二重奏に、エンリーケは微かに目を細め、老けてみえる表情を作った。あまり好みの音ではないらしい。この人本当に音にうるさいからなと、下村は内心苦笑いした。下村はおおらかなところを自分の長所だと思って生きてきたが、エンリーケは演奏中の『おおらかさ』は容認してくれなかった。試しに二人で作ったCDの録音時には、『もう一回やりましょう』が永遠に続き、余分な肉が三キロ分消え、ギターの急激な上達を学校で褒められた。

「何か弾く？」

「では、ハルヨシの新曲を」

「自分で作ってなんだけどさ、あれ、トレモロのところが全然うまくいかないんだよなあ」

「では練習しましょう。なにごとも練習、練習です。ね、ハルヨシ」

「エンリーケは練習が好きすぎなんだよ。前世は日本人だったんじゃないの」

「オー。それはすてきです。では準備を」

「やっぱりやるんだ……」

「ハルヨシ、『勤勉は美徳』。覚えてください」

「その格言を教えたのは俺だからね！　やります、やりますけど」

それぞれ頭にヘッドホンを装着し、音を合わせたあと、イッセノーセ、という片言の日本語で押し切られるようにして、下村はセッションを開始した。

ギターとピアノのデュオで奏でる音楽は、それほど多くない。というかほとんど楽譜がない取り合わせだった。クラシックの世界においてピアノは格調高い花形のような存在であるし、ギターは民草の哀愁の代弁者のようなものである。貴族の音と庶民の音だった。作曲の授業の終わりに居残りをして、下村は何作か二人のデュオ用の曲をつくり、エンリーケはどこからか古楽器のための楽譜を見つけ出してきては改稿した。

両極端のデュオではあったが、それほど悪くはなかった。

互いにソロでも雄弁に語れる楽器同士が、肩を並べて音楽をするとなれば、互いに譲り合うほかない。譲歩の末に奏でられる音楽は、ほのぼのとした、癒やし系の小品になった。

いつものように数曲、おやすみの挨拶のような音楽を重ねて、下村は通信を切る準備を整えた。次の『レッスン』は三日後である。

「エンリーケ、おつかれさま。あんまり根を詰めないほうがいいよ。この前より運指がスムースだけど、ちょっと痩《や》せたように見える」

「ハルヨシまで弟みたいなことを言う。大丈夫、コーラを飲んでチップスを食べる」

「弟さんの苦労がしのばれるよ。じゃあ、体に気をつけて」

「はい先生。それではおいとまいたします」

回線が途切れたあとも、下村はしばらく、ギターを抱えたまま座り込んでいた。電源を落として黒くなったディスプレイに、二十代の男の顔がうつっている。

「……『勤勉は美徳』かあ。スペインで使う言葉じゃないよな」

まあ俺は日本人だけど、とひとりごちながら、下村はギターを抱えたまま部屋を移動し、出窓に近い位置に陣取ると、隣室の音楽に負けじと、学校の課題曲の練習を始めた。

壁際にかけられた、エッフェル塔の前でおどける友人との記念写真を、下村はちらりと流し見た。そのうちエンリーケともああいう写真が欲しいよなと思って、もうだいぶたってはいたが、どう切り出したものかは、いまだに思い浮かばなかった。とはいえ何とかなるだろうという、根拠のない確信だけはある。自分の持ち味であるおおらかさを、下村はこういう時にはありがたく思った。

19 アイデンティティ

宝石と、ケーキ。

どちらにしても俺の上司、無類の美貌を誇る宝石商リチャード・ラナシンハ・ドヴルピアン氏の好物である。もちろん彼は宝石を食べるわけではないしケーキをお客さまに商うわけでもないので、それぞれ愛で方は違っているが、どちらも同じく、彼の心の大事なところをしめている、ある意味『彼の一部』という感じの要素だ。それからもちろん、ロイヤルミルクティーも。

銀座七丁目の雑居ビル二階。リチャードの営む宝石店『エトランジェ』には、それなりの理由があって、宝石店にあるまじき立派な厨房がついている。ほぼお茶くみのアルバイトである俺の主な持ち場だ。

鍋の火を止めて、厨房から、ちらりと応接間の様子をうかがう。

次のお客様がお越しになるまでにはあと一時間ある。骨太のセールストークを繰り広げた店主は、ひとりソファで休憩中で、甘味大王モードになっている。本日のお茶請けは甘夏のたっぷりのったフルーツタルトである。きらきら輝くジュレが柑橘類の房をキラキラ輝かせ、その傍《かたわ》らで美貌の男が、さりげなく目をきらきらさせている。無表情を装っているが、時々唇が喜びの弧を描く。

ソファにスタンバイしているが、彼はまだ手をつけていない。彼の大好きなお茶がまだはいっていないからだ。目が合ってしまった。

「正義、お茶を」

「ただいま、ただいま」

鍋の中のロイヤルミルクティーをノリタケのカップにうつして、お盆でしずしずと運んでゆき、どうぞと差し出すと、リチャードはサンキューと発音した。この端麗さと、ぶっきらぼうな『お茶』の一言がどうにも噛み合わなくて、俺は少し笑ってしまった。めざとく見咎めた店主が眉根を寄せる。

「何です？」

いや、大したことじゃないのだけれど。

「前にも言ったっけな？　その言い方さ、昭和のお父さんぽいなって」

「…………」

俺がこらえきれずに破顔したのとは対照的に、リチャードは微かに表情を硬直させた。どうしたのだろう。麗しの宝石商はテーブルから俺のほうへと体の向きを変え、軽く一礼して見せた。

「中田さん」

「え？　は、はい」

「私のためにお茶をいれていただけることは、望外の喜びでございます。ありがたく存じます」

「いや、いやいや！　そんなこと言ってほしいわけじゃ……ああっそうか、言い方が悪かった」

ごめんと謝ってから、俺は何から言おうと考えた。勘違いさせてしまったのだ。昭和のお父さんみたいな言い方をするのはよくないと。違う。全然違う。俺はどうしていつもこう、肝心なところが伝わらない言葉を使ってしまうのだろう。

「言い方が悪いとか、そういうことは全然思ってないんだ。むしろ逆で……何て言うか……」

俺が口ごもっている間、リチャードは待っていてくれた。貴重なおやつタイムを浪費させていることが申し訳ない。手短に。簡潔に。そう思えば思うほど何も言えなくなるので、結局いつもの戦法になった。出たとこ勝負だ。

「うちはさ、ひろみが……母親が、あんまりこだわらない性格だったたし、時間がない家だったんだよ。お茶を飲んで喋るとか、そういうのはなくて……暇があるならお互い他にやることが幾らでもあるだろって感じでさ。ティータイムっていうのか？　初なんだ。だから、こういう風に誰かに『お茶』って言われるのも楽しいし、こういう準備をしたりするのも」

何だか贅沢《ぜいたく》をしてる気がする、と。

そう言って俺が笑うと、リチャードは一口、ロイヤルミルクティーを音もなく飲んだあと、俺の顔をじっと見た。

「リチャード？」

「確かにこれは、贅沢です。自分の指定した甘味を、土地勘のある方に買ってきていただき、レシピ通りにお茶をいれてくださる誰かに、ロイヤルミルクティーをいれていただき、好きなタイミングで供していただく」

「え？　ああ、うん、まあ」

「『私にとっては』と付け加えるべきですが」

そう言うとリチャードは、ソファの上で組んでいた脚を解き、俺のことをじっと見た。この顔に正面から見つめられると、今でもまだ時々、相手が本当に人間なのかどうかわからなくなってしまうような瞬間がある。宝石が、地球の熱で溶かされ、押し固められた結晶ならば、こいつは世界の『きれい』を凝縮した何かだと思う。

「雰囲気に流されやすいタイプとまでは言いませんが、あなたの仔犬のようなメンタリティは、人間の善良さと暗愚さのあわいを行き来している類《たぐい》のものです。もう少し理性的な思考を試みては？　私に贅沢をさせることに、あなたがある種の贅沢さを感じるのであれば、話は別かもしれませんが」

「……あっ、それはありそうな気がする」

俺の言葉に対するリチャードの返答は、いわゆるノン・バーバル・コミュニケーションだった。かなり、かなりかなり嫌そうな眼差しである。しまった。今の言葉は肯定してはいけない言葉だったらしい。でも、ちょっと考えてみてほしい。目の前で絶世の美男子が、嬉しそうな顔で自分のいれたお茶を飲み、おつかいしてきたケーキを嬉しそうに食べている。そんなものを見たら嬉しい気分にならないか？　ならないだろうか？　全然？　知り合いに似たようなバイトをしている人間がいたら相談してみたいのだが、あいにく思い当たらない。本人に納得してもらえる理屈でもなさそうだ。うーむ。

申し訳ございませんでしたと俺が頭を下げると、わかればよろしいと美貌の店主はすました声で言った。こういう声を出す時のリチャードが本気で怒っていないことはもう知っている。俺が本当にどうしようもないことをした時には、リチャードは黙って、俺の目をじっと見てくるのだ。何をしたのかわかっているか？　と問いかけるように。この間の、ダイヤモンドをリカットにやってきたお客さまの時にはそうだった。結果的に悪いことにはならなかったからよかったものの、あの時には胆が冷えた。

今までで最高に俺がやらかしてしまったのはあの時だと思うが、それにしても空のように美しいリチャードの瞳の中に、俺は『怒り』の感情を見たことがない。あいつの中にあったのは別のものだ。『残念だ』とか、『あなたはもっとできる人だと思っていたのに』とか。

突き詰めると『あなたはもっとできるのだから頑張りなさい』に通じる叱咤激励なのだ。

全ての道はローマに通ずではないが、何を言うにしろやるにしろ、俺はこのリチャードという男が、俺に無意味に遠方のパティスリーを指定して無茶なおつかいをさせたり、忙しいタイミングでお茶をいれさせるようなやつとは思わない。そんなことをして優越感に浸るような、つまらないことに楽しみを見出す男ではない。そのくらいはわかる。けっこう真面目に尊敬しているのだ。

たとえ彼が、身の上話を全然してくれない、遠い国からやってきた、多言語を操る年齢不詳の人物でも。

無鉄砲な信頼だろうか。でも俺の中ではそれで筋が通ってしまっているのだから、俺はそれでいいと思っている。

尊敬する相手がくつろぐ時間に一役かえるのなら、それはかなり『贅沢』なことだと俺は思う。

とはいえこの感覚を、うまくリチャードに伝える言葉が、俺の中には見あたらない。『尊敬している相手の役に立てると嬉しいからいいんだよ』？　『お前のことすごくいいやつだと思ってるから何でも頑張るよ』？　どっちも駄目だろう。俺でもわかる。『黙れ』と言われるだろう。

見つめられるまま黙り込んでしまった俺を、リチャードは次第に、奇妙なものでも眺めるように睥睨《へいげい》し、今日は具合が優れないのですかと、とんちんかんなことを聞いてきた。何かにつけて気を回してくれるところもありがたく思っているのだが、これもまた、うまく言えない。俺の『ありがとう』は、リチャード曰《いわ》く舌禍《ぜっか》のもとらしい。『舌禍』という単語は日本語検定の何級に出題されるのだろう。弁舌さわやかな宝石商の姿に学んでいれば、いつか言えるようになるだろうか。


「……そのうち言うよ。今は、何も言えない」

「左様でございますか。『そのうち』の到来をお待ち申し上げておりますよ」

「ありがとう……あのさ、やっぱり俺も、敬語で話したほうがいいかなあ。何事にもけじめってものが」

「以前のような『こちらにお茶を置かせていただき申し上げます』などという最新の日本語をたびたび発明するようであれば、今のままのほうがあなたらしくて結構かと」

「あっ、今のは、皮肉だな？」

「グッフォーユー。頭の巡りが少しよくなりましたね。それにしても、あなたは今までのアルバイトではどうしていたのです」

「言葉遣いってことか？」

リチャードは無言で頷いた。これまでの職場は、どちらかというと礼儀より体力勝負だったので、大体『うーす』『ちーす』『ざーす』で何とかなった。と俺が包み隠さず言うと、リチャードは花のかんばせに頭痛の色を浮かばせて、深々と嘆息したあと、首を左右に振った。

「……言葉の用法や語彙に変化のない言語とは、つまるところ話者のない言語です。死に絶えた言葉とも言うことができるでしょう。言語学のだいご味の一環は、語義が歴史を追うごとに変化してゆく様相そのものでもあるのでしょう……が…………」

リチャードは再び、首を横に振った。気持ちはわかる。逆の立場で考えてみればいい。俺が必死で英語を勉強した日本人だとして、複雑な構文もどんとこい、新聞も読めるぜとはりきってイギリスに働きに出てきたものの、現地の人が『うーす』『ちーす』『ざーす』相当の言葉でやりとりしていたら。肩透かしだ。かなりがっくりくると思う。

とはいえリチャードの職場はテレビ局の守衛ではなく銀座の宝石店であるのだし、この美しい日本語だって明らかにこいつの商売道具の一つとして役に立っているのだから、落ち込むことはないと思うのだが。

俺が大体そういうことを言うと、美貌の宝石商はややあってから、笑い始めた。何だろう。俺の想像は、また的外れだったのだろうか。

「失礼。私は別段、自分の言語学習の成果を生かしたくて宝石商になったわけではありませんし、過去のまぼろしに基づいて現在の実像を批判する類のことに精を出したいとも思いません」

「それって『最近の若者の言葉遣いは』とか、そういうことか？」

「あるいは」

リチャードは肩をすくめ、そして無言ですっと指をのべた。ソファはガラスのテーブルをはさんで、向かい合うように設置されている。

「アルバイトさん、あなたも休憩にしなさい。タルトは二切れ買ってきていただいたはずですよ」

「あれは終業後のお楽しみじゃないのか？」

「その時にはその時で食べたいものが別にあります。元気の出る味でしょう。さっさとあなたの分のお茶をいれてケーキを持ってきて、そこに座りなさい」

俺は目をぱちぱちさせた。リチャードは再び眉間に皺をつくる。

「何か？」

「……やっぱり贅沢させてもらってるよ、俺も」

「左様でございますか」

「うん。ありがとな、特等席だよ。お前の顔見ながら食べるケーキって、何でこんなにって思うくらい、いつもうまいんだ」

そう言って俺は厨房に駆け戻り、ケーキとお茶を携えて揚々と戻ってきたのだが、その時にはリチャードのご機嫌は氷点下にひえこんでいた。心なし目がじっとりしている。何が。俺の不在の間に何があった。ケーキは無事だ。ロイヤルミルクティーも無事である。ということは、何かがあったのは俺の不在の間ではなく。去り際の――

「あのさ……さっきのも駄目だった？」

「残念ながら」


「ど、どのあたりから駄目だった……？」

「やかましい。全般にわたって遺憾の意を表明します」

「すみません！　ごめん。ごめんなさい。大変申し訳ございませんでした」

『『私の顔を見ながら食べるケーキがうまい』という不可思議な現象について申し開きがあるのであれば、今の内に腹蔵《ふくぞう》なく言っておくことですね』

やはり求人を出すべきかとリチャードは独りごちる。免職の危機だ。やばい。何でもいいからひねり出せ。何故。リチャードの前で食べるケーキは。何でこんなにって思うくらい、おいしいのか。

あ。

「……『満開の桜の下で食べると、いつもと同じ海苔弁当でも百倍うまい』で、どうかな！」

会心の出来だ。我ながら言い得て妙だと思う。伝わっただろうか。

リチャードの顔色をうかがう。美貌の宝石商は、俺の顔を見たまま固まっていた。何だろう。俺が首を傾げると、ぐるんと音がしそうなほど勢いよく首をまわして目を背ける。

「リチャード？　どうした？」

「……私は別段、そういった理由を、言語化してほしかったわけではない」

「あ……『申し開き』って、『説明』って意味じゃないんだな……？」

「もういい。あなたを説得しようと思った私が愚かだった。食べなさい」

「えっ？　今のでＯＫ？　申し開き、ＯＫだった？　バイトは継続で」

「それ以上奇妙な言葉をひねりだす前にその粗忽《そこつ》な口の中にケーキを詰め込め。速やかに」

「はい」

俺がしおしおとソファの向かいに腰掛け、向かい側をあまり見ないようにしながらケーキを食べ終えた頃、リチャードは何気なく、来週もよろしくお願いしますねと言った。ありがたい。さしあたり俺の雇用は守られた。奇妙な縁で手に入れた職だが、俺にとってこの店は、とてもありがたい場所なのだ。

いつやってきても満開の桜が咲いているような。

そういう場所を、ありがたいことに俺はまだ、失わずに済んでいる。

20 お祝いに寄す

特別な記念日のプレゼントとしてジュエリーを贈る方は、案外多い。

まだ数週間のアルバイト経験ではあるが、ジュエリーを渡しながらプロポーズという案件にも、既に一件、遭遇している。店主曰く、それほど珍しいことでもないらしい。店員が少なく、ひとめを気にする必要のない店の雰囲気も手伝っているのだろう。もしかしたらジュエリーを受け取って、店外でプロポーズという流れになったお客さまもいるのかもしれない。店員の俺が目にしているお祝いなんてほんの一部であるはずだ。プロポーズだけではなく、付き合い始めて五周年のお祝い、初デート記念、結婚十周年など、お祝いの理由はさまざまだった。

でも一番目立つのは、やはり誕生日だ。祝いやすい記念日という感じがする。

しかし。

「なありチャード、かなりひねくれたことを言ってる気はするんだけどさ」

「ええ」

「……どうして誕生日って、お祝いをするんだろうな」

などと言ってはみたものの。

そんなことは、まあ、考えるまでもなく。

誕生日がないというのは、そもそも誕生していないということだ。

自分自身の存在がなければ、嬉しいも楽しいもなく、祝うことすらできないのだから、そりゃあもう祝うべきことだろうと、頭では理解できるのだが。

そんなにめでたいだろうかというのが、俺個人の正直な感想である。憲法記念日とか敬老の日とか文化の日であったら、こういう理由でめでたいので祝いましょうねという気持ちをまわりの人と共有できるのでわかりやすいが、誕生日というのは、ものすごくパーソナルなお祝いで、かつめでたい理由が他人と共有しにくい。

だからこう、何となく、一抹の気まずさを感じる日ではないかと、俺は思う。あくまで個人的な意見だ。


お客さまがお帰りになり、次のお客さまがやってくるまでにはまだ間があるという店の雰囲気が、俺にいらないことを喋らせたらしい。

美貌の宝石商のお返事は、含み笑いだった。目があまり笑っていないが、ふっふっふという、狐がふさふさの尾をゆらすような音が漏れている。

「祝うべき理由が共有しにくい、ですか」

「ああ、いや何でもない。や、何でもないってわけじゃないけど、あんまり気にしないでくれよ。こういうのはきっと後付けの理屈だな。そんなこといちいち頭で考えてるわけじゃないと思うよ。ただ」

俺にとっては、何となく祝いにくい日である。

そもそも俺の家は、母のひろみが再婚するまでは、シングルマザーの腕一本で支えられていた家だ。忙しいという言葉で彼女の生活を描写するのは、ひろみにも『忙しい』という言葉にも申し訳ない気がする。

連戦を続ける武者のような看護師生活の中でも、彼女は俺の誕生日には、それはもう鬼気迫る勢いで休みをもぎとって、高価ではないもののうまい手料理や甘いものを食べさせてくれたのだが、正直そこまでして祝ってくれなくていいという気持ちでいっぱいだった。

国民の祝日と違って休みがとりやすいわけでもない。一日休むとその前後にしわ寄せがゆくことは、子どもにだってわかるものだ。本当にそういうのいいからという気持ちであったが、ありがたいことにひろみも頑固な人なので、中学校三年までは問答無用で俺の誕生日を祝ってくれた。高校からはどこか、気が抜けたような雰囲気もあり、俺もあまり気にしなくなったが。きっと俺の背丈が彼女の背丈を追い抜いてしまったせいもあるのだろう。

奇妙なものだ。銀座にいるのに、小さな子どもの頃のことなんか思い出している。

ただ、のあとに続ける言葉を探したものの、適切に言いつくろうことができず、俺はあいまいに、下手な愛想笑いを浮かべて見せた。

「ただ……何でだろうな？　考えるとわからなくなるよ」

ははは、と俺が笑うと、赤いソファに腰かけた宝石商は、あまり口を動かさず、喋った。

「お茶」

ははあー。店主とバイトの会話である。仰せの通りに。こういう時に話題を切り替えてもらえるのは本当にありがたい。二つ、という追加オーダーが入ったので、二人分お茶を準備して、お盆に載せ、エトランジェのガラスのローテーブルの上に置く。

まだ温かいロイヤルミルクティーで一服してから、スーツの男はさて、と前置きした。これは何かが始まる気配だ。

「正義、人はなぜ、特別な日を祝いたいと思うのでしょうか」

「え？」

思っていたよりも、あっけらかんとした話だった。それは、質問文に答えが入っているじゃないかという指摘で、決着をつけてしまってよいのだろうか。

「それは、『特別な日だから』じゃないのかな」

「素晴らしい。今日のあなたは冴えていますね」

「いやあ、それほどでも！　って言えばいいのかな、それともツッコミ待ちか？」

「お好きなように。あなたの呼吸が少しずつわかってきたように思います」

これもまたありがたいお言葉である。もともと俺は、テレビ局の夜勤で雑魚寝をするアルバイトなんかしていた人間である。控え目に言ってむさくるしかった。

宝石店の呼吸を学びたいとは思っているものの、そうそう切り替えられているとも思わない。それでもまあいい、こっちで何とかするからと、小さく言ってもらえた気がする。まあ俺も頑張らなければならないのだが。

どうもと目礼をしてお茶を一口飲むと、リチャードはまた、微笑を浮かべた。目が優しい。この青い瞳が俺は好きだ。海の色と空の色の間くらいの淡い色合いで、あんまり見つめていると、ふっと魂が抜けてゆきそうな気がする。美しすぎるせいだろう。

「そもそも、順序が逆です」

「逆」

「祝いたいから、特別な日なのです」

「おお」

わかったようなわからないような言葉である。つまり？　と首を傾げて補足を待つと、リチャードはまた微かに笑った。

「たとえばあなたに、『この人と出会えてよかった』『できることならば長く関係を維持してゆきたい』と思うような相手ができたとして」

「うん」

「嬉しいですね」

「嬉しいだろうなあ」

「自分が大変な光栄に浴していることを確認するために、多少なりとも懐を痛めて、何かを購入したり、あるいは滅多に食べられないものを食べたりしたくなるかもしれません。そして、そういった一連の行動に、できることなら名前をつけて、カレンダーに書き込んでおけるような形にしたくなるかもしれません」

「そうか、そういう行動が『お祝い』になるってことだな」

「その通り。そして誕生日は、とても祝い勝手のよい祭日です。何しろその人間を大切におもっている相手にしてみれば『あなたが生まれてきてくれてとても嬉しい』『ありがとう』という気持ちをストレートに伝えられる日になるのですから」

「そ、そんなこと言われたら照れるだろうな！」

「確かに、日常生活の中であれば、どこかにいらっしゃる褒め殺しの達人でもない限り、赤面することもあるやもしれません。しかしそれが誕生日でしたら『そういう日ですから』で済むかもしれません。凡人には得難い機会かと」

「褒め殺しの達人？」

何でもありません、とリチャードは頷いた。心なし仏頂面であるが、それでもやはり端整な顔立ちである。溜め息が出そうだ。

しかし、祝いたいからこその祝日、覚えておきたいからこそのお祝い、という発想はなかった。確かに順序が逆かもしれない。

嬉しくて嬉しくて仕方がなかったら、たとえ記念の品や食事に割く予算がなくても、スキップしてジャンプくらいはしたくなるかもしれない。それもまた『お祝い』の一種だろう。

何だかそんなことをもちゃもちゃと呟くと、金髪碧眼の宝石商は、どこか学校の先生のような笑みを浮かべた。

「エクセレント。論理的な類推能力に光るものを感じます」

「そんなこと褒められるの初めてだよ。おそれいりまっす！」

「おそれいります、と発音なさい。より丁寧に聞こえますし、照れ隠しをしていることもばれません」

「うわ、そこまで言うか。図星だけどさ。はい、気をつけます」

「よろしい。あなたのそういう真っすぐさを、私はとても買っていますよ」

リチャードの微笑みには不思議な力がある。いつまでも見つめていたいような美しさをまとっているのに、その裏側に、何か俺には見えていない感情がもう一層、あるような気がしてしまうのだ。これがいわゆる『謎めいている』ということなのだろうか？　わからない。ただレースのカーテンの向こうに、知っているような知らないような人影が見え隠れするようで、少しどきどきする。いずれにせよ美しい影なのだろうとは思うけれど。

失礼にならない程度最大限見つめてから、ありがとうございますと俺が頭を下げると、宝石商はもう一口、俺のいれたロイヤルミルクティーを飲んでくれた。最近はもう、味に迷うこともなくなった。

青い瞳の中に、微かに愁《うれ》いのような影がよぎる。

リチャード？　と名前を呼ぼうかどうか迷った。だが俺が口を開く前に、宝石商は口を開いた。

「それに、祝える時に祝っておくというのも、生活の知恵です。『この人と会えてよかった』『関係を維持していたい』と思う相手ができたとしても、必ずしもそれが叶うとは限らないのですから」

ほんの一瞬、眼差しがブレて、俺を見ているようでどこか遠くを見ているような、何とも言い難い光を放ったが、これは見なかったことにしよう。

それはいわゆる、日本人のお得意の、無常観というやつで、中学で暗記させられる『風の前の塵のごとし』というやつだなと、俺が腕組みして告げると、宝石商のリチャード氏は、美しい白い頬をくっと持ち上げ、にっこりスマイルしてみせた。美しいが怖い。何だろう。

「風の前の塵に同じ」

「えっ」

「塵のごとし、ではありません。平家物語は盲目の演者によって朗読される音としての側面を持った文学では？　せっかく豊かな文化をたくわえた国に生まれたのです、正確に覚えなさい」

「……けっこう細かいな？」

「宝石商ですので。一カラットは重さにすれば〇・二グラムですが、宝石の世界では命をわける違いです」

「物騒なたとえだなあ。お前やっぱり、隠れ日本人だよな？　義務教育六年間受けてるんじゃないのか。現代文と古典が大好きで、図書館の資料を読み漁ってたタイプじゃないのか？」

「日本の古典の一部に通底しているからといって、日本の教育を受けたと考えるのは、些《いささ》か短絡的に過ぎる上に、文化の相互理解に対する侮辱では？　あなたももう少し、文化に対する間口を広げてみては？　お望みであれば多少のお手伝いは厭《いと》いませんよ」

「……じゃあ、学期末のレポートなんかで、困った時に少し」

「ナンセンス。古典を読む楽しみは、学習機関で一定の評価を得るためだけではないでしょう。視野を広く、高く持つべきですよ、中田正義さん」

「おそれいります、リチャードさん」

「おや、先ほどより知的な発音になりました。グッフォーユー」

ありがとうございますとお辞儀をし、そろそろおかわりを持ってくるか、茶器を下げようかと、俺は腰を浮かせた。下げてくれというハンドサインに頷き、俺が台所スペースに引っ込もうとすると、リチャードは去り際に声をかけてきた。何だろう。お茶菓子だろうか。

「ところで、今日は土曜日ですが、勤務のあとはお暇ですか？　それとも何かご予定が？」

「え？　予定はないけど、研修とか掃除とか？」

何かあるのだろうか、何時間くらいだろう、残業手当はつくのだろうか、その場合いくらくらいもらえるのかと、俺の頭はさっそくみみっちいことを考え始めたが、美貌の店主の提案は斜め上だった。

「では、食事をしませんか」

「……今日、終業後にってことか」

「あくまでお時間があればですが。すぐそこに資生堂パーラーという建物があります。三階がカフェ、四階がレストラン」

すごく高級なところだよな、と俺が確認すると、リチャードはちょっと複雑そうな顔をして、それはあなたのイメージする高級の定義によると言ってくれた。ありがたいお言葉であるが、高田馬場を拠点とする男子大学生としては、ボローニャ風ドリアより高価な食べ物は一律『高級』である。間違いなくドンピシャで高級な店だろう。

割り勘をせがまれるとは思わないが、不安はよぎる。


大丈夫なんだろうか。この人の羽振りがいいのはわかっているが、何の裏もないと十割断言できるほど、手の内を知り尽くしているわけでもない。

どうぞお気遣いなく、俺はめちゃめちゃよく食べるので、そういう高級なところよりファミレスのほうが合ってる気がするし、と謙遜すると、リチャード氏はフムと鼻を鳴らした。何だその声は。コスプレ史劇ドラマに出てくる、ちょっと意地悪な執事さんのような声色だった。

「ナイフとフォークの使い方は？」

「……右がナイフ、左がフォーク」

「握り方は」

「そ、そこまで決まってるのか」

俺の返事は何でもない確認のつもりだったのだが、リチャード氏はその返事を聞くと、何故か懐から携帯端末をとりだし、どこかに電話をかけはじめた。流暢な日本語で、ディナーの予約を取り始める。二名。

回線が途切れたあと、青い瞳はきろりと俺を見た。

「ナイフとフォークをいかに握るべきか、あるいはいかに握るべきではないか、よい機会です。確認しに行きましょう」

「……蹴り出されなかったら御の字ってレベルの手際だと思うぞ。本当にいいのか」

「あなたは私をしつけの教師か何かと勘違いしている。それほど格式の高い場所とは思いません。ただあの場所での食事が、私は気に入っておりますし、あなたの口にも合うと思ったからこそ、こうして誘っているだけです」

加えて誰しも、みんな同じように、最初は初心者だと。

わからないことをわからないと言われただけで腹を立てるような人間だと思われているなら心外なので、そうではないことを証明しましょう、とも。

何でもないことのように、美貌の男は付け加えた。

ことさら優しい顔をしなかったのは、多分俺のプライドを尊重してくれたのだと思う。お客さまを相手にしている姿を横から眺めているとよりわかりやすいのだが、こいつのこういう顔の使い分けの器用さには、舌を巻くばかりである。しかしそういう商売道具のようなものを、バイトにまで使ってくださらなくても構わないのだが。

「わかった。ごちそうになります。テーブルマナーの他にも、わからないことといっぱいありそうだけど、そのたび指さして笑ってくれていいからな」

「初心者を笑うのはただの愚か者です。自分が生まれた時から大人であると錯覚しているような大人になることだけは、どうにか避けたいものですね。あなたもこれから、いろいろなお祝いの席に招かれることもあるでしょう。何かの助けと思いなさい」

「本当に気を使ってくれなくていいからな……！」

そんなわけで、俺は銀座七丁目に毅然としてそびえたつ赤い資生堂ビルのエレベーターにのりこみ――おやつのおつかいで訪れるのは一階のみである――鏡張りのエレベーターに挙動不審になりながらもレストランフロアへあがり、お待ちしておりましたと給仕さんに迎えられた。おそれいりますの発音の勉強会のようになった。

ナイフ、フォーク、白いナプキン、テーブルクロス、金の椿の模様が入ったお皿。きびきび動くフロアスタッフ。明るいオレンジ色の照明。

いいところだ。

人が誰かを大事に思う気持ちや、何かを大切に――たとえば宝石のように――とっておきたい、祝いたいという気持ちをインテリアにしたら、こんな風になるのかもしれない。

俺は少しだけ声を潜めて、向かいの椅子にかけた男に囁いた。

「これもこれでお祝い、なのかな」

「あなたがそう思うのならば、そうでしょう。気持ちの問題です」

そういえばさっきそんな話をしていた。

今の俺はうきうきしている。楽しい気分だ。今日のことは忘れないと思う。目の前にいるのは俺に親切なバイト先の上司で、これから食べるごはんは間違いなくうまい。それは確かだ。

確かにこれはお祝いだろう。でも。

「何を祝ってるんだろうな?」

苦笑してしまう。しかしリチャードは、案外真面目な顔で、お返事をしてくれた。

「では、あなたと初めてここに来た記念、というのはいかがです?」

「そのまんまだなあ」

「ナイフとフォークの使い方を学ぶ記念、よりはましでしょう」

「ありがたいけど、『初めて来た』がお祝いになるのって、これからも二人で頻繁《ひんぱん》に来る場合限定だよな」

それは確かにと、美貌の宝石商は愛想のない顔で頷いた。

その時俺は、この男は本当に優しいやつなんだなと思った。

宝石店エトランジェのアルバイトは、言ってはなんだが、かなり割がいい。お茶くみと掃除とその他もろもろのおつかいで、もらっていい金額なのかと、時々罪悪感が湧くほどにありがたい。

できることなら、続けたいバイトではある。

安全だし、きつくもないし、接客にはまだまだ磨きをかけなければならないだろうけれど、リチャードと話すのは楽しい。そして俺は宝石が好きだ。決して要領のよくない俺が、学業を尊重するためにも、ありがたすぎるバイトである。でもそれは俺の都合だ。

もっといい人材が見つかったから明日から来なくていいと言われたら、まあそれまでだろう。

そこまで露骨な切り方をする男とは思っていないが、人にはいろいろな都合ができるものだ。今はなくても、今後できるかもしれない。

そういう可能性を、無責任に「そんなことはない」などと言い切らず、ぬか喜びさせない優しさは、人間のもちうる優しさの中でも、かなり最上級に誠実なものだと思う。

ありがとうございますと、今回の食事に対して感謝している風に見せかけて、俺はリチャードに頭を下げた。ありがとうございます。こいつとお客さまのやりとりや、俺にかけてくれる言葉を見るにつけ、もっといい人間になりたいと思う。投げっぱなしの願いのようなものだが、リチャードという男は現実の存在として俺の目の前にいる。現実味のない美貌の持ち主ではあるが、優しさだったら、俺にも真似できるかもしれない。

難しいことだろうと、わかってはいるのだが。

でも、できるかもしれないと思わせてくれることが、しみじみと嬉しい。

これもまた、全ては気持ちの問題だ。

「さて、オーダーは決まりましたか」

「決ま……いや、決ま……ううん、決まりそうなんだけどな、迷うぞこれ。なあ、おすすめは？」

「ストロベリーパフェ」

「ん？　それは最初に頼むものじゃないよな」

「何でもありません。間違えました。気にしないように。どれも美味ですよ」

迷いに迷って俺はカレーを注文し、何故かリチャードに笑われ、まあいいでしょうと言われ何かを許された。意味が理解できたのは、カレーが運ばれてきた時だった。

スプーン一本で用が済んでしまう。

ああっ。

これは、渾身《こんしん》のボケではなく、本当にカレーが食べたかったからで、そんなにナイフとフォークが使いたくなかったわけじゃないんだと、俺はひそひそ声で訴えかけたのだが、そのたびリチャードが口元を微妙に振るわせて「わかっています」と言うので、それ以降は無言で食べることにした。

ナイフとフォークの記念日は、またの機会にしようとリチャードは言ってくれた。つまりまた一緒に食べにこようということだ。本当にうまい食事だったし、雰囲気も最高だったし、何より俺があわあわしていても店の人も周りのお客さんも誰も気にしないでくれたところが最高だったので、本当にまた行けたらいいなあと俺は無責任に言ってしまった。

　そして果たせるかな、その翌週の土曜日の夕食も、俺は真っ赤なビルディングの四階で食べることになったのだった。


　勤続が一年を超えた今でも、俺はしょっちゅうリチャードと一緒に赤い建物を訪れているが、大体俺がオーダーするのはカレーとオムライスで、どちらもスプーン一本で用が足りてしまうため、『ナイフとフォークの握り方を仕込まれた記念日』は、今のところまだ、来ていない。いつかそういう日が本当に来るだろうか？　わからない。毒舌でずばずば言われるだけかもしれないので、もしそんなことがあったら、相当心を強く保っていなければ乗り切れないだろう。

　でも少しだけ、本当に少しだけではあるのだが。

　そういう日が来ることを、心のどこかで楽しみにしている。

21 ムーンケーキの季節

「中秋なのにこの眺め、新鮮ですね！」

　あははは、と笑いながら、快活な女性のお客さまはエトランジェをあとにした。広東語《カントン》、つまり香港《ホンコン》の言葉と日本語が一対一くらいの割合で入り混じる会話は、俺にはよくわからず、ほぼリチャードが一対一で接客にむかっていたが、時々俺のほうを見てニコッと笑ってくださる、愛想《あいそ》のよいお客さまだった。ハスキーボイスで、ワンレングスのアッシュブラウンの髪はつやつや、体はモデルさんのようにすらりと細長い。

　彼女が見ていたのは、ムーンストーンのジュエリーだった。

　ルース、つまりまだ身に着けられる形にはなっていない裸石を扱うことが比較的多いエトランジェには珍しく、リングやブローチ、ネックレスの形になった作品を、彼女は一つ一つ吟味《ぎんみ》して、最終的にブローチをお買い上げになっていった。あらかじめ彼女が、そういうものを見たいとリチャードにオーダーしていたらしい。

　青い燐光を放つ、ミルキーな味わいの石は、『女性的な魅力』なる石言葉をもつジュエリーにはぴったりのたおやかさで、彼女は持参していたブランドのスカーフを、新品のブローチでとめて、颯爽と店を出て行った。

「ふう」

　俺は短く溜め息をつく。休憩時間だ。俺は彼女が差し入れてくださったおみやげの箱を店主に示し、これを食べるかと尋ねる。包み紙に書かれている名称からしてお菓子だろう。エトランジェ名物の菓子棚には、例によって秋季限定の甘味がひしめいているが、いただきものには特別な魅力がある。

　男らしいとも女らしいとも言い難い、しかし圧倒的な輝きを放つ、美貌の中立地帯のような男は、俺のことを上目遣いに見ると、ふっと笑った。

「あなたにはこれが、何だかわかりますか？」

「え？　お菓子だろう。それとも何か、特別な意味があるのか」

「それはそうですが」


　ムーンケーキ、と。

　リチャードは口に出した。俺は困惑する。

　だって包み紙には『月餅』と書かれているのだ。

　読み方は『げっぺい』であっていると思う。昔住んでいた家の、近所の和菓子屋さんの値札は子どもに優しい仕様で、全ての品物にふりがなが振られていた。みたらしだんご。みずようかん。おはぎ。そしてげっぺい。

「……ああ、そっか。英語圏ではそういう風に呼ぶんだな。ムーン・モチじゃないんだ」

「日本語の『餅』の英訳は『ライスケーキ』だったかと。それはさておき、香港における『餅』は、もう少し意義のレンジが広い言葉になります。焼き菓子一般を『餅』と呼ぶこともありますし、『ベーカリー』は『餅家』ですよ」

「はあーっ！」

　ムーン・モチって一体、そういえばモチは日本語だったな、などのセルフツッコミが頭の中を乱舞したのは一瞬だった。そういえばリチャードは銀座に来る前は、香港で仕事をしていたという。当時のことを俺は全然知らないが、大陸からお越しのお客さまとも、彼らとは微妙に違う言葉をお話しになる今日のようなお客さまとも、この男は流暢に喋る。そもそも日本のことにだってこれだけ詳しいのだ、むこうの文化にだって親しんでいないはずがない。

リチャードは月餅、あるいはムーンケーキと書かれたボックスの包み紙をするすると破き、中に入っていた缶の蓋をそっとあけた。俺は目を見開く。

鮮やかなピンクや緑、クリーム色や白色の月餅が六つ。

マカロンみたいな色合いである。俺が見たことのある月餅とは、きつね色の和風パイで覆われた、白あんっぽいスイーツの詰まった甘いお菓子だった。表面に中華風の焼き印が押してあるところは共通だが、こちらの印はいやに立体的で、まるで現代アートの迷路か何かのようだ。伝統的なお菓子という雰囲気ではない。スタイリッシュな都会の人が喜んで食べそうな、俺が知っている月餅とは似て非なる何かだ。

「いかがです」

「凝ってるなあ。カラフルだし、食べ応えもありそうだし……日本では、あんまり見かけないな？」

「香港で買ってきてくださったのでしょう。一年を半分ずつ、香港と日本で過ごしていらっしゃるような方ですからね。中秋の名月を祝う習慣は日本でも根付いているようですが、本家本元の祝い方はなかなか凄まじいものですよ……そうですね、個人的な感覚になりますが、見かけ上、一番似ているのは」

美貌の男は言いよどむ。何を想像しているのだろう。

「……バレンタインかと」

「バレンタイン？」

「日本でいうところの、です」

日本のバレンタイン。つまりデパ地下チョコレート戦争だ。あっちもこっちもチョコレート販売に熱心で、ここぞとばかりにチョコの広告が舞う。そういう認識であっているかと俺が確かめると、はいとリチャードは頷いた。なんてこった。

「月餅戦争の時期ってことか……」

「その通り」

その通りと言われても、なかなか想像ができない。

とりあえずお茶をいれてくるなと、俺が一旦エトランジェの厨房に引っ込み、作り置きのロイヤルミルクティーをあたためてきた頃には、リチャード氏は携帯端末を構えて待っていた。

表示されている画像は、いずれも『月餅』のようだ。

たとえば中にバニラのクリームと栗が入っている月餅。

あるいは表面にアニメのキャラクターの顔をつけた月餅。

有名な高級アイスブランドが出している、ポップアートのような絵が描かれた、チョコレートアイスの月餅。もはや月餅の定義とは一体という感である。とりあえず中身のクリームを、何らかの皮が包んでいればOKなのかもしれない。まとめ買いで安くなります、と書かれていると思しき商品説明欄が少し気になる。俺が眉根を寄せていると、美貌の宝石商は肩をすくめた。

「月餅は、お世話になっている方々に配るための品でもあります。バレンタインのチョコのように、日々の感謝を伝えてくれるアイテムとして活用されていますからね。家族はもちろん、友人、取引先などに、何箱も買って贈り合う風景を、この時期にはよく見たものです。古い文化に基づく習慣ですので、このあたりはバレンタインというよりも、お正月や子どもの日の感覚に近いかもしれません」

「お前もそういうのに参加してたんだな」

「無論です」

そして俺は思い出した。さっきのお客さまの去り際の一言。中秋なのにこの眺め。新鮮。『眺め』とは何だ。誰にでも月餅を贈るのが当たり前のシーズンに、甘味の大好きな店主のいる宝石店。

ひょっとして。

「…………香港エトランジェは、この時期、月餅の城みたいになってたりしてな？」

あてずっぽうの一言だったが、リチャードは若干、沈痛な面持ちをして、視線を伏せた。ああ。ビンゴらしい。

洒落《しゃれ》にならない物量戦だったのだろうか。今俺が目の当たりにしているカラフル月餅にしても結構なボリュームである。真空パックの個別包装だし、生ケーキほど足が速いようには見えないが、これを何箱もいただくとしたら、一体どうやって消費すればいいのか。

月餅シーズンなどというからには、もらっていない人におすそ分けというのも難しそうである。何しろそこら中の人が交換会をしているのだ。それこそ女子高校生のバレンタインデーのように。

「…………頑張りました」

「お、おう」

俺には『月餅を消費するのを頑張りました』とは聞こえなかった。むしろ『食べたあとの体形維持を頑張りました』だろう。この男は白鳥のバタ脚を俺に見せようとはしない。しかし食べまくっても大丈夫なように、運動はしているし計算もしていると、随分前に教えてくれたのをよく覚えている。そうでなければ毎週末、こんなに情け容赦《ようしゃ》なく甘味を消費できるはずがない。いまのところ駄菓子屋やコンビニスイーツの類を食べているところは見たことがないが、この甘味大王は出されたものならばきちんと平らげるのだ。それはもう幸せそうに。礼儀正しいこの男はおおっぴらに感情をあらわにするタイプではないので、微妙な表情の変化とはいえ真珠のまろやかな輝きにも似て、観察を重ねてくると今の幸せ度は十段階評価でいうと八くらいだな、いや七くらいか、などと勝手な評価を許すようになってくれる。ともかく嬉しそうな顔をする。俺はそれを見るのが好きだ。だからいつまでも食べていてほしくなってしまう。

健康管理上の観点から考えれば、危険極まりない話だ。

まあ、本人が頑張っているというのだし、今のところは、いいか。

「いつまで立っているのです。あなたも座って食べなさい」

「へいへーい。じゃ、ご相伴に与ります」

リチャードのためにティーカップを置き、いそいそと自分のものを用意して戻ってくると、美貌の男は居住まいを正していた。

俺が対面の席に座ると、頭を下げる。何だろう。いや、そうか。月餅は日々の感謝を伝えるためのツールだという。そういうことか。

「いつもお世話になっております」

「いえいえ、俺のほうこそ。お世話になりまくっております」

「そこは敬語で返すのが順当かと」

「た、大変申し訳ございませんでした。日々お世話になっております」

「今後ともよろしくお願いいたします」

「こちらこそ、よろしくお願いいたします……オッケー？」

「まったく、しまりませんね」

顔を上げ、少し困ったような顔で笑った男は、オーケイと本場の発音で応じてくれた。

いただいた月餅の箱の中から、リチャードは緑色の、俺は濃いピンク色の月餅をとる。袋を開けて、分厚いムーンケーキを真ん中からぐわっと割ると、中のクリームが露出した。カスタードの中に、ルビー色のジャムが見える。二層構造のクリームだ。

かぶりつくと、イチゴでもブルーベリーでもない甘酸っぱい味がした。ラズベリーか、カシスといったところだろうか。この店でアルバイトをしていると舌が肥える。

「うまいなあ！　クリームパンとも生ケーキとも違うし、ちょっとだけ懐かしい感じで、これ新鮮だよ。パッケージもきれいだし、ついつい買いたくなりそうだなあ」

「……その通りです。ついつい買いたくなりますが、月餅はいろいろと難しいお菓子です。何せばら売りをしていません」

「え？　そうなのか？」

頷きながらも、リチャードはどこかひとりごちるような口調で続けた。この男は食べながらは喋らない。小さめの一口で、丹念に咀嚼《そしゃく》して呑み込んだあとに口を開く。

それは贈答用に使うものだからかと、箱入り複数個詰めの月餅を横目に俺が尋ねると、美貌の男は、どちらかというと『お世話になった人と一緒に食べる』という感覚が強いからだと告げた。

甘いものの好きなおひとりさまには随分厳しい売り方かもしれない。

「……あなたが香港に赴く姿はあまり想像できませんが、仮に『一緒に月餅を食べませんか？』と、この時期ベーカリーの近くで誘われても、ほいほいついていってはいけませんよ」

「あー、そういうナンパがあるわけだな。このシーズンには」

「ええまあ。月餅のシーズンに慣れた人間は、そう長い間ショーウィンドーを眺めるようなことはしません。見ているだけで、多少悪目立ちします」

悪目立ちしていようがいまいが、もだもだしているのがこの男だったら、誰でも声をかけたくなってしまいそうなものである。本人の迷惑など考えもせず。そのくらいの魔力の持ち主なのだ。大して長い付き合いでもない俺にも、そのくらいはわかる。一番それを知っているのは、リチャード本人だろう。

お菓子一つ食べるにしても、そういうことがあるのは、何だかいたたまれない話だ。

「じゃあ、今度からそういう時には『よく食べる大学生があとから来ますので』って断ればいいよ。電話で呼んでくれたら、俺、そっちに行くからさ」

「……あなたが香港まで？　高田馬場からは随分と長大な道のりですね」

「方便って言うだろ、『連れがいますので』ってさ。でも待ち合わせ場所を教えてくれるなら、ちゃんと行くぞ。一日くらい遅刻するかもしれないけど」

その一瞬、美貌の男の瞳の奥に、不思議な影が宿った。何だろう。ムーンストーンの青いゆらめきとは違う。こいつの瞳は時々万華鏡のようで、眺める角度によって全く違う輝きを宿しているように見えるのだ。目の錯覚と言われればそこまでの感傷かもしれないが、メラニンの分泌で、『目の色』は本当に『変わる』ともいうし、あながち俺の見間違いではないのかもしれないけれど。

「……あなたの言葉は、時々冗談なのか本気なのか、よくわからなくて困ります」

「あっ、ごめん。全部本気のつもりなんだけどな。俺、自分では考えてるつもりなんだけど、よく考えないでものを言ってることもあるらしいから」

「それを『全部本気』と言うのも、なかなか若者らしいことですね」

少しだけ棘《とげ》のある言葉に、それは『なかなかいい気なものですね』という意味かなと俺は思った。調子がいいんだよ、と。

でも日本から香港なら、確か飛行機で三時間だか四時間だか、そんなに大した距離でもないし、俺は一応パスポートも持っているし、無茶な話でもないとは思う。でも、ううむ、ちょっと遠いだろうか。こういう感覚は難しい。

とはいえそんなことを問いもできず、俺は苦笑いを返した。ティータイムが終わり、食器を片付け、再びエトランジェの応接間に復帰したあと、俺は極力、どうでもいいことを思い出したような口調で声をあげた。

「そういえば」

ひとつ気になったことが、と俺は尋ねた。

「……差し出たことかもしれないんだけど、さっきジュエリーをお買い上げになったお客さまって」

「最初に香港でお会いした時、彼女は『彼』でした。ご存じないかもしれませんが、タレント活動も盛んな方です。特に隠してもいません」

「ああ」

やっぱりか。モデルさんのような長身と、ナチュラルだが隙のない化粧、そして少しだけ太い声。ひょっとしたらひょっとするのではと思っていた。やたらと格好いいからだ。別に『かっこいい』イコール『男』なんて簡単に結べるような世の中で暮らしているとは全く思わないが、彼女の美しさはなんというか、エトランジェの中でも外でも、あまりお目にかかったことがないものだった気がする。

笑顔のまぶしい人だった。

そして細やかに気遣いをしてくださるお客さまだった。

完全に俺のフィーリングの話ではあるが、ルビーやトパーズのような、パキッとした色合いの石がはまりそうなああいう人が、ムーンストーンのジュエリーをつけていたら素敵だろうなと俺がいうと、そうですねとリチャードは請け合ってくれた。


俺があまりにもうまそうに食べたせいか、リチャードはもう一ついかがですとムーンケーキをすすめてくれた。今度は白いものをいただく。うまい。視界の端にはまだ、ムーンストーンのジュエリーが鎮座している。青い光を放つ石と、この月餅とはまるで違うものではあるが、いずれも『月』に属するものだという。

丸くて甘くて、おいしくて、きれい。

そういう漠然としたイメージくらいなら、共通点もあるか。

俺の眼差しは何となく、目の前にいる上司の前で焦点を結んだ。

「………何か？」

ぱしぱしと瞬きをした男に、特に言うほどのことでもないけれど、今日もお前は変わらずにきれいだと思っていた、まるで月みたいに、と俺は忌譚《きたん》のない意見を告げた。美貌の男はもう三回ほど、ぱしぱしぱし、とまばたきをしたあと、ふっと鼻を鳴らした。

「それはどうも」

俺は無言で頭を下げた。美しさの前に人は謙虚になるという。本当にこれが謙虚な態度かどうか俺には自信がないのだが、ドヤ顔をしている時のリチャードの前で、あれこれ言うことは無粋だ。無意識レベルで口をつぐみたくなる。本人もそれがわかっているようで、お客さまがいるような場所では、滅多にこういう表情はしないのだが、時々俺が珍妙なことをいうと、こういう間が生まれる。恐縮のターンだ。

「……今夜は中秋の名月だそうですが、あなたにとっては一足早いお月見といったところでしょうか」

「え？」

間髪《かんはつ》いれず、何でもありませんと言いながら、美貌の男は再び月餅をかじりはじめた。

月といえばウサギがつきものだが、そうして一心不乱に食べているると、何だかウサギがキャベツをかじってるようにも見えるぞという言葉は、俺はきちんと呑み込んだ。これは伝えるべきではない。ひとりで胸の内側にしまっておけばいい言葉だ。ムーンケーキが懐に抱く、甘いクリームのように。

22 空港にて

こんにちは。

相席よろしいですか。込み合ってきたみたいで。

そんなに長居はしません。コーヒー一杯で立ち去ります。

どうも。

さすがにこの時期になると、この地方も少しは冷えますね。あなたもここで乗り換えですか？　ああ、ドイツからの帰り道ですか。羨ましい。お住まいがシンガポールなら、もう目と鼻の先ですね。

それ、アドベントカレンダーですか。

お嬢さんへのおみやげ。なるほど。おいくつですか？　八歳。可愛い盛りでしょうね。ははは。このメーカーは知ってますよ。チョコレートの老舗だ。いいお店を選びましたね。全部食べられる日がきっと待ち遠しくなります。

え？

これが何だか、ご存じないいんですか？

ご存じないのに買ったんですか。

ああ。確かにこれは『箱詰めのお菓子』ですし、『お子さまのクリスマスのおみやげにぴったり』って薦められてもおかしくない。間違っていませんよ。

ただ、ちょっとだけ食べ方が特殊なお菓子なんです。

この箱詰めのお菓子はですね、イエスさまの誕生日を指折り数える、カウントダウン・カレンダーなんです。

大きなパッケージの表面に、１から24までの数字の入った扉があるでしょう？

十二月になったら、これを一日に一つずつ食べるんです。日付に対応する数字のついた扉をあけて、毎日、毎日。一つ一つの扉ごとに、違うかたちのチョコレートが入っているはずですよ。星とか、そりとか、クリスマスツリーとか。毎日開けるのが楽しみになるように。

そうだ、お子さんはおひとりですか？　ふう、安心しました。子どもがたくさんいる家庭なら、子どもたちの人数分贈るのが定番ですからね。

何のためにそんなことをって、まあ、ヨーロッパの古い風習の名残りですね。

でも確かに、どうして一気に全部食べちゃいけないのか、「体に悪いでしょ」以外の言葉で、合理的に説明してもらったことは、確かに一度もないな。

僕？

ええ、僕の家でも、昔はそういうことをやっていましたよ。古風な家柄でしたからね。

お子さんがひとりで本当によかった。

コーヒーが切れましたね。まだお時間ありますか？

無駄話でもしましょうか。

マシュマロ実験って知っていますか？　心理学の実験です。三歳くらいの子どもを、監督官の大人が誰もいない個室に連れていって、マシュマロのお皿の前の椅子に座らせる。他に人はなし。そして「私は今から用があっていなくなるけれど、このマシュマロを十五分間、食べずにとっておけたら、あとでもう一つマシュマロをあげる」って言いおいて、部屋にひとりきりにするんです。

子どもの目の前にはお皿に乗せられたマシュマロが一つ。

部屋には他に誰もいない。実験なので、監視カメラはありますけどね。

おちびちゃんはマシュマロを食べるか、我慢できるか。

三分の二の子どもはマシュマロを食べます。それはそうですよね。でも三分の一の子どもは、十五分間我慢できるんです。見てるほうが苦しくなるような葛藤を全身で表しながらね。実験のビデオ、動画サイトで公開されていますよ。ああいうの見るの好きなんです。いいえ、僕の仕事は金融関係なので、そういうことではなくて。こっちは純粋な趣味です。

この実験は追跡調査がふるっているんです。ここでマシュマロを食べずにとっておけた子どものほうが、食べてしまった子どもに比べて、学力テストで高いスコアを得ていることが多い。成人後の収入額も有意に差がある。

自制心の有無こそが、その人間の将来を決める、ってことですかね。

己を律する心のないやつは将来が心配だ、とも言えるかな。

いいえ、僕には子どもはいません。気ままな独身です。

僕の家のクリスマスですか？　大したことはなかったと思うなあ。

うちには子どもが、僕をいれて、三人いましてね。全員男です。僕が真ん中。上下にひとりずつ。

アドベントカレンダーも人数分ありましたよ。ちょっとしたルネサンス絵画くらいの大きさですから、十二月の間は、三人分クリスマスツリーの近くに立てかけてありましたね。食事のあと、みんなで決まった時間に食べるんです。他にも人がいるところでね。家族とか、お手伝いさんとか、あとはお客さまとか。なんだかパフォーマンスをさせられてるような気分でしたね。

兄弟の中でひとりだけ、我慢できないと悲惨でしょ？

全員きちんと我慢できたかって？　それはもちろん。僕たちは品行方正な三兄弟でしたからね。何の問題もありませんでしたよ。

　ある一年を除いては。

　一年だけ、壮絶なフライングがありました。

　末のやつがね、初日に扉を全部あけて、二十四個一気に食べたんです。二十四個ですよ。信じられない。

「チョコレートの質は日一日と劣化してゆくものなので、できることならば最もおいしい時に食べるべきだ」とか、真顔で言うんです。お前はまだ六歳だろ、チョコのクオリティなんて気にするなよって、誰か言ってやればよかったのに、あいつは本当に堂々とどうでもいいことを語るから、みんな何も言えなかった。ああ、思い出すだけで笑えてくる。

　それからの二十三日間は、三人で二つのカレンダーの中身を、わけあって食べました。

　毎日誰かひとり、チョコを食べられないんですけど、それを三人でローテーションした。

　いいクリスマスだったな。


　あれって今考えると、クリスマス休暇中のアピールタイムだったんです。

　誰にって、保護者にですよ。自分の成長度をね。

　おいしいものも我慢できます！

　将来のためにがんばれます！

　立派な大人になります！

　当社調べ他兄弟比！　って。


　末の弟は、いわゆる天才タイプでした。何をやってもうまくやる。金勘定もコミュニケーションもうまかった。そういう人間が歩く道って、生命の樹みたいになっているんです。知ってますか？　博物館の進化論のコーナーの壁あたりによく展示されてます。原生生物が今この時地球上にいる生物の形になるまでの、進化のマップみたいなものです。

　枝分かれに次ぐ枝分かれ。どんな場所にも行くことができる。何でも意のまま思いのまま。

　他方、僕の兄は、実直を絵に描いたような人でね。昔からそうだった。要領が悪いわけじゃないんです。でも真面目すぎて、ちょくちょくつまらないことに足元をすくわれてた。休暇の直前に母の大事にしていたお皿を割ってしまっても、うまく謝れなかったり、ピアノの練習が高じすぎて父に叱られたり、散々な感じでしたよ。子どもらしく振る舞うのが本当に下手な子どもだった。

カレンダー事件から何日か経って、そんなに甘いものが好きだったなんて知らなかったよって、末のやつに二人きりの時に話しかけたら、あいつはしばらく何も言わなかった。

そのかわりに何だか、変なことを言ったんです。

『他にどうすればいいのかわからなかった』って。

アピールタイムはアピールタイムだったんでしょうけれどね。

あいつ一人だけ、アピールしたい相手が僕たちと違ったんでしょう。

親に評価されるかされないかなんて、どうでもいい。もっと親しい相手に、仲よくしてほしいんだって、頭を下げるみたいに、ね。

人間関係の構築の時に、自分から相手に対価を差し出すような関係は、健全とは言えません。メリットの提示は、友達じゃなくて取引先にすることです。そういう人間関係は遅かれ早かれ破綻します。むしろ破綻すべきだと思います。そうでなければ一方的な搾取がずっと続いていることになりますから。

マシュマロ実験の結果がどうであれ、どんな風に生きるのかはその人間が決めればいいことだし、横やりをいれるのはナンセンスな話です。

でも僕はあれからずっと——

あれっ、もうこんな時間ですか？　いやあすみません、困っちゃうな、これからトークの仕事が一本入ってて、クリスマスの話をしなきゃいけないんですけど、これじゃ練習に付き合ってもらっちゃったようなものですよ。いやあ本当にすみません。

え？

今の話ですか？

半ばフィクション、半ば真実って感じですかね。

僕に兄弟はひとりしかいませんから。ははは、びっくりしました？

はい。いい兄ですよ。大好きです。

すっかり長居してしまいましたね。やっぱりベトナムのコーヒーはおいしいな。このコンデンスミルクがいいですね。ほろ苦くて甘いなんて、子ども時代を思い出すのも無理ないかな。

お嬢さんによろしく。素敵な休暇をお過ごしください。アドベントカレンダー、喜んでもらえるといいですね。

もし我慢できなくて、先に幾つか食べちゃっても、どうか叱らないであげてください。そのかわりに話を聞いてあげてください。

子どもも子どもなりに、いろいろ考えることがあるんです。

ご縁があったら、またどこかで。


さて、そろそろ成田からの便が到着する頃か。

23
新時代

美しさにも種類があるという。

宝石の話に限れば、簡単なことだ。石の世界は切って分けられる。色で、硬度で、結晶の形で、産出地で、誰かの好みで分類できる。鉱物の分類の視線で分ければ、エメラルドとアクアマリンが、ルビーとサファイアが仲間同士になったりする。

ではこれは？　今俺が目の前にしている、これはどうだろう。

どういう種類の美しさになるのだろう。

「これは……」

「『これは』？」

「なんだか……うまく言えないんですけど……あ、そうだ」

青の時代みたいだと。

俺が口にすると、彼はすぼめた唇に手を当てて笑った。いたずらが成功した子どもみたいな顔である。お行儀が悪いと、俺のバイト先の上司がいたら言うだろう。だか今日この部屋、俺が陣取っているどこかのホテルの上のほうにあるだだっ広い部屋には、俺の他にもうひとりしかいない。

ソファの上に寝っ転がって、テーブルの上の液晶端末をフリックしていたジェフリーさんは、腹を上のほうにむけて笑った。身なりのいいラッコのような姿勢だ。

「きみ、美術史の勉強とかしてたっけ」

「全然ですけど、最近、ちょっと変わった本をたくさん読んでるので……」

「『変わった本』ねえ。選者の趣味がしのばれるチョイスだね。グラビア雑誌とかないの？」

「ハードカバーが多いです。『教養を身につけろ』とは言われました」

「あーあー、悪い癖を出したな。あいつの言う通りに勉強していたら、君は万能の天才になるか廃人になるかの二者択一だからね。どこかで覚悟を決めなよ」

「はあ」

覚悟ってどちらの覚悟だろう。廃人になる覚悟のほうだろうか。万能の天才になれるとは思わない。でもどこまでいけるのか興味はある。

青の時代というのは、よんどころない事情でホテル滞在を続けることになった俺のために、リチャードが大型書店で購入してきてくれた『暇つぶしグッズ』こと大量の書籍の中の一つ、大判の芸術系書籍に載っていた言葉で、たしかピカソの画風の変化を示す言葉だった。俺のピカソのイメージは小学生時代から刷新されず、『たしか本名がめちゃめちゃ長い』『キュビズムという顔面崩壊絵』という非常にお粗末なものだったのだが、この本のおかげで、幼い頃の彼が、絵の天才であったことを知った。俺が一生かけてもたどり着けそうにない境地の絵を、十代のころにピカソさんはお描きになっていたのである。顎が落ちそうだった。だから多分彼はそこで、方向転換をすることにしたのだ。それまで目指してきたものではなく、まだ描いていないものを突き詰めようとしたのだろう。そして彼は『青の時代』と呼ばれる、ブルーを基調としたマリア像などの絵画に傾倒した時代を経て、明るい色合いの『バラ色の時代』に突入し、最終的にはキュビズムを極めてゆく。青の時代は、どこか過渡期の画風のようにも見える。というか図録の余白にそういうことが書いてあった。

うつむいて祈る女性。

寒そうな海辺の景色。

青といったらスカイブルーでもコーンフラワーブルーでも、いきいきとした色合いが山ほどありそうなものなのに、この時代の絵は一律、どこか、寒々しい。人物画にもあまり笑顔がない。つらいことがあったのかもしれない。

そんな風だと思ったのだ。

行儀のいいラッコの姿勢のジェフリーさんは、力なく笑みを浮かべた。

「……ま、否定はしないよ。これは遺言がもう発表されたころの写真だからね」

テーブルの上に置いた端末で、ジェフリーさんが俺に見せていたのは、写真だった。

リチャードの姿がうつっている。

撮影者はジェフリーさんなのだろうが、その時も彼は、今のようにソファに寝転んでいたのだろうか。室内で撮影されたもののようで、瀟洒《しょうしゃ》な部屋が背景に映っているが、アングルが低い。

そのせいで余計に、整っているぶん、やや鋭角に見えるあごの形が目立つ。

見下ろすような青い眼差しも。

時々雪のようにも見える、淡い金色の髪も。

昼の形だけ、どこか少し甘えているようにも見える。ひょっとしたらこの被写体は、写真を撮られると思っていなかったのかもしれない。

遺言というのは、リチャードと彼らの人生を一変させてしまった、例の件のことだろう。発表されてから、決定的なことが起こるまで、幾らか時間があったようだが、その間にも冷たい川に足を浸し続けるような緊張感が、この人たちの間には流れていたようだ。

彼が見せてくれた写真は、この他数枚で、どれもこれも当たり障りのないリチャードの写真だった。いつぞやの飛行機の中で見せてもらったものと幾らかかぶっていて、でも幾らかは初めて見るものだった。にこにこしている子どもの顔の写真は、ほとんどない。俺の上司はどんな時でも完璧に美しいが、『親しみやすさ』を兼ね備えた美ではなかった。不思議なことに幼い頃のものであれば、あるほど、そういう傾向が強いようにも見えた。年を重ねるごとに『うまくなる』笑顔とは、どういう類のものだろう。

写真を見せながら、ジェフリーさんは、俺にそれを分類させたがった。これはきれいですか？　これも？　これはどうかな。こっちは？　彼が何を思って、あとで従弟《いとこ》の雷をくらいそうな写真の御開帳大会を始めたのか定かではないが、あの飛行機の中とは違って、嫌な感じは全くしなかった。

とはいえ俺の返事は一律、ふるわなかった。

きれいですね。

かっこいいですね。

リチャードって感じがしますね。

挙句、服が高そうですね。

これは冷奴に対して「白いですね」「柔らかいですね」「冷たいですね」とリアクションするのと同じだろう。冷奴なんだから白くて柔らかくて冷たいに決まっている。だがそれ以上どう言えばいい。ワインを一口のんだソムリエでもあるまいに、言うべき言葉なんかそうホイホイ口から出てくるものではない。

だがこれだけいい写真を何枚も見せてもらってしまったのだから、最後くらい何か、恰好いいことが言いたい。精一杯の結果が、『青の時代』だった。

うまくいったかどうかわからない。

ジェフリーさんは、ソファの上に身を横たえていたが、手を伸ばして端末をフリックすると、ああ、と呟いた。スライドショーが終わったらしい。

「これが最後だ。この先の写真はない。君の領分になるね」

「……申し訳ないんですけど、俺、リチャードの写真とか、全然持ってないですよ」

「そういうことじゃないよ。それに、スマホの写真だろうが一眼レフだろうが、たかが知れてるよ。人間が持って生まれてきた、高性能のカメラに比べればね」

「でも、記録機能はないですよ」

「馬鹿を言うね。君はちゃんと覚えてるだろう。僕の知らないあいつの顔をたくさん」

だからそれを覚えていてほしいと。

ジェフリーさんは言いながら、姿勢を起こして立ち上がった。ちょうど表情が見えなくなる角度だ。そろそろ帰らなければならない時間なのかもしれない。この面倒見のいいお兄さんは、本当に仕事は大丈夫なんですかと尋ねたくなるような回数、諸事情でわび住まいをしている俺のところに顔をだしては、やれルームサービスだのゲームだのと娯楽を提供してくれる。そして俺が気を使わないように一緒に遊んでくれる。チェスに勝つと彼がちょっと踊ることを知った。多分リチャードも知っている癖だろう。

　この人は本当に、俺の上司のことを大事に思っているんだなと、そのたび何度も思わされた。

「さてと、今度はルームランナーを送りつけますよ。運動不足はいけませんからね」

「このホテル、ジムがあるんですよ。もうしばらくしたらお世話になろうかと思ってます」

「オーケー、じゃあトレーニングウェアだけでいいか。ではお暇させてもらいましょう、中田くん。言うまでもないですが、今日ここで見た写真については、くれぐれも」

「『くれぐれも』？」

「あれ？　今のって誰の声？　中田くんじゃないような……」

　続くオーウ、という声は、どこまでも芝居がかっていた。口上の最中、背後で聞こえた部屋の扉が開く音も、その前に響いたノックの音も、この人はわかっていただろうに。言いたいことをそのまま言う神経は大したものだと思う。そういう図太いところも、やっぱり誰かに似ている。

　腕組みをする美貌の男に向き直り、ジェフリーさんはにっこり笑って俺に手を振った。テーブルの上の端末と、ソファの背にかけていた上着は、そつなく小脇に抱えている。

「お兄ちゃんはここで帰りまーす！　またね！」

「再訪なさらなくて結構ですよ」

「ああー今の日本語は難しすぎてわからないや」

　やかましい声とともに去っていった彼を、俺は手を振って見送った。

　ふっと軽く鼻を鳴らしたリチャードに、不覚にも俺は笑ってしまった。美貌の男が眉を持ち上げる。

「……なにか？」

「いや、何でもない。ええと、また必要な書類を持ってきてくれたんだよな。本当にごめん、迷惑を」

「先日も申し上げたように思いますが、この部屋で『迷惑』『申し訳ない』『ごめんなさい』等の言葉を一度口にするごとに、あなたの課題図書が三冊ずつ増えてゆくことをお忘れなく。さて今回は、ビジネス英会話の本を準備いたしました。電話応対で役に立つもの、メールに役立つもの、口頭で使えるもの。お好きな順番でどうぞ」

「どうせポケットマネーだろ。本当に申し……んっ……！　んんっ、今のなし！」

「喉にものでもつかえたのですか。今何と言いかけたのです？　差支えがなければもう一度」

「申し……もうし、あっ、孟子《もうし》、老子《ろうし》、荘子《そうし》！」

「努力をみとめて及第点にしてあげましょう。公務員試験の教養の出題範囲内でしたね」

「……いつも、ありがとな」

「どういたしまして」

そう言って微笑むリチャードは、一度部屋の外の廊下に戻り、巨大な紙袋を携えて戻ってきた。中の声が聞こえていたから、邪魔な荷物は置いたまま入ってきたのだろう。紙袋の中身は、これから俺の頭の中に詰め込まれるのであろう本と、食料品と、その他もろもろの生活用品だ。一つだけ別にしておかれた紙袋の中身は、考えるまでもない。

申し訳ないという言葉は封じられてしまった。腹をくくって元気に頑張るしかない状況だ。それにしてもちょっと、ほんのちょっとだけ、やることが多い気はするのだが。公務員試験の勉強だけでもかなりあるというのに。

リチャードは俺の微妙な表情に気づいたらしく、唇にやわらかい笑みを浮かべた。

不思議だ。こんな顔、端末の写真の中には、一度もうつっていなかった気がする。

だんだん美しくなる呪いをかけられていると言われても、そこそこ納得してしまいそうな風情の俺の上司は、俺に紙袋をもたせると、ジェフリーさんが飲みっぱなしで去ってしまったコーヒーカップを片付け、彼が寝ていたソファを無駄に二回はたいた。ほこりでも取っているつもりなのだろうか。子どもっぽいジェスチャーだ。

いれかわりに、俺が新しいカップを準備する。

別に置かれた紙袋の中からリチャードがとりだしたのは、布張りの巨大な箱だ。宝石箱――ではない。宝石箱と言われたほうが幾らか信じられそうな箱の中身は、ティーポットなのである。この男は箱をティーコゼーにしているのだ。ペットボトルにいれた瞬間、お茶が死ぬので。

俺の持ってきた二つのカップに、リチャード氏は涼しい顔で、ロイヤルミルクティーを注いだ。銀座エトランジェ直送である。こんなに贅沢なデリバリーは他にないと思う。今からお返しの考え甲斐があるというものだ。

「さて、では一服のあと、進捗を聞かせていただきましょうか。あなたの苦手な統計と立法について」

「こんなに面倒みてもらっていいのかな……あ、今のはネガティブな意味じゃなくてだな」

「ご心配なく、勘違いはしていません。純粋に『面倒ください』という意図が漏《も》れていました」

「そこまで察してくれなくてもいいのに……」

「なにか？」

「なんでもありませーん」

「元気なのはいいことですが、何やら口調に含むところを感じます。では課題図書を四冊に」

「あ、あのさ、競走馬用の餌を食べさせたって、ロバがサラブレッドになるわけじゃないんだぞ」

「ロイヤルミルクティーは人間の飲み物です。どうぞ」

「……はい」

俺は促されるまま、ひとりがけのソファに腰かけ、リチャードは誰かがさっきまで寝そべっていた長椅子の真ん中に、折り目正しい姿勢で腰かけた。無音でお茶を飲む。穏やかな時間だ。そして穏やかな表情だ。

ピカソに限った話ではなく、人間は誰しも変化してゆくものだと思う。ただ有名な人の変化は、多くの人の目につきやすいので、青だのバラ色だのと、分類されているだけなのだろう。俺だってリチャードに出会う前と出会ったあとの自分を、時々自分で同じ人間なのかと疑うような瞬間もある。ありがたいことに、主にプラス方向での変化だと、今は思っているのだが。

では、リチャードは？

この男はどうだろう。

どんな風に変化しているのだろう。

長い睫毛を眺めるように、俺が顔を眺めていると、美貌の男はすっと眼差しをあげ、何か？　と問いかけるような目を向けてきた。淡い青だが、冷たい感じはしない。そもそもさっきクッションをがしがし叩いていた男にそんな雰囲気を感じるほうが無理というものだ。課題図書だって増える一方なのに、それを嬉しそうに増やし続けるメンタリティも、儚《はかな》さだの静謐《せいひつ》さとは無縁だろう。

俺はそれが嬉しい。

「……いや……時代でたとえるなら……今のお前は、何の時代なのかなって」

「は？」

「あ、ええと、説明が長くなりそうなんだけどさ、あー、いや……いいや！　忘れてくれ」

「時代？　私の？」

「ジェフリーさんとちょっと話してただけなんだよ。昔のお前は……あっ、あ！　今のなし！」

「哀れなことです。あなたには致命的に隠し事をする才能がない」

「今日のお茶請けは何かな！　紙袋を開けちゃおうかな！」

「本日のお茶請けは資生堂パーラーの期間限定クッキーです。サクサクとした食感があなたの生活に幸福なひとときを与えるでしょう。彼が、昔の私のことを、なんと？」

　微笑むリチャードの顔の裏に、悪魔の影が見える。全部はけと促す顔だ。しかもそれ以外の選択肢はない。どうする。ジェフリーさんはいい人だ。俺とたくさん遊んでくれるし、彼の明るさに俺はかなり救われている。ここで無残に切り捨てることはできない。できないと思う。できないんじゃないだろうか。もう少し頑張りたい。

　俺は勇気を振り絞り、渾身の笑みを浮かべた。頬が微妙に引き攣《つ》っている気がするが、ご愛嬌だろう。

「………リチャード、今日もバラの花みたいにきれいだな。女王陛下のバラ園全部に咲いてる薔薇の花より、たぶん今のお前のほうがきれいだと思うよ」

「左様でございますか。あなたの言葉も百円ショップで咲き誇るプラスチックの花々同様、大変美しく色鮮やかで、不自然極まりなく麗しいものかと存じますよ。詰めが甘い」

「ダメか……！」

「駄目ですね。邪念が入ったのでしょう。いつものあなたの言葉であれば、そんな威力ではない」

「いりょく？」

「何でもありません。さて、食べなさい。食べると心が軽くなるものです。時には口も」

「……あれ？　ひょっとしてエトランジェで最初にお茶とお菓子をお出しするのって」

「食べなさい」

「はい」

あたたかいロイヤルミルクティーと、サクサクのクッキーは、平和な味がした。

暗黒時代という言葉がある。長い低迷の中に文明がさしかかったり、伝染病がおおはやりしたり、とにかく大変なことばかり起こる時代をさす、歴史のテキストなんかに出てくる言葉だ。青でもバラ色でもない。黒は黒だ。全てを飲み込んでしまう。

中田正義という人間にとって、今はどんな時代にあたるのだろう。そんなにいいことばかりが起こっているとは思わない。眠れなくてのたうちまわる夜もある。家族に電話をして、自分の体のありかを確かめたくなるようなこともある。自分の不甲斐なさに耐え切れなくなりそうで、風呂場の壁に額をごりごり擦りつけたくなるようなことも。

でも真っ黒な時代ではない。

俺の前でリチャードが、お茶を飲んでいる。

笑ってくれている。写真の中で見た顔より、何倍か自然な表情で。

俺はそれが嬉しい。

嬉しいと思うと、腹の底から力が湧いてきて、自分はそんなにダメな人間じゃないのかもしれないと思える。課題図書をヒーヒー呻きながらも読みこなし、リチャードから『グッフォーユー』と言ってもらえた時のように。

「……うまいなあ。やる気と元気の味がするよ」

「そうですね。ではティータイムが終わりましたら、先ほどの会合の詳細の報告を」

「ええっと、それはだな、こっちにも事情が」

「左様でございますか」

俺が笑って食い下がると、美しい男は微笑みながら、俺の前からクッキーの箱を没収していこうとした。それはないだろ、ひどいだろと俺もふざけ返す。

俺は今、いい時代を生きているのだと思う。間違いなく。

そしてできることなら、今目の前にいる優しい男も、そういう時代を生きていてくれたらいいのになと、分不相応にも願っている。

そういう時代を生きている。

24 宝石箱

　俺、中田正義のアルバイト先は宝石店である。銀座七丁目『エトランジェ』の店主たるリチャード氏は、光り輝くような端麗な容貌と明晰《めいせき》な頭脳の持ち主で、今日もお客さまに宝石を商っている。商い続けている。

　勤めはじめて、そろそろ二か月といったところだ。

　土日だけとはいえ、二か月も勤めていると、常連さんの存在に気づきはじめる。

　エトランジェは原則として予約制の店である。予約の電話をして店主の時間をとるからには、何か買わなければならないという心理が働きやすいのは道理であるが、価格が価格である。他のお店に比べると安いわねという台詞《せりふ》も幾度かきいたが、スーパーの特売価格じゃないのだから。

　老婆心《ろうばしん》も老婆心で、店主にその後叱《しか》られたが、俺は一度「そんな勢いで買ってしまって大丈夫ですか、高いですよ」と言ってしまったことがある。


　するとその常連のお客様は笑って、こう言った。

「いいのよ。誰だって何かお金のかかる趣味を持っているでしょ。趣味じゃなくても、食べ物だけは値段より味を優先するとか、服の着心地にだけは妥協しないとか。そういう支出の基準になる出費が、私にとっては宝石なのよ。だから大丈夫。それにこの石、今の中田くんの言葉のおかげで、私の宝石箱にぴったりの石になってくれたしね！」

　そういって彼女は、ふふふふと、気持ち長めに含み笑いした。

　朗《ほが》らかな笑顔だったが、俺の頭にはハテナマークが乱舞していた。

　今の俺の言葉のおかげで、お客さまの宝石箱にぴったりの石になった？　俺の言葉で、宝石箱に？

　謎である。

　どういうことだろう。こういう時に俺が質問できる相手は一択である。最高の答えが期待できる、信頼できる相手だ。

「なあリチャード、この前の女性のお客さまの」

「御法川《みのりかわ》さまの」

「そ、そうそう、御法川さまの言葉、覚えてるか

「……？」

お答えは、愚問ですと言わんばかりの眼差しだった。当然覚えている、ということだろう。ならば話は早い。

「あれ、どういう意味だったんだろう？『俺の言葉で宝石箱にぴったりの石に』って。ずっと考えてるんだけどわからないんだよ」

金髪碧眼の美貌の店主は、もくもくとチョコレートのかかったクロワッサン――中身は黄緑色のピスタチオのクリームだ――をほおばっていたが、ロイヤルミルクティーで一息つくと、そうですねと請け合ってくれた。

「あなたは『宝石箱』という言葉に、どのようなイメージを持っていますか？」

「え？」

それを、宝石店に勤めて二か月目のアルバイトに尋ねるのか。前歴はテレビ局の夜勤である。宝石箱。なんのこっちゃ。

それでも二か月は、ここに勤めているわけで、少しは絞る頭もできてきたと思っている。

「…………大切な宝石の収納場所、保管場所。きらきらした、宝箱みたいなイメージ。でも、きっとそれだけじゃないんだよな」

「グッフォーユー。一般的に宝石箱といって、あなたの世代の日本人がイメージするのは、おそらくきらきらした持ち運び可能な箱でしょうが、一般的なジュエリー愛好家がああいった箱に宝石を収納するかと問われれば、答えはノーでしょう。宝石を愛する方々は、時と場合によってさまざまな相棒を連れて行けるよう、多くのジュエリーを持っているもので、とりわけ重視されるのは安全性です。金庫にそのまま収納する方が多いかと。しかし」

それだけではない、と。

リチャードは敬語を使わずに言い切った。俺はこいつの敬語が抜ける瞬間が好きだ。そもそもリチャード氏はネイティブ日本語話者ではないという。いまだに信じられないが、隅《すみ》から隅まで考えた末に使っている言語ということだろう。何かをはっきり言い切ろうとするとき、この男はそういう話法を使っている気がする。

「概念としての宝石箱、という存在は、理解できますか？」

「が、がいねん？ えーと、アウフベーヘン……？」

「ナイン。それは日本語では『止揚』という意味に用いられるドイツ語です。ちなみに概念は『コンツェプト』。経済学や政治学の話をしているわけではありませんよ、正義。単純なイメージの話です。コンセプト。宝石箱という言葉から、あなたは何をイメージしますか？」

イメージ。コンセプト。アウフベーヘンじゃない。ところでアウフベーヘンという言葉はちょっとだけバームクーヘンに似ている。いやそんなことはどうでもいい。宝石箱という『イメージ』。

ふうむ。

「……大切なものが、いっぱい詰まってる」

「そうですね。他には」

「きらきらして、きれいで、ずっしりしてる」

「調子が出てきた様子ですね。他には？」

「えーと、困った時に持ち出すグッズ！」

「防災用品のようになってきた。他には？」

「…………思い出のアルバムみたいなもの、かな」

リチャードはふと、胸をつかれたような顔をした。

宝石箱といって俺が思い出すのは、何を置いてもばあちゃんのパパラチアのことだ。剝《む》き出しではなく、

箱に入れてばあちゃんが大切にしていたのをよく覚えている。だから宝石箱とは、大切なものを保管しておくもの。持ち出せるようにしておくためのもの。何よりそう、思い出を風化させず、とっておくためのもの。

もちろん俺のばあちゃんとあのパパラチアとの縁は、きれいなばかりではない。だからこそばあちゃんは、罪を罪としてとっておくためにあの石を手放さなかったのだろう。宝石箱はそういう時にも役に立つ。

でも今は、あの石は、俺とばあちゃんとの絆《きずな》を、そしてもっと幅広い人たちとの間を、とりもってくれた大切な石になっている。思い出があちこちにあって、その全てをあの石が包含している。

だから、アルバムに似ている。

ご縁の塊《かたまり》のようなもの、とでも言うべきか。

俺がそんなことをうにゃうにゃと語ると、リチャードは御法川さまのように含み笑いして、もう一度「グッフォーユー」と言ってくれた。困ったことに最近これを言われると嬉しくなってしまう。俺が犬ならばきっと尻尾《しっぽ》くらいは振っているだろう。我ながら単純だ。

「そこまで立ち入った思い出話をさせるつもりはありませんでした。つらいことを思い出させたなら、申し

訳ないことを」

「全然。むしろこういう話をさせてくれる相手がいてくれて、感謝してるよ」

「左様でございますか」

「そうなんだよ。あ、そうだ、あの石は他にも……」

この店主と、俺との間をつなぐ石にもなってくれている。

その縁は、思い出と呼ぶにはまだ新しい。だって俺たちの関係は現在進行形で進歩しているところだからだ。俺はまだこの美貌の店主のことを十分に知らない。リチャードだって俺のことを従業員として過不足なく知っているとは言い切れないだろう。お互いに少しずつ手札を見せ合って、ああこういうところがあるんだな、こういう好みがあるんだなと、相互理解を深めてゆく途上だ。

そしてもしかしたら、どこかで俺が解雇されたり、逆にリチャード氏が宝石店を辞《や》めたりして、縁が切れるかもしれない。

そうなったらきっと、俺とこの美しい男との関係は、そこで思い出の結晶になるのだろう。

しかし、考えるだけで寂しい話だ。美しさが尋常ではないという点を差し引いても、俺はこの人をかなり尊敬していて——言語学習だけではなく、宝石や日常雑学に関する学習意欲も半端ではない。お客さまからはもちろんのこと、奥の部屋で本や動画を見て勉強しているのを俺は知っている——このいぶし銀で魅力的な人格の秘密はどこにあるのか知りたいし、時々は悩みをうちあけられるくらいの相手になってくれたらいいなとも夢見ている。夢である。夢を現実に投影しすぎると大迷惑になるので、これはまだ俺の胸の内だけの話だが、ともかくかっこいいなと思っているのは確かだ。今のところ、縁を切りたいなんて思ったことはない。

というところまで考えたところで、俺は自分が『他にも』で言葉をうちきって、考え事をする顔になっていたことに気づいた。会話のバトンを持ったまま立ち往生してしまっていた。二人きりの場面でこういうのはちょっと気まずい。

「あー、その、何て言うかな、いいなって思ったんだ。他にもいろいろ、いいなって思うところがあって、うまく言葉にならないけど」

「私とあなたの縁のように？」

「うわっ、エスパー！」

「『文脈』という言葉の意味を理解しているだけです」

ご参考までに、と言い添える男から、ちらりと皮肉の棘《とげ》が覗く。でも本式の嫌味ではないことは、二か月の付き合いでも既にわかっている。お茶に口をつけたらちょっと熱かった程度の、会話のスパイスだ。

「そうですね、あなたの宝石箱の理解は十分です。宝石との縁は、人と人との縁に似ています。御法川さまは、あなたの迂闊な、失敬、含蓄のある一言をたいそう面白がっておいでしたので、その思い出とともに、あの宝石を宝石箱に収めることにしたのでしょう」

「……反省してます」

「しょぼくれる必要はありません。宝石商がこのようなことを言うのは問題かもしれませんが、彼女があれ以上買い物を続けるようであれば、私のほうからも一言、何か申し上げるべきであるとは思っていました」

「……本当に、そういうアドバイスをすることがあるのか？」

「新しい人形を三つも四つも一度に手に入れた子どもが、全ての人形と平等に遊びますか？　宝石を哀《あわ》れな目にあわせるのは性に合いません」


確かに。

お買い物中毒は危険ですよ、というネットの意見広告みたいな言葉ではなく、あくまで宝石主体で考えているこの男の言葉は、心の深い部分まで矢のように届く。その理由の一つは、おそらく誠実さだろう。俺はおもちゃを一度にたくさん買ってもらえたタイプの子どもではなかったが、そのせいか否かはおくとして、古いものを大事に使う癖がついたのは悪くなかったと思う。

「……お前は、すごいよな」

「それはお褒めの言葉ですか？　それとも単なる詠嘆でしょうか？」

「え、えいたんって、高校の古文の授業ぶりくらいに聞いたよ。どっちもかなあ。とにかく、すごいなって思ったんだ。宝石と人の縁をとりもつのもそうだし、お客さまを見てるのもそうだし、あと」

俺の迂闊な言葉をきれいにひろってくれるところもそうだし、と付け加え、俺は簡単な感謝の言葉にした。叱らないでくれてありがとう、というより、建設的に軽く叱ってくれてありがとう、という感じだ。こういう風にしてくれると反省しやすい。

リチャードはどこか呆れたように笑いながら、お茶のカップを傾け、ちらと俺のほうを見て、言った。

「思い出のアルバム、ですか。では逆説的に言えば、あなたが持っている思い出たちは、あなただけの宝石箱におさめられた宝石なのですね」

それは大変、素敵なことです、と。

光り輝くような美貌の持ち主は、絵画の巨匠によって描かれた肖像画のようなポーズで、優雅で優美に、そしてどこか神々しいものを感じさせるたおやかさで呟いた。

思い出は、俺だけの宝石。

たくさんの思い出が、宝石箱を作る。

素敵なイメージだ。そう考えるならきっと、人はみんな自分だけの宝石箱を持っているのだろう。光り輝く石もあれば、黒く歪《ゆが》んだ石もあり、よくわからない石もあり、でもそれはその人だけのものなのだ。

そして時々、大切な人に見せては、一緒に笑ったり、泣いたりすることもできる。

俺は溜め息をついたあと、あっと思い出し、リチャードに向き直って宣言した。

「俺の思い出の宝石箱には、間違いなく、お前も入ってるからな！　何回感謝しても足りないよ。いろんな縁を作ってくれたし、俺を成長させてくれるし、何より光り輝く宝石みたいな人間だし！　あっ」

「…………」

「あ……」

「『あ』？」

「…………ごめん」

消え入るような声で俺が謝罪すると、リチャード氏はつんと鼻を上げて不満の意を表明したあと、やれやれと首を振った。

「慣れましたが、慎《つつし》むように」

「気をつけます」

「はい。大変気をつけてください。特にお客さまの前では」

「……店主の前でも気をつけるようにします」

「大変結構な心がけです。ちなみに、光り輝く宝石と仰いましたが、私を宝石にたとえるならば、あなたは何だとお思いですか？　ダイヤモンドと？」

え？

思ってもみない問いかけだったが、リチャードはどこかで達観しているように見えた。もしかしてこの男は、今までにもいろいろな人から、ダイヤみたいな人だとか何とか、言われてきたのかもしれない。想像するにあまりある。ここまで美しい人間を相手に、言葉を尽くそうと思ったら、宝石を並べるくらいしか方法がないかもしれない。

でも。

うーむ。

これは少し、回答に困る。

「いや…………実を言うと、俺の知ってる宝石、全部が、お前のイメージなんだ」

「全部？」

「一つだけじゃないんだよ。こう、ルビーみたいに燃えてる時もあれば、サファイアみたいにまろやかな時もあるし、真珠みたいに嫋《たお》やかな時もトパーズみたいにパキッとしてる時も、とにかく宝石みたいな美しさっていうか、美しさが宝石みたいって言うか…………あれっ？　もしかして俺またやってる？」

「あるいは」

「ああー……！」

リチャードは呆れているようだったが、今度は微笑みの色が強かった。そしてティーカップを置くと、優雅にお辞儀をしてくれた。何だろう。

「とはいえ、麗しい言葉の宝石箱に感謝します。その言葉は私が今までいただいた中で、もっとも華やかな宝石のたとえでした」

「……ひとり宝石箱みたいな人間って言ってもいいかもなあ」

「断固拒否します。優雅さが足りない。反省なさい」

「うっ、ごめん、ごめんって」

「お茶」

「うーす」

その後すぐ、予約のお客さまがお見えになり、俺たちの歓談はおわりになった。少しだけ残念だったのは、アウフベーヘンってバームクーヘンにちょっと語呂が似てるよなと言いそびれてしまったことだ。まあいつか言えるだろう、縁があれば、と思いながら、俺はお客さまと店主に、買い置きのコーヒー味のバームクーヘンを切ってお出しした。

25 スリランカ中田日記

タイトル　急に時間ができました

こんにちは、イギーです。
タイトルの通りなのですが、急にスリランカで時間ができてしまいました。
訪問するはずだったお客さまが、急な旅行に行ってしまっていて、丸一日オフになってしまったのです。
せっかくだからのんびりするといい、勉強は禁止、とボスに言われましたので、もしよければご意見をください。スリランカ在住の人で、ここを見ている方は、多くないと思うので、何でもいいです。好きな余暇の過ごし方とか。
ちなみに俺は、知り合いの先輩がいる時には、料理をするのが好きなのですが、ひとりでいる時にはそんなに料理をしないんだなと最近気づきました。スリランカのカレーは外食が最高です。

Ely_03
ハーイ、イギー。いつも楽しくブログを読んでいます。ギリシアに住んでいます。私の娘は日本に留学していて、日本人のことに興味があるので、このブログに出会えて嬉しいです。

1975Halleluja
ナイトクラブはないの？　行ってみたら？　エジプトから見てるぜ。

BB_Typhoon
部屋の掃除をしてみるとかどう？　案外ちらかってるかも。

Arcangel
こんにちは、はじめましてイギーさん。スリランカにいらっしゃるのなら、アーユルヴェーダというスリランカのマッサージがあるそうです。せっかくの休日なので、今まで体験したのことのない方法でリラックスするのもよいのではないでしょうか。お体にお気をつけて。こんな店を見つけました。それほど悪くないのではないでしょうか。

(URLは管理者にのみ表示されます)

タイトル　アーユルヴェーダに行きました!

こんにちは、イギーです。

前回のブログにコメントをありがとうございました。Arcangelさんに紹介してもらったお店にいってみたのですが、初体験の連続でとてもワクワクしました。

俺の生まれ育った国だと、ああいうマッサージは女性が受けるものというイメージが若干あったのですが、疲れた体が楽になるなら、この先も受けてもいいかなあ。お店の人はタミル語を喋る人でした。もっとお喋りできたらよかったな。

おかげさまでいろいろと充実しています。イギーでした。

Arcangel

イギーさん　充実した日々をお過ごしのようで何よりです。語学学習と宝石の勉強は、両輪のようにすすめてゆくのが最も効率的な方法ではないかと考察します。楽しい研修になりますように。

Punk_Of_England

楽しくやってるブログが読めてぼくも楽しい! 『いいね』ボタンがあったら連打しちゃうかも。健康には気をつけてね。それにしても匿名の空間って便利だなー。

タイトル　スリーウィラー

こんにちは、イギーです。更新に間が空きました。以前、スリーウィラーという三輪バイクを買ったという記事を書きましたが、覚えているでしょうか。最近あれを乗り回すのにはまっています。

母国では、運転免許はあるけれど車やバイクは持っていないというタイプだったので、ここにきて車を乗り回す楽しみに目覚めたのかもしれません。

ほろがついているだけのバイクのようなものなので、風が顔にあたって気持ちいいです。
夕方に、人工湖のまわりを走って、水鳥を見つけたりすると、満ち足りた気分になります。
これから勉強です。終わったらまたスリーウィラーでドライブをしてきます。楽しみだな。

Arcangel

イギーさん、こんにちは。新しい乗り物を楽しんでいらっしゃるようで何よりです。老婆心ながら懸念事項をお伝えさせていただくと、スリーウィラーはカジュアルな乗り心地を持つ反面、防犯には優れていません。たとえば一時停車している最中に、車の横から暴漢が襲ってきた場合などに、身を守る壁がないのです。貴重品を持ち歩いている時には乗るべきではない旨《むね》を、おそらくあなたの先輩や上司がお伝えしていることでしょう。お気をつけてお過ごしください。

イギー

>Arcangelさん　いつもコメントありがとうございます。確かにボスからそういうことを言われた記憶があります。貴重品を持ってスリーウィラーに乗ることはありませんが、改めて肝《きも》に銘じます。ありがとうございました。

Ilovestones

スリーウィラーの記事をさかのぼって読みました。可愛いね！　ああいうバイクは私の国では全然見ません。乗り回せたら楽しいだろうな。家の半径二十キロ圏内の地層を全部あらためたい時などに、とても便利だと思います。うらやましいなあ。

Punk_of_England

匿名の空間とはいえ文章にはクセが出るものだと思うけど、これって本当に察知されていないのか、スルーされてるのか、悩ましいところだよねえ……。

タイトル　スカートの男性

イギーです。タイトル通りなのですが、たくさんのスカートをはいた男の人たちとすれ違いました。伝統衣装なのかなあ。でもカラフルでカジュアルな感じもして、一体何だったのか若干困惑しているところです。失礼な顔で眺めていなかったかどうか自信がないなあ。申し訳ないことをしました。

Arcangel
>イギーさま
それはサロンと呼ばれるスリランカの伝統衣装です。以下のURLをご参照ください。

(URLは管理者にのみ表示されます)

正装として活用されていることがご理解いただけたと思います。カラフルなサロンの男性が多かったということは、おそらく結婚式だったのでは?

あまりお気を落とさず。

タイトル　サロンをもらいました!

イギーです。とりあえずこの画像をご覧ください。

(画像は管理者に許可されたアカウントにのみ表示されます)

赤と青のギンガムチェックのサロンをもらいました! 快適です!

さすがに地元の人がはいているだけあって、通気性はよいし、陽光には焼けないし、思っていたよりも歩きやすいしといいことづくめです。

写真の通り、足首までの丈です。スコットランドのスカートより長めで助かります。これをはいて結婚式に行ったりするそうです。かっこいい。何よりスリランカの気候に合っているので、この土地で過ごすには、バミューダパンツより、こっちのほうが合っているように思います。

お隣さんからのいただきものなのですが、とても快適なので、もう一、二本、新しいのを自分で購入することを計画しています。日常ばきにできないかな。

Shinghalion

地元の人間です。私の故郷の服を気に入ってもらえて嬉しく思います。このはきものは、近年スリランカのエリート大学生の間でもはやっているようで、もし近隣に大学生がたむろしている場所があるのなら、その近くのブティックがねらい目でしょう。愉快な生活をお送りください。

ところで大量にコメントを残している人間がいるようにお見受けします。大丈夫ですか？　迷惑であればブロック機能もあるようです。老婆心までに。

Arcangel
>Shinghalion

はじめまして（念のため）。会ったこともない相手に非道なことを仰らないでください。

タイトル　お菓子が余ってしまった

（画像は管理者に許可されたアカウントにのみ表示されます）

作りすぎました……。

画像はココナッツロールとプリンとなつめやしのキャラメルです。

さすがに一人では食べられないし、お隣さんにおすそ分けすると「子どもの歯に悪い」ってちょっと怒られるので気まずいです。どうしたもんかな。

タイトル　上司が来てくれた！

作りすぎたお菓子は無駄になりませんでした。ラッキー。

不思議な偶然もあるんだなあ。本当によかったです。次にあいつが来た時には何を作ろうかな。

何か提案があったらコメントをください。スリランカのお菓子は、まだワタラッパン程度と、あとは駅のキヨスクで売っているロールやクリームパン、ココナッツ団子くらいしか知りません。でもあれも、全部おいしいですよね。

何かおすすめがあったら教えてください。

Arcangel
　イギーさま　投稿興味深く拝見しました。しかしながらインターンの本懐を忘れてはならないと思います。あなた自身のスキルアップや心身の健康促進のために、日々をお使いください。その点やはり、あなたのつくるべきお菓子は現在の得意分野にフォーカスしてゆくべきだと思うのですが、いかがでしょう。

Shinghalion
>Arcangel　過保護もいきすぎると悪趣味です。いい加減に自覚しては？

Arcangel
>Shinghalion　私もあなたも互いのことは全く知らない同士です。憶測で勝手なことを仰るのはおやめください。

Punk_of_England
　ヒュー！　何だか面白いことになってきたね。動向を見守ります。

ilovestones　あの、どうぞそのくらいで。ここはイギーさんのブログです。ご迷惑では？

Arcangel　慎みます。

Shinghalion　反省いたします。

Punk_of_England　すみませんでした。

Mura_Shimo
　おっつー、イギーさん！　顔見知りのH・Sです。ブログを見にきたぞ！　コメントがたくさんあって楽しいブログだな。誰にも宣伝してないって言ってたのにすごいじゃん！　人徳？　また会って話したいぜ！　いっぱい更新しろよー！　俺もギターの練習頑張るからなー！

Punk_of_England

黙認されてる可能性は消えたね。Aさん、大丈夫？

もういっそ一生黙ってる？

Arcangel
何を言っているのか全くわかりませんが、私も悩んでいるところです。黙秘が無難かもしれません。

Arcangel_of_Arcangel
こんにちは、はじめましてイギーさん。

ブログを全部読みました。とても楽しそうですね。ほっとしました。自分はスリランカより、もう少し東南の国で働いていた経験があるため、楽しそうな日常の様子に、若い頃のことを思い出して泣いたり笑ったりしてしまいます。イギーさんの日常が色鮮やかに浮かんでくる、とてもいいブログですね。

また、このコメント欄で様々な方がイギーさんを見守っている様子にも、目頭が熱くなりました。

ところで、このブログにコメントを残していらっしゃるのは、本当にイギーさんと何の関係もない、ただこのブログで見守っていらっしゃるだけの方々なのでしょうか？
>Arcangelさん　またお話できませんか。

Mail account
差出人　Richard@xxx.uk
送り先　N_Yasuhiro@xxx.jp
メッセージ　いつもの番号に電話いたします。
差出人　N_Yasuhiro@xxx.jp
送り先　Richard@xxx.uk
メッセージ　お待ちしています。いつも息子をありがとう。

タイトル　コメントが減った？
こんにちは、イギーです。この前の更新から、いつもブログにコメントを寄せてくださる方がどうも静かになっている気がします。何か変なこと書いたかな？　こんなことをリクエストするのも変ですが、特に問題がなければ、いつもみたいに賑やかにやってください。大体ひとりで過ごしていることが多いので、読んで元気をもらっています。

ペラヘラの準備で街が賑やかになってきました。夏にはまたいろいろ予定がありそうなのですが、現地で見られるかな？　イギーでした！

Arcangel　イギーさま、こんにちは。そのうち長いコメントをさせていただきます。

26 オペラびいき

人に言えない趣味がある。

そういう人は珍《めずら》しくない。

俺が今まで聞いた中で、一番「これはちょっと言いにくいかもしれないな」と思った友達の趣味は、「食べ終わったアイスクリームの蓋《ふた》をとっておく」だった。百円ショップで売っているクリアフォルダーの中に、一枚一枚日付を書いて保存しておくのだという。小さいころアイスクリームを食べられるのは特別な日だけだったから、当時の習慣が今もやめられないのだと。ただそれを語る本人の顔は、どこか満足そうだった。それにしても飲み会の席で披露していたのだから、そんなに「言いにくい」わけでもないのかもしれないが。

それで。

話は、俺に返ってくるわけだが。

スリランカという異国の地で一人暮らしなんかしていると、やりたい放題ができてしまう。好きな時に起きて好きなものを食べて、好きな勉強をして好きなところにスリーウィラーで出かけてゆくことができる。ものは少ないが物価は安い。料理のレパートリーも音を立てて増えている。部屋の中でひとりで踊っても誰も見ていない。いや愛犬のジローはちょっと奇異の眼差しで俺を見るが、そのうちぴょんぴょん飛び跳ねて一緒に踊ってくれることもある。大きな音で音楽を聴いても、そんなのはお隣さん同士お互いさまであるだから。

若干、ストッパーが外れていたのかなと、今は思う。買ってしまったCDは、スリランカの実質的な首都、コロンボで手に入れたものだ。さすがに国で一番大きな店だけあって、キャンディでは手に入りそうにないものもたくさん売っている。

両腕を広げて、うっとりとした顔をする、黒髪の女性のジャケット。

十二曲入りの、オペラのCDである。

あー、あー、と叫びながら俺は部屋の中をいったりきたりした。オペラって。何だ。いやわかってはいる。伝統的な歌い方で、テノールやバリトン、ソプラノやアルトなどの歌手がお芝居にそって声を披露するミュージカルのようなものだ。でもミュージカルと少し違うのは、その言葉が古いことと、ノリノリの曲調ではないこと、そして主にイタリア語やフランス語であることだと思う。

もう認めざるを得ない。

俺はオペラが好きだ。

中田正義はオペラが好き、という文字を頭の中に浮かべる。ギャーと叫んで文字を消し去ってしまいたいような衝動にかられるが、ジャケットのマリア・カラスはあいかわらずうっとりした顔をしているし、俺もそれが嬉しい。ものすごく、これでもか、これでもかと迷った末に買ってきたCDだ。嬉しくないはずがない。それなのに。

俺の頭はどこかで、これを恥ずかしいものだと認識している。

こういう時には理詰めで考えよと、俺の大事な上司は常々言っている。自分の心が不条理な動き方をしているように思う時には、かならずどこかに気づいていない――あるいは気づいていても無視している心の動きがあって、そこを理解できれば、なんら不条理なことではなくなるのだと。

そもそも、どうして、オペラが恥ずかしいのか。

どうして俺は、オペラを好きになったのか。

きっかけはラジオだった。東京でしばらくホテルに滞在していた時、勉強しかすることがなく気が滅《め》入《い》りがちだったため、時々はホテルで配信されているラジオを聴きながら物理や英語に打ち込んでいた。

その時に聴いた歌声は、なんというか、とても素敵だったのだ。

同じ世界にいる人の声だと思えなかった。ちょっと違う場所にいる人たちが歌っていて、それを聴いている俺の体も、ふわあっと浮き上がらせてくれるような、そんな歌声に聴こえた。男声、女声、どちらが好きということもなく、流れてくれれば両方好きだった。ホテルのしおりには配信されている曲のタイトルが書かれていたので、俺は動画配信サイトにアクセスして、ほかの歌手の同じ歌や同作品内の前後の歌を探したりした。ファウスト。蝶々《ちょうちょう》夫人。オテロ。リゴレット。魔笛。ドン・ジョヴァンニ。

そのうちテレビ番組で何かの曲が使われると、どのオペラの前奏曲なのかくらいはわかるようになってしまった。


そしてその熱が、あれから時間が経った今も、冷めていない。

うー、うー、と呻きながら俺は再び部屋の中を歩き回った。ジローはごきげんで俺の後ろをついてくる。部屋の中でする散歩もたのしいですねごしゅじんと言いたげだ。申し訳ないが俺は散歩をしているわけではないのだ。と思ったがジローにはそんなことは関係ないので、抱き上げてゆらゆら揺さぶってやると、愛犬は甘えた声を出して、テンションが上がったらしく庭に駆けだしていった。何て可愛いやつだ。

ほっとしたところで、俺は想像する。

飲み会の席で、いやあオペラが好きなんだよなと打ちあける自分の姿を。

想像されるリアクションは爆笑だった。オペラって、なんだそれ、太った人が声をはりあげてるあれだろ、あれが好きなの？　何で？　いや中田は最近はぶりがいいから、お金持ちっぽい趣味が持ちたかったんじゃないの。オホホって感じでさ。オペラっていかにもだろ。あーなるほどね、でもあんまり面白くないから他の話題にしない？

ぞっとする。

俺の趣味をどうこう言われることにぞっとするわけじゃない。ただ、俺が進退窮《きわ》まっていた時に天上から光をさしのべるように助けてくれたオペラというジャンルをまるごと、カラスとパヴァロッティの違いもわからない人々にいいように言われてもかばいきれないことがつらいのだ。大切なものは守らなければならない。守り切れなかったら傷がついてしまう。何百年にもわたって培《つちか》われてきた伝統芸術に、ではない。俺の心にだ。それがつらい。

ああこれは、『恥ずかしい』じゃないんだなと、俺は少し、理解した。

怖いのだ。

人と違う趣味を持って、しかもそれをかなり真剣に好きだと思っている自分が、気取っているとか変なやつとか勘違い野郎とか、何だかそんな言葉で後ろ指をさされそうなことが怖い。

俺は深呼吸をし、CDのビニールカバーをとった。日本のCDと違って、ここをつまむとはがれますというような便利なぴらぴらはついていない。ハサミでそっと切ってあけて、昔懐かしいラジオコンポにセットして、後ろの曲番表を参照しながら再生した。

もうイントロだけで、誰が歌う何の曲なのかわかってしまう。

マリア・カラスの『カスタ・ディーヴァ』。ノルマというオペラの中の歌で、意味は『清らかな女神よ』。

思い出すのは、マジでヤバい、若干死を覚悟するようなことがあった時だ。ぐるぐる回るホテルのラジオ番組からこの曲が流れてくると、まあ細かいことはいいよなこの曲は天国に繋がっているわけだし、と全てを脇に置いてリラックスできた。そういう曲だ。俺にとって最大にして最高の救いは間違いなく美貌の宝石商だが、オペラもまた、脇から俺という人間が自分を保つことを、確かに助けてくれたのだ。

すごいことだ。

日本でも、おそらく海外でも、決してメジャーとはいえないこの芸術が、何百年にもわたって命脈を保ち続けていてくれたことに、俺は心から感謝した。それで俺は救われた。CDが売れることは、何かのたしになるだろうか。俺はありがたいことに使えるお金が少しはあって、全曲盤のCDを月に一組買うことくらいならできるだろう。それで何かのお返しになるだろうか。なったらいいなと心から思う。

カスタ・ディーヴァはそれほど長い曲ではない。消え入るような声で、歌は終わってしまった。何度聴いても何故か泣きそうになる。あんまり美しいのだ。ありえない話だが、リチャードが歌になったら、この歌にとても近い形に姿を変える気がする。

一曲聴き終えた時、俺の中からは「あー」も「うー」も消えていた。

俺はオペラが好きだ。

オペラは俺の力になってくれる。

だからそういうものを大事にしたい。

馬鹿にされたとしても、それは相手の問題であって、俺やオペラに問題があるわけではない。そして俺の大事な美貌の店主は、エトランジェ要項の中で、『趣味によっても人を差別しない』と告げていた。俺が俺を差別してどうするのだ。

これからもオペラのCDを買おう、そうしよう、と俺は誇り高く胸に誓い、でもこれはブログに書いたりリチャードに打ち明けたりはしないでおこうともこっそり決めた。

恥ずかしいから、というわけではない。

ただ、それを打ち明けたが最後、何が起こるかわからない予感が、その時からしていたのだと思う。

その日、俺は調理の準備に追われていた。最初にシャウルさんが、次にリチャードがキャンディを訪れ、俺の勉強の経過報告を聞いてくれるのである。テストのようなものもあるだろう。だがそんなことで臆するほど、生半可な勉強はしていないつもりだ。何よりラトゥナプラでの交渉のおかげで、我ながら目が鍛えられている自覚がある。

それでも駄目なら、それでもいい。新しい課題が見つかることは幸せだ。勉強していることが楽しいと、こういう気持ちになれていろいろと楽だ。

そして彼らがやってくるからには、ちょっとした会食の準備をしても怒られはしないはずだ。何よりこの家で複数人分の食べ物を準備できることが嬉しい。何しろ基本は独居なので、あちこちでおいしそうで安い食べ物を見つけたのに、食べきる自信がないので泣く泣く断念することがどれほどあったことか。

幸せなことに追われるのは、心の健康にとてもいい。

追い打ちをしてやろうと、俺はラジオコンポにCDをセットした。全曲盤の一枚目の終盤から始まる長いアリア。『連隊の娘』というフランス語のオペラで、これが好きだったおかげで、フランス語学習の時には随分助けられた。

俺は軍隊と結婚する、と歌い始める男は、世界中で名の知られたテノールである。

最初のほうは、わいわいがやがやと仲間たちにはやし立てられるまま、軍隊で手柄を立てるんだと男は歌っている。もうこの言葉がカタカナの呪文にしか聞こえなかったころから聴き込んでいるため、何も参照しなくても俺の口は動く。もちろんテノールのような声は出てこないが、歌番組で歌っている歌手と同じ音域でなんとなく歌ってみるのと同じ要領だ。それだけでとても楽しい。

オーブンでは魚のパイが焼けている。小鍋の中にはカレーが三種類。まな板の上にはココナッツを刻んだサンバルをドライフルーツと混ぜた中田流福神漬けが並んでいて、ミックスジュースにする予定のフレッシュフルーツは各種準備万端だ。

残すところはもう一品、デザートのワタラッパン作りである。しばらく冷蔵庫で冷やさなければならないので、これだけは早めに作っておく必要がある。とはいえもう三度目になるので、手順は覚えてしまっている。心配はない。

テノールは喜びの中で声をはりあげる。

ああ俺は、俺は軍隊と結婚するよ、と歌う男は、別に軍隊が好きなわけではなく、入隊する軍の男たちがみんなで育てている、捨て子の女の子に恋をしているだけなのだ。

曲調がワルツに切り替わる。テノールの真骨頂はここからだ。オーブンがピーッと鳴り、パイが焼けたことを示す。俺は軽くステップしながら手袋をはめ、鉄板ごとパイを取り出し、そっとスライドさせて白磁の皿にうつした。

華麗なハイCの連続。テノールの出す、うんと高い声のことだ。嬉しい気持ちをここまで音楽に写し取ってしまった作曲家も素晴らしければ、それを忠実に歌ってしまう歌手も凄いと思う。わくわくする気持ちがそのまま旋律になっている。

テーブルに皿を並べ、果物の皮を剝く。ハイC、ハイC、ハイCの連続。ココナッツミルクの缶を切り中身をナッツのペーストと混ぜ合わせる。曲はラストに近づいてゆく。何て運命だ、何て運命だと嬉しそうに歌う。一番高い音が近い。

最高音で幸福を寿《ことほ》ぎながら、曲は終わりをむかえる。歌っている人の心境まではCDに記録されないが、どこまでも気持ちよく聴くことができる。

高さはまるで足りないが、俺もかなりの音量で、一緒に歌ってしまった。

派手な装飾音で歌がフィニッシュするのに合わせて、俺は開きかけていたオーブンの蓋を軽く蹴飛ばした。きれいに閉まる。これで大丈夫だ。客人がやってくる前に、このCDセットは片付けてしまおう。

と思ったのだが。

上がり切ったテンションの末に、誰かが窓の外に立っていることに気づいた。玄関から入ってこなかったのだ。だからチャイムが鳴らなかった。

「ブラーボ、ブラビッシモ」

白いシャツにサングラス姿の美貌の男は、額までサングラスを押し上げた風情で、硬直している俺に向かって、微笑みながら拍手してくれた。

その日のテストは散々だった。答える内容は問題なかったと思う。だが俺がやたらとつっかえるので、喋る内容同様、喋り方にもうるさいシャウル師弟に、「もっと堂々とせよ」と何度もつっこまれた。そんなことは俺が一番わかっている。どうしてあんなにノリノリでオペラをかけてしまったんだろう、今どんな風に思われているかな、やっぱりこの趣味は俺には分不相応だと思われているだろうか、いやこの師弟に限って絶対にそんなことはありえないのだから俺は俺の自意識をコントロールしなければならない、などなど、頭の中に聴こえる雑音が多すぎた。


そして。

これはそれから、半年以上たった頃の話である。五月のスリランカでのことだった。

「え？」

「ハッピーバースデー、正義。ちょっとした贈り物です」

「…………振込証明書？」

「よく読めました。アメリカのものです」

「アメリカ」

「あなたのお好きそうな椅子がありましたので、一年分」

椅子一年分？　ポテトチップやカップラーメンでも

あるまいに。どんな椅子だろう。トラックが届けにきてくれるのだろうか。そんなことを思いながらA４の紙を読み続けていた俺は、半分までできたところで大声で呻いた。つぶされたカエルのような声が出たと思う。リチャードのくれた椅子は、確かに、椅子だった。

でもこれは、アメリカにある、恐らく世界で一番有名な歌劇場の椅子だ。

年会員証である。

これは『あなたのために劇場の椅子をとっておきます』という証明書なのだ。いつ訪れてもいいように、どの公演でも、俺のための椅子を。

気が遠くなる。幾らするんだこの『椅子』は。量販店で売っている回転椅子に座っている人間に、こんなものを贈ってどうする。と冷静なつっこみも頭の中にはあるが、それ以上に嬉しくて嬉しくて、俺は飛び跳ねてしまった。CDの中でしか知らない劇場に行けるのだ。飛行機のチケットさえ手に入れれば、いつでも。誰が歌っていても。

「……本当にもらっていいのか！」

「喜ばせてから宝物を取り上げるほど無粋な輩だと？」

「そんなはずないよな！　うおーっ、テンションがあがりすぎてヤバい！」

「また犬のようなリアクションを……」

「ちょっと庭を走ってくる！」

めちゃくちゃなカタカナ発音で、終わったばかりのアリアのサビの部分を口ずさみながら、俺が庭をごろごろ転がると、すかさずジローが走ってきてマウントをとってきた。ごしゅじんあそぶんですね、ここであそぶんですね、さああそびましょうとご機嫌に尻尾を振って。あまりにも嬉しいので抱きながらごろごろ転がっていると、リチャードが笑っているのが見えた。庭は家より少し低くなっていて、家のことはまんべんなく見上げられるので、見間違いではないと思う。

本当に幸せそうな顔で。

俺はあの男があんなに、子どものような顔で笑っているのを初めてみたかもしれない。

ふと。

その時思った。

俺に「プリンが好きだ」と言ってくれた時、リチャードも少しは、恥ずかしいとか何て言われるかとか、考えたのだろうか。これだけ『世間』というものを熟知している男である。そういう可能性だって考えなかったはずはない。

　でもこの男は、俺に打ち明けてくれたのだ。

　俺はその時、あの男に何か変なことを言わなかっただろうか。男がプリン？　何で外国人のひとが日本のお菓子を？　ぞっとする。あの時の俺は今ほどそういう事情の取り扱いに気を使っていなかった。ただ口からナイフのように言葉が飛び出してゆくばかりだったのだ。今でもそれは同じだろうが、少しでもましになっていると思いたい。

　俺は何か、言わなかっただろうか。

　あいつを傷つけなかっただろうか。

　今となってはもう、確認する方法がない。何を言ったのか覚えていないのに謝っても、それは誠意のある謝罪にならないだろう。

　でもリチャードは、今喜んでいる俺を見て笑ってくれている。

　だからもう、そのことを考えるのはやめよう。そしてあいつが好きなものを、これからも俺はもりもり作ってやろう。

　自分の大切なものは自分で守ってやらなければならない。でももし、自分の大切な相手が大切にしているものに気づいたら、もし気づけたのなら、俺はそれも大事にしたい。そうするしかない。

　ジローをわしゃわしゃと撫でてやってから、俺はリチャードのところまで戻ってゆき、改めて頭をさげた。どういたしましてとお辞儀の応酬があり、また笑ってしまいそうになる。

「そうだ、プリンを作ってるところだった。もう少し待っててくれ」

「………何かお手伝いすることは？」

「ＭＥＴの席をもらったのに、その上手伝わせるなんて冗談じゃないよ。ジローと遊んでてくれたら嬉しいけど」

「では、お言葉に甘えて」

　ほっと胸を撫でおろしつつ、俺は部屋の中に戻り、体中をはたいて、泥と犬の毛を落として、石鹸《せっけん》で手を洗ってから、再びキッチンに復帰した。

　どうやら俺はそのうち、少なくとも一年以内に、一度はオペラを生で聴けるらしい。生で見るからには全幕通しだろう。本当に？　そんなことがあるんだろうか？　あるらしい。信じがたいが本当に。

世界中の『美』という言葉の化身のような、そしてそれ以上に俺を喜ばせる天才である男は、熱帯の日差しに照らされた庭の中で、雑種の茶色い犬と戯《たわむ》れていた。宴の支度のおわりには、まだしばらく時間がかかりそうだ。

何て素晴らしい日だと、俺はフランス語で口ずさんでみた。俺の喉からは華麗なテノールの声など出ないが、それでも好きなものは、俺の心をしっかりと支えてくれる。まるで心の屋台骨のように。そしてその屋台骨を支えてくれる人がいる。まったく、何て素晴らしい日だ。とりあえずプリンを作ろう。そしてこの気持ちを、少しでもお裾わけさせてもらおう。

【初出一覧】

①『**クレオパトラの真珠**』……『宝石商リチャード氏の謎鑑定』購入者特典SS（2015年12月）

②『**エトランジェの日常　クンツ博士とモルガン**』……『宝石商リチャード氏の謎鑑定』中央書店コミコミスタジオ購入者特典SS（2015年12月）

③『**繋ぐクリソプレーズ**』……『宝石商リチャード氏の謎鑑定　エメラルドは踊る』購入者特典SS（2016年5月）

④『**空漠のセレスタイト**』……『宝石商リチャード氏の謎鑑定　天使のアクアマリン』購入者特典SS（2016年11月）

⑤『**曇天のアイオライト**』……『宝石商リチャード氏の謎鑑定　導きのラピスラズリ』購入者特典SS（2017年2月）

⑥『**ムーンストーンの慈愛**』……『宝石商リチャード氏の謎鑑定　導きのラピスラズリ』電子書籍購入者特典SS（2017年3月）

⑦『**ふりかえればタイガーアイ**』……『宝石商リチャード氏の謎鑑定　祝福のペリドット』購入者特典SS（2017年8月）

⑧『**ハーキマーダイヤモンドの夢**』……『宝石商リチャード氏の謎鑑定　祝福のペリドット』中央書店コミコミスタジオ購入者特典SS（2017年8月）

⑨『**お祝いの日**』……集英社オレンジ文庫3周年記念SS（2017年12月）

⑩『**鎌倉仏教紀行**』……『宝石商リチャード氏の謎鑑定　転生のタンザナイト』購入者特典SS（2018年1月）

⑪『**おいしいレシピ**』……『宝石商リチャード氏の謎鑑定　転生のタンザナイト』中央書店コミコミスタジオ購入者特典SS（2018年1月）

⑫『**スーツの話**』……『宝石商リチャード氏の謎鑑定　紅宝石の女王と裏切りの海』購入者特典SS（2018年6月）

⑬『**ラーメンの話**』……『宝石商リチャード氏の謎鑑定　紅宝石の女王と裏切りの海』中央書店コミコミスタジオ購入者特典SS（2018年6月）

⑭『**サンタ襲来**』……『宝石商リチャード氏の謎鑑定　夏の庭と黄金の愛』購入者特典SS（2018年12月）

⑮『**リチャード先生のお料理教室**』……『宝石商リチャード氏の謎鑑定　夏の庭と黄金の愛』中央書店コミコミスタジオ購入者特典SS（2018年12月）

⑯『**コロンボの書店**』……集英社オレンジ文庫4周年記念SS（2018年12月）

⑰『**プレイ・オブ・カラー**』……『宝石商リチャード氏の謎鑑定　邂逅の珊瑚』購入者特典SS（2019年8月）

⑱『**下村と年上の友達**』……『宝石商リチャード氏の謎鑑定　邂逅の珊瑚』中央書店コミコミスタジオ購入者特典SS（2019年8月）

⑲『**アイデンティティ**』……辻村七子公式webサイト「辻村小説公園」掲載（2017年4月）

⑳『**お祝いに寄す**』……辻村七子公式webサイト「辻村小説公園」掲載（2018年5月）

㉑『**ムーンケーキの季節**』……辻村七子公式webサイト「辻村小説公園」掲載（2018年9月）

㉒『**空港にて**』……辻村七子公式webサイト「辻村小説公園」掲載（2017年12月）

㉓『**新時代**』……辻村七子公式webサイト「辻村小説公園」掲載（2019年5月）

㉔『**宝石箱**』……書き下ろし

㉕『**スリランカ中田日記**』……書き下ろし

㉖『**オペラびいき**』……書き下ろし

お祝いマンガ　byあかつき三日

……正義
急に何事です？
私が今なにをしていたのか目に入らなかったのですか？
危険性を踏まえた上で今の行動の正当性の説明を要求します
……申し訳ございませんでした
かくかく しかじか
……なるほど
ファンブックですか
それはとても素晴らしいことです
これまで原作を支えて下さった読者の皆様に
これ以上ない恩返しとなるでしょう
うん
うん
だな
淹れ直した
でもリチャード
めでたいことは他にもあるんだぞ！

この本の発売とほぼ時を同じくしてコミカライズが始まるし
コミックゼロサム
2020年1月号(11月28日発売)
より連載開始！
年明けにはなんとアニメ化もされるんだ！
2020年1月
放送開始！
ふむ
これからもっと盛り上がっていくこと間違いなしだな！
そうですね
カチャ
メディアミックスで広がる宝石の世界をぜひともお楽しみに
くるっ
end

中田正義くんへの素朴な質問②

好きな給食のメニューは何でしたか？　お弁当なら好きなこんだては？
（ななつじさん）

こんにちは！　給食は全部好きだったけど、やっぱりカレーが一番嬉しかったな。お弁当は大体、小遣いをもらって好きなサンドイッチか弁当を買う感じだったけど、小遣いが５００円以上もらえると、ハヤシライス大盛が買えて嬉しかったっけ。やっぱり男子学生たるもの、何はなくとも分量がないとつらいよなあ。

目覚めるとリチャード氏と身体が入れ替わっていたらまず最初に何をしますか。
（三五さん）

えっ……？　どうしてだろう、魔法とかかな。たぶん、「夢かな？」と思って、二度寝かな。でもどうして俺がリチャードの身体に……？　あんまり綺麗って言いすぎたから、頭が誤作動を起こしてそうなったのかなあ。調子にのってリチャードの真似とかしたら、本物にものすごく端麗な白い目で見られそうだから、うん、何もしないで、魔法がとけるまでは寝るよ。リチャードも、俺があいつの顔をしてるより、中田正義の顔をしてるほうが嬉しいと思うし。

成長期っていつきましたか？
（ちゅうがくせいさん）

背が伸びた時期ってことかな？　中学三年から高校一年の時だと思います。周りの仲間の間だと、遅くも早くもなかったから、あんまり気にしない間にひろみの背丈を追い越しちゃったんだよな。

正義くんこんにちは♪　正義くんはどんなファッションが好きですか？　普段どんな所で洋服を買っていますか？　また、リチャードと出会ってから、ファッションで変化したり、影響を受けたりしたことはありますか？　よかったら、教えてください(*^^*)

（ゆりこさん）

こんにちは！　ファッションかあ……。正直エトランジェで働き始める前は『必要なだけ清潔で、だらしなく見えなければいい』って気持ちしかなかったけど、さすがに宝石店に入ると、襟のある服が増えました。それからリチャードと出会って、仕事をさせてもらうようになってからは、スーツを着用する機会も増えたんだけど、よく言われるのが「制約の中で最大限、好きなものを好きなように着ろ」ってことで、そう言われてみると、俺はなんとなく戦前の人みたいな、大きめシルエットのスーツとか、中折れ帽なんかに憧れがあるみたいだなあ。多分これはばあちゃんの好きだった、俳優さんの影響だと思います。昔ばあちゃんが住んでたアパートに、白黒の写真が飾ってあったからさ。俺のスーツ姿、ばあちゃんにも見せてあげられたらよかったな。

正義くんこんにちは！　質問です。正義くんの「先輩」であるヴィンセント梁さんはジークンドーの使い手ですが、正義くんも空手黒帯ということで、二人が実際に戦ったらどうなるのか、とても気になっています。武術を極めた者同士、格好良い闘いが見られそうだなあとは思うのですが、正義くんから見たヴィンスさんの強さと、正義くんの勝率はどれくらいか、教えて欲しいです。

（もなかさん）

こんにちは！　ええと、『戦い』っていうのは、ガチンコの喧嘩のことでいいのかな。たぶんもなかさんは武道はなさっていないと思うから、その前提でお答えしますが、武道の腕と喧嘩の腕って、全然違うものです。ほら、武道はルールが決まっていて、その中で戦えば、大ケガもしないし勝ち負けも決まるけど、喧嘩にはそういうものが全然ないから……。それからある程度格闘技をやった人間が本気で相手を殴ると、取り返しのつかないことになるのをお互い知ってると思うから、殴り合えないと思います。でも逆に、お互いそういう認識がありそうだって、ある程度はわかってるから、後頭部に紙風船くらいはぶつけてもいいかなあって思ってるよ。ヴィンスさんもぶつけ返してくるかもしれないけど、そうしたら次はストローの袋をとばそうかな。お互いとばしっこになって、ちょっと仲良くなれるかもしれないし。脱力系でごめんね！　答えになってるといいんですが。

中田正義くんに質問です！　ズバリ！　リチャード氏にこれだけは言いたい!!　ということはありますか～？　普段は言いづらいことでも、ここでなら言えるかもしれません (*^^*)

（すいさん）

プリン食べてくれるのは嬉しいよ、ありがとう！　でも頼むから、健康上の理由から、食べすぎにだけは注意してくれよ……！　ずっと長く付き合っていたいんだよ。頼むよ。あと……それから……いつもありがとう。伝えきれないくらい感謝してる。伝えきれたらいいのにな。以上！　あー恥ずかしかった。え？　そのくらいお前はいつも言ってるだろって？　そうかなあ。

好きなスイーツは何ですか？

（たなかみるくてぃーさん）

これが難題で……。俺はこだわりがないみたいで、リチャードがうまそうに食べてるスイーツだったら、何でもうまそうに見えて、好きになるみたいなんだ。でもリチャードが食べないで残しておいてくれたスイーツも、「ひょっとしたら俺が好きそうだなと思って残してくれたのかな」って思うとうまくてうまくて。基本的には全部好きなんだろうな。一人で買って食べる場合じゃなければ。

はじめまして、いつもとても真っ直ぐで誠実に人と向き合ってる正義君に自分もこうして人と向き合っていきたいなと再確認させて頂きながら毎度読ませて頂いております。そんな正義くんがいつもカバンの中に入れているものは有りますか？

（炭焼優馬さん）

炭焼さん、こんにちは！　誠実に人と向き合ってる、なんて言われると照れます。そうできたらいいなとは思うけど、俺の考える『誠実さ』って、俺にとっての誠実さだから、相手にとっても誠実で心地いいものばかりってわけじゃないだろうし。だからなおさら、そんなふうに言ってもらえるとすっごく嬉しいです。ありがとう。リチャードと出会って以来だけど、いつも鞄にいれてるものはキャンディです。ロイヤルミルクティー味の飴。なければ何か別の甘いものなんだけど、「あいつがいたらこれをあげよう」って思うだけで、なんだか傍にいない時も、欠片だけ一緒にいてもらえるような気がして心強いんだ。助けられてます。あとは携帯電話くらいかな。質問ありがとう！

ジェフリー氏の優雅なる人生相談 ②

私は人の前で意見を言ったりすることが苦手で、声が震えてしまうくらい緊張します。どうしたら緊張しなくなりますか？　また、ジェフリーさんはどういうときに緊張しますか？　教えてください！

（ととろろさん）

ととろろさん、こんにちは。緊張、困りますよね。声が震えたり手が震えたり、もう勘弁って感じです。僕も学生になりたての頃はそうだったんですが、秘密の呪文を習ってからは、不思議と緊張ともうまくやっていけるようになりました。クレアモント家に代々伝わる呪文で、僕はヘンリーから、ヘンリーはゴドフリーお父様から習ったとか。
どんな呪文かって？　ああー、申し訳ないんですがこれは門外不出なんです。お教えすることはできないんですよ。でも、そうだなあ、特別に呪文の雰囲気と、構成だけ教えてあげましょう。
① 自分が緊張していることを認め、緊張に感謝する
② 何故ならそれはこれまでに僕たちの先祖が経験してきた数々の強大な試練と同じであるから
③ その最先端にいる自分にもまた試練を与えてくださったことを、大いなる運命に感謝する
④ 自分の勇気に敬意を表する
はい、だいたいこんな感じの構成になってます。大一番のプレゼンの前に僕がブツブツ言ってたらまあそんな呪文です。僕が思うに、ととろろさんもご自分のバージョンの呪文を作って、使い込んでいくといいんじゃないかなあ。ヘンリー曰く、代々伝えられてきた呪文ですから、使い込むほど強くなるのは明白です。お役に立ちましたか？　頑張ってください！　緊張に感謝を、そしてあなたの勇気に敬意を。それでは、アデュー！
ねえヘンリー、僕が学校に上がる前、全校の前でスピーチをさせられるって泣きついた時、君もこんな気持ちだったのかな。

こんにちは、眼鏡が素敵なジェフリーさん。いつも貴方の優しさに癒やされながら日々頑張ってます！　私は以前めちゃくちゃ太っていたのが黒歴史で…いまだに当時の写真を直視できません。ジェフリーさんはその昔ロックの聴きすぎでパンク・ファッションに走り、お父さまを泣かせていたそうですね。従弟さんに時々写真で脅されているそうですが、ジェフリーさんは黒歴史とどう向き合っていますか？　過去の黒歴史の対処方法があれば是非ともお聞きしたいです。

（せちこさん）

せちこさん、こんにちは！　さりげなく相談相手の傷口もえぐってくるあたり、僕と同じ小悪魔なエンジェル属性とお見受けしました。にくめないなー、このー！
黒歴史との向き合い方や対処法だそうですが、うーん、それって大前提として「今が未来から見たら黒歴史になる」って可能性は留保していないですよね。人間は時々刻々と変化してゆくものですので、過去の自分と現在の自分を完全に同じ人格、性格だと思っているとやけどしちゃいます。「あの時の君はそうだったんだねえ」と、親戚のお子さんでも見守るような気持ちでいてあげたらいいんじゃないですかね！　だからねリッキー、そろそろその写真、処分したらどうかな！　ね、ね、ね？　だめ？

ジェフリーさん、こんにちは。家の中が本で溢れています。電子も導入しましたが、やはり紙の本が好きで、お気に入りの本は結局紙でも集めてしまいます。お家に書庫を作って、ソファーをおいて、そこで本を読むのが子どもの頃の夢でしたが、住宅事情を考えると実現しそうにありません。ジェフリーさんは、本の管理はどうしていますか？　あと、どんな本がお好きですか？

（Oh-giさん）

Oh-giさん、こんにちは！　ああ、紙の本を愛好なさっている方かあ、ヘンリーの仲間ですね。僕は電子派なんです。理由は移動ばっかりしている人間なので、なるべく荷物がないほうがありがたいっていう色気も素っ気もないものなんですけどね。でも時間が取れるなら、暖炉の前で革表紙のハードカバーを読みながらコニャックを飲んでみたいなあ。ここ十年くらいは新聞と雑誌と報告書と論文くらいしか読んでませんから、もし時間が取れたら、いっそ歯ごたえのある長編小説に挑戦してみようかな。日本文学のお勧めをいとこに聞いてみようと思いますよ。懐かしいな、いつのことだかもう思い出せませんけど、本当にそういう質問をしようと思ってたのを思い出しました。本はいいですね。いつもどこかノスタルジックです。それではアデュー！

ジェフリーさんこんにちは！　突然ですが、私はとても優柔不断です。買い物をする時も、どっちがいいかな、これは今買うべきなのかな…となやんで結局買わなかったりします。どうしたら決断力が上がりますか？

（YuiKaさん）

それを僕に聞きますか⁉　なーんてね。YuiKaさん、こんにちは。優柔不断な自分を変えたいと思って、僕に相談してくださったんですね。多分それはあなたがきっと、「決断しないことも決断の一種である」と既に理解なさっているからだと思います。決められない状態でも時間は過ぎていってしまうし、物事は決まっていってしまうんですよねえ！　僕がいとこの結婚を邪魔するか否か決めなきゃならなかった時と同じように。すみません、話が重くなりました。だからせめて、完璧な結果が出ないとわかっていたとしても、YuiKaさんは自分の決められる範囲のことは自分で決めたいと思っているんじゃないかと思います。それは偉大なことです。尊敬します。
決断力を上げる方法は、後悔をたくさんすることだと思います。もうあんなのはイヤだと思うようなことをたくさん経験すればするほど、決断しないよりするほうがまだましだという気持ちに実感がこもりますから、ズバズバ決めていけるはずです。直截にいうなら、目を開けて生きていれば決断力は必ず上がりますよ。大丈夫です。答えになったかな？　ろくでもないアドバイスですから、なってないって言ってもらえたらいいんですけど。なんてね。アデュー！

年の離れた色々なジャンルの友人を作るにはどうすればいいですか？

（にのかさん）

にのかさん、こんにちは。にのかさんは年の離れたいろいろなジャンルの友達が欲しいんですね。それはどんなお友達ですか？　楽しそうにしている人？　得意分野があって誰にも負けない人？　こう！　という理想像があるなら、まずはあなたがそうなってみましょう！　リテラシーに気をつけてSNSで発信をするのもいいですね。するとあら不思議、あなたと友達になりたい人とセールス業者がワンサカやってきますよ！　もし欲しいのが「友達」ではなく「人脈」なら、これで間違いないはずです。もし本当に「友達」が欲しいなら、相手を案件みたいに判断するのはお勧めしません。案件としてしかみてもらえない相手になっちゃいますからね、僕みたいに。楽しい人生をお送りください！　それではアデュー。

あとがき

こんにちは、辻村七子です。

このたび『宝石商リチャード氏の謎鑑定』のファンブック、エトランジェの宝石箱を発売していただける運びとなりました。正義くんとリチャード氏がこれまで積み重ねてきた思いの軌跡や、彼らが出会ってきた宝石、人々、そして時にはおいしいレシピまで、いろいろな内容を網羅していただいています。たくさんの宝石で彩られた宝石箱のような内容に、作者はお腹《なか》いっぱいです。一緒に楽しんでいただけたら嬉しく思います。

膨大に再録していただいたショートストーリー（ＳＳ）は、今まで宝石商の新刊が発売されるたび、特典として書かせていただいていたものですが、販売経路や通信状況によって手に入らないＳＳがあって困っている、再録してほしいというお声を、何年も前から寄せてくださった方々、おかげさまでこの企画が実現しました。作者としてもバラバラになっていた小説が、辻村のブログ収録作も併せて収録されているのは壮観です。長らくの温かく力強い支え、本当にありがとうございます。

最後になりますが、いつも変わらず麗しい絵でお力を貸してくださる雪広《ゆきひろ》うたこ先生、漫画の絵になった彼らが会話している姿を見せてくださるあかつき三日《みか》先生、ファンブックの編集作業をもりもり進めてくださる心強いKさん、そしていつもたくさんの宝石商関連の仕事を担ってくださっている編集担当のHさんに、心からの感謝を捧げます。この本は端から端までファンの方々のための本ですが、あなたがたなくしてこの本はありえません。輝く宝石はないのですが、ありがとうの言葉を捧げさせてください。

リチャード氏や正義くん、谷本さんや下村くん、あるいはシャウルさんたちが、読んでくださった方の心という宝石箱の片隅に、これからもほんのりと存在させていただけることを祈りながら。

秋冬の足音が同時に聞こえる十月末に　辻村

宝石商リチャード氏の謎鑑定
公式ファンブック
エトランジェの宝石箱

ファンブック発売おめでとうございます！
最初にキャラデザを起こしたのが2015年の夏でした。
ファンブックを作られるにあたって過去の絵を見直す機会をいただきましたが、
五年の歳月が自身の絵の遍歴とリチャードと正義の歩んだ軌跡と重なってとても
感慨深い思いに駆られました。
成長したなぁ。
宝石が人の手によってより磨かれて美しく輝くように、良い出会いは人を変えて
ゆくものですね。

辻村先生、あかつき先生、担当様、スタッフ様、そして読者のみな様へ多大なる感謝を。
出会いに感謝を！

雪広うたこ

THE CASE FILES OF
JEWELER RICHARD

※この作品はフィクションです。実在の人物・団体・事件とはいっさい関係ありません。

宝石商リチャード氏の謎鑑定公式ファンブック
エトランジェの宝石箱

2019年11月30日　第1刷発行

著　者　辻村七子／雪広うたこ
発行者　北畠輝幸
発行所　株式会社集英社
〒101-8050
東京都千代田区一ツ橋 2-5-10

【編集部】 03-3230-6352
【読者係】 03-3230-6080
【販売部】 03-3230-6393(書店専用)

印刷所　図書印刷株式会社
製本所　ナショナル製本協同組合

※定価はカバーに表示してあります。

ISBN 978-4-08-780889-6 C0093